T0278770

Hija de las cenizas

Ilaria Tuti

Hija de las cenizas

Traducción del italiano de Xavier González Rovira

NEGRA
ALFAGUARA

Papel certificado por el Forest Stewardship Council®

Penguin
Random House
Grupo Editorial

Título original: *Figlia della cenere*
Primera edición en castellano: septiembre de 2023

© 2021, Longanesi & C. (Milán)
Gruppo editoriale Mauri Spagnol
© 2023, Penguin Random House Grupo Editorial, S. A. U.
Travessera de Gràcia, 47-49. 08021 Barcelona
© 2023, Xavier González Rovira, por la traducción

CENTRO
PER IL LIBRO
E LA LETTURA

Esta obra se ha traducido con el apoyo del Centro de Libros
y Lectura del Ministerio de Cultura de Italia

© Diseño: Penguin Random House Grupo Editorial, inspirado en un diseño original de Enric Satué

Printed in Spain – Impreso en España

ISBN: 978-84-204-6701-6
Depósito legal: B-12187-2023

Compuesto en MT Color & Diseño, S. L.
Impreso en EGEDSA, Sabadell (Barcelona)

A L 6 7 0 1 6

Sé que nada se decide en el cielo
o en la tierra; no obstante, masajeo mi pecho
con la misma firmeza que el granjero
el vientre de la vaquilla.
Yo también daré a luz un nuevo corazón,
bajará entre mis piernas con un dolor inútil
y no sabré qué hacer con él.

ELISA RUOTOLO, *Corpo di pane*

A las mujeres heridas

Prólogo
Hace veintisiete años
Al final de todo

Tenía poco más de treinta años y se sentía como el polvo. ¿Qué podría obtener del polvo? Una segunda vida, pero solo si lo amasaba con lágrimas y sangre, con el sudor de las criaturas aferradas al borde de un abismo.

Tumbada en el diván, sometida a una nueva sesión de terapia para aliviar el dolor y reconstruir lo que aún estaba destrozado en su interior, Teresa había temido el contacto de unas manos ajenas sobre su cuerpo; sin embargo, se encontró con una sensación de alivio. El toque experto de la doctora la hacía volver a ser una niña, acunada, como si las quejas fueran llanto.

—Uno muere y renace varias veces en el curso de una única existencia, Teresa. Ha sucedido. Tal vez vuelva a ocurrir, y dolerá, pero mira en *quién* te has convertido ahora.

Teresa desvió la mirada del techo hacia el rostro de la mujer. Se sentía hueca, incapaz de acoger.

La doctora se inclinó sobre el diván que hospedaba aquel seco vacío.

Cada palabra salía de su boca moldeada por la inflexión de su lengua materna. Oriente estaba encerrado entre el paladar y los dientes de la mujer, se enroscaba en el dorso del fénix *fenghuang* bordado en la seda de su vestido. Rojo, como los frutos del madroño que en los inviernos brumosos flameaban en el jardín de los abuelos de Teresa.

—Todo el mundo habla de lo que has conseguido hacer.

Era inquietante la facilidad con la que se rebobinaban los recuerdos, cuando todo parecía perdido. El final era un plano que se inclinaba y dejaba que todo se deslizara hacia el origen. Teresa rodaba lentamente hacia un agujero negro.

Los inciensos rituales liberaban serpenteantes hilos de humo. De fondo, las flautas de bambú imitaban el susurro del viento de tierras lejanas.

La doctora le clavó una segunda aguja bajo la piel.

—El nombre de este punto de energía es *Da Ling*, que significa «gran colina». Representa el montículo de tierra de las tumbas...

Teresa cerró los ojos, ella misma era una tumba viva.

—Pero cada tumba guarda un secreto, por eso *Da Ling* también tiene otros nombres. Para revelar, para curar. —Otra aguja en la piel—. *Gui Xin*, fantasma del corazón. *Zhu Xin*, gobernador del corazón. Entierra el pasado y el sentimiento de culpa, Teresa, no tus capacidades.

Teresa separó los labios. Hablar le causaba dolor. El tutor aún le sostenía la mandíbula, perforada por los hierros de la operación.

—Soy pol-vo —atinó a decir.

Cualquiera podría haber soplado sobre ella y haberla barrido. Un hombre al que había amado había arrojado sus huesos sobre un altar negro. Teresa los sentía girar, movidos por el soplo de la vida, como si trataran de recomponer un esqueleto sobre el que poder asentar un nuevo inicio. Crujían con la voz de los miedos que la despertaban en medio de la noche. Chasquido de huesos rotos. Los suyos.

Los ataques de pánico siempre la sorprendían en la oscuridad, en el silencio, con los brazos y las piernas enredados en las sábanas, ofrendada a la ruina. Llegaban a lomos de una manada de caballos oscuros lanzados al galope por las laderas de la maltrecha pelvis. Cabalgaban golpeando los puntos de sutura, hundían sus pezuñas en las rodillas, en la curva de los codos, coceaban las clavículas, los tobillos. Desmenuzaban lo que Teresa mantenía unido con esfuerzo, rompiendo a la mujer de hueso en que se había convertido, desollada. La reducían a minúsculos fragmentos y en todas las ocasiones un trocito de ella se perdía.

A sus espaldas, Mei Gao dejó el instrumental de la acupuntura. Le cogió la cara entre las manos e hizo una leve tracción hasta levantarle la barbilla.

Teresa sintió que su cuerpo se abría a las punzadas y a una respiración más profunda, se entregaba a una fuerza que seguía teniendo un precio y que se pagaba con monedas de dolor.

—Eras polvo, pero el sufrimiento se ha convertido en fuego —susurró la mujer—. Te ha vuelto incandescente. Y has renacido de las cenizas de tu vida anterior. Este es el destino de los comandantes, comisaria Battaglia. No vuelvas a agachar nunca más la cabeza, delante de nada ni de nadie. Ni siquiera de ti misma.

1. Hoy

El taxi se detuvo frente a las puertas de la prisión de máxima seguridad.

La mujer no se movió para abrir la puerta. Miraba los muros de hormigón y las casetas de vigilancia como si la libertad se encontrara al otro lado.

El taxista se dio la vuelta, con un codo sobre el asiento.

—¿Es esta la dirección correcta?

Era correcta, y el destino final se encontraba exactamente «más allá», donde ella ya no tendría certezas.

—¿Señora?

La mujer dudaba por miedo a atreverse a dar un paso más en una vida de la que debería haberse despedido hacía tiempo, por un sentimiento de pudor hacia lo que ya no era, pero que los demás se empeñaban en ver en ella. Un reflejo que poco a poco se desprendía de su cuerpo y entregaba al pasado lo que había sido. Tenía cerca de sesenta años, un cuerpo que crujía como si tuviera ochenta y el alma dolorida de una centenaria. Se sentía como un espectro en un mundo que ya no era el suyo.

—Señora, ¿es aquí donde tiene que ir?

Los espectros no tienen voz. Fue otra persona en la acera quien contestó por ella.

—Es aquí, sí.

Massimo Marini abrió la puerta. La brillante luz de la tarde primaveral lo embestía por la espalda e iluminó el temblor de un músculo a lo largo del perfil de su mandíbula. El inspector estaba tenso, quizá tanto como la mujer, que reconoció en ese aspaviento una emoción a duras penas contenida. Hacía dos semanas que no se veían, desde que a punto estuvieron de morir juntos.

El inspector sacó la cartera del bolsillo interior de su americana, pagó la carrera y le tendió la mano para ayudarla a bajar.

—Comisaria, ¿vamos?

Teresa Battaglia agarró con más fuerza el bastón, que sostenía en alto entre los dos, no por azar.

¿Es así como me quieres?, le estaba preguntando, la feroz ironía del gesto dirigida hacia sí misma. La discapacidad, tanto la manifiesta como la todavía oculta, era una presencia incómoda con la que ambos tenían que lidiar.

Marini se inclinó un poco más.

—¿Quiere que la coja en brazos? Porque lo haría.

—Te romperías la espalda.

Marini aferró el bastón.

—Si se le ocurre cambiar de opinión, tendrá que golpearme con esto.

Ella tiró de él, incapaz de recuperarlo.

—Mira que no lo descarto.

—Bájese.

—Me bajo porque así lo he decidido.

El taxista volvió a poner el motor en marcha.

—Señora, por favor, salga de una vez.

Teresa aceptó la ayuda. Las puñaladas le atravesaron no solo los músculos, sino también su orgullo, puesto en la picota por la torpe lentitud a la que la constreñía su cuerpo. Expuesta, frágil, Teresa sentía que había depuesto las armas, aunque no percibiera el tormento que había imaginado. De hecho, el peso sobre sus hombros había disminuido. Pluma tras pluma, se había desprendido de las alas que tantas veces había tenido que inventarse para superar las dificultades y se había puesto la fina túnica del valor.

Por fin, frente a frente, se observaron el uno al otro. No habían pasado ni veinte días desde la conclusión del caso de «la virgen negra» y ambos seguían llevando encima los arañazos. Inflamación del nervio ciático para ella, algunas quemaduras y hematomas para el inspector. Pero cómo ardía su mirada. Teresa volvió a ver en él a la chica que había sido, insomne y con ganas de hacerse valer. Ya estaba preparado para descender al torbellino de otro caso y quería que fuera Teresa quien lo acompañara, sin saber que ella ya había caído en ese torbellino treinta años antes.

—¿Cómo está?

Teresa estaba asustada, se sentía inquieta y acosada, expuesta en la plaza para el escarnio público y, pese a todo, con vida. Pero la vida era agotadora.

—Estoy cansada.

Marini sonrió y fue como si lo viera de niño. Todas las sombras desaparecieron, todas las necesidades quedaron barridas por la felicidad del momento.

—Lo sé. Gracias por estar aquí.

Teresa observó cómo una semilla de álamo negro se posaba sobre el hombro del inspector. El copo capturaba la luz.

—¿Y tú cómo estás? —preguntó, sin levantar la vista.

—La he echado de menos.

Quién sabe si la pequeña semilla encerrada en la pelusa notaba el calor del sol. Si en la oscuridad boscosa donde no había movimiento aparente, la vida estaba ideando un millón de formas más antiguas que el hombre para volver al mundo. Ese calor apenas la había rozado.

—¿Ha oído lo que le he dicho?

Teresa había hecho un esfuerzo por ignorar la ternura de esas cinco palabras.

—Marini, si alguien te oye, podría pensar mal.

Él se echó a reír.

—Sería una diversión interesante para Lona.

Al oír el nombre del comisario jefe, Teresa se puso seria. Dio unos pasos con gran esfuerzo. Los antiinflamatorios y los analgésicos no la ayudaban mucho.

—¿Cómo están Elena y la niña?

—Bien, gracias. Elena siempre me pregunta por usted y *el niño* crece con cada ecografía.

—Será una niña.

—No lo siento así. El instinto paternal tendrá algo que decir.

—Bueno, el tuyo, Marini...

—Dejémoslo.

—Jefa, bienvenida de nuevo.

Teresa levantó la cabeza.

Los agentes De Carli y Parisi le sonreían, esperando junto a la garita. Vestidos con tejanos y polos, parecían cachorros y no los sabuesos a los que Teresa había entrenado. Al igual que el inspector, tenían la mitad de sus años y siempre serían sus «chicos».

Teresa estaba acostumbrada, por su trabajo, a sondear las reacciones ajenas, a buscar en el lenguaje corporal las palabras que los labios se negaban a pronunciar, a menudo las mentiras, pero no estaba acostumbrada a hacerlo consigo misma. Desorientada, sentía que sus ojos vagaban de una cara a otra en busca de la verdad.

No encontró allí más que afecto. Tuvo que bajar la mirada, fingiendo prestar mucha atención a las irregularidades del asfalto bajo sus pies.

—No sé por qué estoy aquí —refunfuñó. El malestar hizo que el bastón se le resbalara de la mano. Marini se agachó para recogerlo, luego le tomó una mano y la colocó sobre su brazo.

—Ocupa el lugar que le corresponde, ¿no?

Cojeando, encorvada, Teresa se quedó dándole vueltas entre los labios a una frase que antes no habría dudado en soltar. No quería pasar por amargada. ¿O ya lo era desde hacía tiempo?

—No ocupo nada —murmuró—. Que no se corra la voz o a Lona le dará un ataque.

De Carli carraspeó, incapaz de disimular su risita.

—En realidad, el comisario jefe está esperándola, comisaria.

Parisi miró su reloj.

—Desde hace una hora, pero todavía parece bastante tranquilo.

Teresa sintió que la espalda se le enderezaba. Los miró con seriedad, uno tras otro.

—Pero ¿qué es lo que no quedó claro de lo que os dije?

Marini hizo un gesto al funcionario de prisiones que estaba de guardia para que abriera las puertas.

—Todo está clarísimo, comisaria, y también lo está para el comisario jefe. Empezando por el hecho de que un asesino múltiple confeso pidió específicamente hablar con usted y solo con usted. Lona no tuvo más remedio que tomar nota.

La verja de la prisión se abrió con estruendo de cerraduras y de puertas en movimiento, un eco que conquistó los espacios ciegos. Como el engranaje de un mecanismo diseñado para tragarse las almas en pena, también los devoró a ellos.

2. Hoy

La prisión era un laberinto en el que la mente podía perderse, quedar enredada en los ángulos agudos de rectas donde se entrecruzaban cientos de existencias constreñidas allí dentro. No había nada natural en esa geometría carente de todo juego de fantasía, hecha para retener al hombre en un entorno de contención, en abierta antítesis con el impetuoso y caprichoso discurrir de la vida. No era una pena pensada para la reinserción, sino un castigo, y cruzar ese umbral significaba aceptar su sombra sobre la de uno mismo, respirar su olor metálico, cruel, viril. Significaba aceptar, por un momento, que lo encerraran a uno.

Teresa nunca se acostumbraría a la sensación de sentir esas vidas ejerciendo presión sobre ella; más allá de los gruesos muros, de las rejas, de las puertas que las mantenían alejadas, encontraban la forma de tocarla. Estaban rabiosas, simplemente desesperadas.

Y luego había también otra presencia, de movimientos indescifrables, esperándola en carne y hueso al final del pasillo.

Albert Lona observó sin parpadear cómo caminaba con dificultad, sin dar un paso para acortar la distancia que los separaba.

Teresa no se inmutó por ello. El comisario jefe le había prometido derrotarla y era un hombre fiel a su palabra, prisionero del pasado y de un orgullo malsano. Un hombre que, sin embargo, unos días antes se había lanzado a las llamas para salvarla.

Cuando llegó a su altura, a Teresa le temblaban los músculos por el esfuerzo. Acalorada, sin aliento, lo tuvo más claro que nunca: no podría volver a trabajar. Todo en ella chirriaba al lado de él, vestido con su traje a medida, recién salido de la tintorería, y desprendiendo un refinado perfume que Teresa asoció a una marca de lujo. La inflexión inglesa, que aún hibridaba su mitad italiana, le daba un no sé qué de caballero. Y, sin embargo, nada, nada habría logrado disimular jamás su naturaleza rapaz. Tenían la misma edad, habían ingresado juntos en la policía, pero Albert no tardó en coger carrerilla e iniciar la escalada que lo había llevado lejos y, luego, de nuevo a la vida de Teresa.

No mucho tiempo atrás, ella le entregó su placa y su arma reglamentaria. Al día siguiente, Marini fue a su casa para devolvérselas. Sin comentarios, sin mensajes.

Todavía estaban donde Teresa las había guardado. Su vida se encontraba en el punto exacto en el que la montaña rusa termina su ascenso y parece colgar sobre el vacío durante unos instantes de terror, antes de lanzarse a un alocado descenso.

—Doctor Lona —lo saludó.

—Teresa... —Albert parecía buscar las palabras más adecuadas—. ¿Cómo va la convalecencia?

—De maravilla. ¿Acaso no se ve?

El comisario jefe se guardó el pensamiento que le frunció el ceño. Teresa se preguntó una vez más si había al menos una persona en el mundo, aunque fuera solo una, de la que pudiera decir realmente que estaba cerca de ella.

A su lado, el director de la cárcel la saludó con un cálido apretón de manos, liándose un poco con el bastón que la sostenía y que Teresa se pasó con escasa desenvoltura a la otra mano. Se conocían desde hacía tiempo y él tuvo la delicadeza de no detener la mirada en el impedimento.

—He hecho lo que usted sugirió, comisaria. Le hemos proporcionado lo que nos pidió.

Teresa no lo había dudado. El director era un hombre intelectualmente honesto, hacía todo lo que estaba en sus manos para mitigar el carácter punitivo de la condena.

La comisaria buscó con la mirada una silla a lo largo de las paredes desnudas para poder sentarse de una vez.

—Solo nos queda esperar...

Albert la interrumpió.

—Gardini, el ayudante del fiscal, estará aquí en breve, ha dicho que empecemos, y *él* —señaló con un gesto hacia la habitación cerrada que quedaba detrás de ellos—, él puso como única condición que estuvierais solo vosotros dos. Ni siquiera quiere a su abogado.

Teresa sacó el diario de la bandolera. La tapa chamuscada relataba la última aventura vivida por su propietaria y el fuego con el que Albert se había enfrentado para ir a por ella. Cuando levantó la vista, se dio cuenta de que el comisario jefe estaba mirando los bordes ennegrecidos. Quizá sus pensamientos eran los mismos que los de Teresa: ambos podrían haber acabado convertidos en cenizas.

Lo metió de nuevo en el bolso.

—El inspector Marini me acompañará. *Él* se encargará de que le parezca bien.

Albert se recobró, con su expresión sombría de nuevo.

—Cumplirás con las órdenes, Teresa. Entrarás tú sola.

—Ese no es el procedimiento.

Toda pretensión de formalidad desapareció.

—El procedimiento me resbala. Atente a las órdenes.

—Y a mí me resbalan tus mosqueos, Albert. Si quieres que vaya, lo voy a hacer a mi manera. De lo contrario, tendrás que buscar otra solución al problema.

El comisario jefe tembló, aunque no respondió a la insubordinación. Teresa esperó unos instantes, pero la alternativa no llegó. El choque de voluntades representaba otro asunto pendiente entre ellos que tarde o temprano Albert sacaría a colación, si bien ella ahora tenía poco que perder y todo que abandonar.

Teresa se llevó a Marini a un rincón para no estar al alcance de sus oídos.

—Escúchame. De momento hablaré solo yo. Intenta no mirarlo y, si debes hacerlo, hazlo de la forma más neutra posible.

Marini echó un vistazo por encima de su hombro. Parecía desconcertado.

—¿Me equivoco o acaba de mandar a tomar por culo al comisario jefe?

—¡Escúchame!

—Estoy escuchándola.

—No le des la oportunidad de interesarse por ti.

El inspector bajó la voz.

—Habla de él como si fuera un animal...

—Lo es, y pertenece a una especie peligrosa. Es un asesino en serie, Marini. Cuantas menos oportunidades le des para conocerte, mejor.

Le ajustó la chaqueta, pero solo era un pretexto para hacer que sintiera su cercanía. Pronto ese muchacho iba a ser padre. Teresa quería mantenerlo a salvo, y al mismo tiempo sabía que el momento de pasarle el testigo estaba ya muy cerca.

—Diga lo que diga, no muestres irritación o, peor aún, horror, como sueles hacer. Intentará jugar con nosotros para impresionarnos. Lo más probable es que trate de confundirnos. Las personas como él son manipuladoras excepcionales. No te pierdas nada de lo que diga. Es una oportunidad preciosa para aprender. Por encima de todo, muéstrate respetuoso.

—*¿Respetuoso?*

Teresa tiró de la tela con fuerza. Captó su atención.

—Robert Ressler entrevistó a innumerables asesinos en serie para la Unidad de Ciencias de la Conducta del FBI mientras trabajaba en su proyecto de investigación sobre la personalidad criminal. Se trataba sobre todo de psicópatas crueles y letales. ¿Sabes lo que escribió sobre Charles Manson?

—¿Que lo respetaba?

—Escribió que se presentó delante de él sinceramente deseoso de escuchar su historia, su *verdadera* historia. No estaba allí para juzgar, sino para comprender. Manson lo agradeció y se abrió ante él como no lo había hecho nunca con nadie más. Solo gracias a este enfoque neutral, diría yo que científico, ahora, más de cuarenta años después, podemos decir que estamos cerca de entender cómo funciona la mente de un asesino.

Marini miró instintivamente la puerta todavía cerrada que los dos, juntos, iban a tener que atravesar.

—¿Y es esto lo que pretende usted hacer ahora?

—Haré lo que mejor sé hacer. Escucharé su historia: la que nos cuente y, aún más, la que no quiera contarnos. ¿Estás preparado?

—No.

—Entremos.

3. Veintisiete años antes

Las encías brillaban con el rocío, que dejaban al descubierto los labios retraídos. Blancas y turgentes, parecían setas exóticas que habían brotado durante la noche. Una brizna de hierba entraba en la boca del hombre; de la finísima punta colgaba una gota, como una pequeña luz que iluminara la oscuridad de la garganta. No había respiración alguna que la precipitara a una caída antes de tiempo.

Teresa estaba inclinada sobre la víctima, con las rodillas apuntando al suelo encharcado. Los olores de la primavera se mezclaban con los gases de los tubos de escape de los coches que pasaban a pocos metros del lugar del crimen, en el jardín público de un barrio residencial.

Eran las ocho de una mañana sombría y cálida. El viento del sur había soplado toda la noche. La ciudad se había despertado y las calles arboladas estaban llenas de trabajadores y estudiantes con prisas, pero las ambulancias y los coches de policía empezaban a llamar la atención. Los curiosos se mantenían a distancia gracias a las lonas levantadas alrededor del cuerpo del anciano; de vez en cuando alguien encontraba el valor para pedir información, antes de que un agente le dijera que se marchara. La palabra «infarto» empezó a correr de boca en boca. No lo habían visto.

Teresa permaneció agachada. Había aprendido el sutil arte de hacerse invisible en un mundo de hombres, había ocupado un espacio que quedaba disponible porque estaba sin vigilancia. Y mientras tanto se arriesgaba, aprendía, se movía libremente por donde otros se negaban a ir.

Se tomaron las fotografías necesarias, el forense concluyó la inspección y se dedicó a recopilar los documentos. A diferencia de los demás, él siempre había sido consciente del baile silencioso de Teresa alrededor del cadáver. Teresa podía verlo, de vez en cuando, lanzando

21

serias miradas en su dirección. La medía a ella y cada uno de sus movimientos sin molestarse en ocultarlo.

Antonio Parri la puso en evidencia. Lo había oído dirigirse a la fiscal y al comisario encargado de la investigación de forma precipitada, incluso irrespetuosa. Como un demente.

Teresa se encogió sobre sí misma, levantó las solapas de su chaquetón y se concentró en el cuerpo de la víctima.

Tenía solo unos minutos para intentar adivinar sus últimos momentos de vida, antes de que se lo llevaran. Estaban escritos en los huesos fracturados de su cráneo, expuestos como oráculos primitivos ante la adivina que debía leerlos, ella.

El cuerpo fue encontrado bocabajo, abandonado al lado de la carretera, sobre la hierba de un parterre. El bastón estaba a su lado, manchado de sangre en el mango. Se había contemplado como posible arma homicida. Teresa se imaginó al asesino blandiéndolo por la punta y golpeando la parte posterior de la cabeza del anciano hasta destrozársela.

El forense ya le había dado la vuelta, revelando el cráter en el centro del pecho. Un tajo que dejaba al descubierto el corazón violáceo encerrado entre las costillas. Había que bajar la mirada para entender el significado de esa historia, había que respirar su aroma para dar el primer paso.

El hombre no llevaba pantalones. Los bordes de la camisa y el ligero cárdigan, abiertos como las cortinas de un telón, apenas le cubrían los calzoncillos. Las piernas, con músculos atrofiados, tenían cortes en forma de cruz en tres lugares.

Teresa se tragó las náuseas y la pena y acercó su rostro al de la víctima.

La cabeza estaba inclinada hacia un lado, los ojos abiertos, ya opacos. La boca estaba completamente abierta y rígida, hasta un punto que parecía desarticulada. Le faltaban dientes, era la boca de un lactante. En las mucosas y en la lengua se veían diminutos rastros de sangre.

El asesino le había arrancado siete falanges de las manos. Seguían buscándolas, pero Teresa no creía que fueran a encontrarlas. Se las había llevado. Esas mutilaciones debían de tener algún significado.

Su mirada volvió a los cortes que le desfiguraban las piernas.

—¡Battaglia!

Teresa se puso en pie como una marioneta sacudida por una mano hostil.

Albert la agarró por un codo y la llevó aparte. Desde que se había convertido en comisario, sus modales se habían vuelto abiertamente agresivos.

—¿Estás loca? Es un cadáver. Se llaman pruebas esas sobre las que estabas a punto de acostarte.

—Yo no estaba...

Teresa se quedó callada. Por detrás de Albert, la fiscal la observaba con atención. Teresa bajó la mirada y siguió la de la doctora Pace. La hierba húmeda le había manchado los tejanos a la altura de las rodillas. Uno de sus botines estaba desatado y el chaquetón le colgaba de un hombro. Se lo ajustó rápidamente. Un mechón de pelo oscuro se rebeló contra el orden, cayéndole torcido sobre la cara.

—Solo quería observar más de cerca. Esas heridas...

Ya no la escuchaban. Estaban discutiendo de espaldas a ella. Teresa se había vuelto invisible de nuevo, esta vez porque los demás habían decidido no verla. Ya debería estar acostumbrada, pero, en cambio, ardía de rabia.

Albert estaba resumiendo a la fiscal los detalles reunidos hasta aquel momento.

—La víctima es de la zona, vive a diez minutos a pie de aquí. Giovanni Bordin. Setenta y un años, jubilado. Su esposa ya ha llegado.

Teresa se recogió el mechón en una nueva cola, buscó a la viuda tras la barrera del toldo. La vio sollozando, mientras se abrazaba a un *pinscher* miniatura que tenía en brazos. Su pelo conservaba todavía rastros de un cardado, pero la mitad de la cabeza mostraba aún las huellas de la almohada.

Al hablar, Albert dio un paso atrás y le pisó el pie, sin esbozar la más mínima disculpa. «Battaglia, ten cuidado». Ni siquiera se giró.

—La mujer ha confirmado que su marido salió de casa muy temprano, sobre las cinco y media, para pasear al perro. Se ayudaba con un bastón debido a una reciente intervención, pero no tenía graves dificultades motrices o mentales. El animal regresó a casa una hora después, ansioso, arrastrando la correa. Al mismo tiempo, la gente de la zona descubrió el cuerpo. Lo asesinaron entre las cinco y media y las seis y media.

23

La fiscal señaló el cadáver con la pluma estilográfica que siempre tenía entre los dedos, tanto en la oficina como en la más remota escena de un crimen, pero que Teresa nunca la había visto utilizar. Elvira Pace anotaba mentalmente cada detalle, nunca nadie la había sorprendido desprevenida.

—Tenemos que averiguar dónde se cometió el crimen, aunque presumo que no fue muy lejos de aquí. —Inclinó la cabeza—. ¿Y qué pasa con sus dientes?

—Usaba dentadura postiza. Acabó allí abajo, quizá por el impacto del golpe... Los vecinos dicen que pasaba las tardes en el bar del cruce, al final de la calle. Se había metido en una red de apuestas de fútbol. Tal vez ganó haciendo perder a la gente equivocada, tal vez se endeudó. Su mujer se ha caído del guindo.

Teresa carraspeó.

—Las heridas de arma blanca en las piernas. Creo que son interesantes.

La fiscal y Albert se dirigieron al coche de la magistrada.

Teresa reprimió el impulso de hacerles volver agarrándolos por las chaquetas. Sus brazos permanecieron extendidos a los costados, pero la ira se le arremolinaba en el estómago como un bolo imposible de digerir. Lo remetió en sus entrañas.

Si Albert estaba decidido a seguir las pistas tradicionales, nada de lo que Teresa hubiera podido decir o hacer lo iba a disuadir.

Pero, una vez que las agotara, no le quedaría mucho más, porque la historia que el cadáver llevaba impresa encima contaba unos pasos que iban en una dirección completamente diferente.

El *pinscher* empezó a aullar cuando levantaron el cadáver de su amo y lo colocaron en la caja de acero, pese a que, desde el otro lado del toldo, no podía verlo.

Teresa recogió el mocasín que se había escapado del pie de la víctima y se lo entregó a sus compañeros, que estaban recopilando las huellas del escenario. El guante se ensució de barro. La suela llevaba una gruesa capa.

—Tomad una muestra.

Dio la orden de forma instintiva y la oyó salir con firmeza. Los dos la miraron como si hubiera hecho una broma de mal gusto, pero al final lo cogieron.

Mientras tanto, el animal seguía inconsolable. Los estridentes ladridos le herían los oídos.

Teresa retiró el toldo. Una idea aún nebulosa la llevó a dar unos pasos hacia el perro. Buscó en su bandolera el paquete de toallitas húmedas y sacó una.

Frente a la viuda no tuvo palabras de consuelo.

—¿Me permite?

Examinó las patas del animal. Barro.

Pasó varias veces la toallita por el pelaje negro y luego la miró. Halos rojizos manchaban el tejido.

La viuda gritó.

Teresa se volvió para llamar a Albert, incapaz de verlo entre los que trabajaban en el lugar del crimen. Nadie le prestaba atención a ella, a la mujer en estado de shock, ni al perro que seguía ladrando, histérico.

Nadie, excepto Antonio Parri.

4. Hoy

Giacomo Mainardi tenía cincuenta años, cuerpo delgado y pelo muy corto que brillaba canoso bajo la luz del neón. En sus labios, lo que podría haber sido el atisbo de una sonrisa, casi una mueca, amplificada por la extraordinaria movilidad de sus cejas. Habría podido representar cualquier emoción únicamente con ellas. Irritación, enfado, incredulidad, asombro, incluso cierta diversión. Con un mero parpadeo, podría haber transformado su rostro seráfico en el de un ángel feroz.

Esas cejas ahora dibujaban un arco de desdén en el ceño fruncido.

—¿Quién es él?

Había hablado silabeando, con la mirada baja hacia sus dedos, marcados por el trabajo.

Teresa apoyó las manos en el respaldo de una de las sillas destinadas a los visitantes, pero no hizo ademán de sentarse, aunque el dolor la torturaba.

—Inspector Massimo Marini. Trabaja conmigo.

Mainardi recibió la información con un parpadeo.

—No se tomaron en serio mis palabras. El director y ese gilipollas del comisario jefe. Lo reconocí, ¿sabes? ¿Te sigue atormentando?

Teresa dejó que su mirada recorriera los esculturales músculos que la camiseta resaltaba. Giacomo había estado entrenando todo ese tiempo. Había cuidado de la bestia.

—Insistí yo en que el inspector Marini estuviera presente.

—Entonces me decepcionas. Puedes irte, junto con tu perro.

—Mírame, Giacomo.

Lo hizo, tal vez, por la determinación con que Teresa se había dirigido a él, o tal vez por el vínculo que no se había roto.

—Soy una vieja maltrecha. Lo que pretendas tú de mí, te aseguro que no podré hacerlo sin la ayuda del inspector. Es una persona de confianza, de lo contrario no lo habría traído conmigo.

Él volvió a mirar sus herramientas de trabajo.

—Siéntate, Teresa. Tú no, inspector.

Teresa se sentó con un suspiro.

—¿Qué te pasa? —le preguntó el asesino.

—Sería más fácil decirte qué *no* me pasa.

Las manos de Giacomo interrumpieron el trabajo y se quedaron quietas un momento.

—Gracias por dejar que me trajeran mis herramientas. Sé que fuiste tú.

—Y yo sé lo importantes que son para ti.

Desde que habían entrado en la sala de entrevistas, reconvertida en taller, Giacomo Mainardi no había dejado de colocar teselas de colores sobre la mesa, utilizando una martellina y unas tenazas para darles la forma deseada. El mosaico estaba adquiriendo los rasgos de un rostro que aún era difícil imaginar, pero el talento del artista ya podía vislumbrarse en la meticulosa elaboración, en los tonos iridiscentes combinados con habilidad para lograr gradaciones de una tez casi real. Llevaba veintisiete años perfeccionando su técnica y ya ni siquiera se ayudaba con un dibujo. Todo estaba en su mente, capaz de crear tanto visiones de éxtasis como una aberración.

Teresa sentía sobre ella la mirada de Marini. Podía adivinar su incredulidad, mezclada con irritación.

Las existencias de Giacomo Mainardi y de ella ya se habían cruzado, pero Teresa se lo había ocultado.

—¿De qué quieres hablarme, Giacomo?

Mainardi cortó con sus tenazas una tesela de color marfil y la examinó a contraluz con una expresión hambrienta, los labios húmedos de saliva. Teresa sintió una arcada. Aberración y éxtasis.

—Son solo pálidos sustitutos, solo pálidos sustitutos —lo oyó murmurar.

—Giacomo, ¿por qué te has entregado a la policía? Después de haber logrado escapar...

—Después de que tú me hubieras atrapado y encerrado. Veintisiete años de dura prisión me he chupado.

Marini soltó un grito ahogado que Teresa fingió no captar. Giacomo, en cambio, clavó la mirada en el inspector como un sabueso.

Teresa puso una mano sobre la mesa, junto a las teselas, y respondió con rapidez para volver a llamar su atención. No había sido exactamente así, pero no le llevó la contraria.

—Es mi trabajo.

Giacomo reanudó el martilleo, pero había mirado sus dedos como si pudieran saciarlo.

—No te culpo por ello, de hecho. No era una acusación.

Marini se inclinó sobre la mesa y rozó sin querer las teselas con los puños cerrados.

Teresa pensó un improperio. La mirada de Giacomo había cambiado. Era negra, el negro de las pupilas dilatadas, el negro de la excitación salvaje. Dominado por el nerviosismo, Marini había establecido un contacto prohibido con los símbolos que estaban sobre la mesa. Las teselas eran sagradas según el sentir del asesino.

Teresa le apartó la mano, pero para entonces el daño ya estaba hecho.

—Déjanos solos, inspector.

Él la miró perplejo. No tenía ni idea de la reacción que había estado a punto de desencadenar y que seguía latente.

—¿Quiere que me vaya?

—Sí.

Con la cara roja, no se movió, y Teresa, de mala gana, se vio obligada a ponerlo en su sitio.

—No me hagas repetírtelo, Marini.

El enfrentamiento se instaló tranquilamente en otro terreno, el controlado por Giacomo.

Los estudió con atención y luego se echó a reír.

—¿Así que no se lo habías dicho? Pobre inspector, realmente tienes mucho que contarle. —Le indicó la silla vacía—. Puedes sentarte.

La mirada de Giacomo se había vuelto plácida de nuevo, la excitación se había apagado. Los celos, borrados. Marini ya no era una presa ni tampoco un rival.

Con un gesto, Teresa lo invitó a aceptar la oferta y se centró en Giacomo.

—¿Por qué te entregaste?

La martellina rompió una tesela.

—Deberías estar contenta. No voy a matar a nadie aquí dentro.

—Tu compañero de celda murió anoche.

—Ahogado en la taza del váter.

—Eso es lo que me han dicho.

—¿Tú también crees que fui yo quien lo mató?

Teresa negó con la cabeza.

—No, Giacomo. Tú nunca harías eso.

El asesino sonrió, una sonrisa real que por un momento hizo desaparecer la mueca.

—Tú siempre me has entendido, por eso lograste detenerme.

Teresa sintió pena por él. Esa frase encerraba toda una vida. La suya, la de Giacomo. Existencias que se habían cruzado, chocado, diluido en parte al entrar en contacto una con otra. En parte, reforzado.

—Entonces, ¿qué pasó, Giacomo?

El hombre dejó la martellina. Las abrazaderas que le ataban las muñecas dificultaban la limpieza del polvo de sus dedos.

—Quien lo mató quería librarse de mí. Debía haber sido yo quien estuviera limpiando los lavabos de los guardias, no él.

Teresa y Marini se quedaron mirándolo sin reaccionar.

—Si me he entregado, no ha sido con segundas intenciones.

Teresa se inclinó sobre la mesa, ignorando las medidas de seguridad.

—¿Quieres decir que alguien te está dando caza?

—Sí.

—¿Quién y por qué?

—Eso me lo tienes que decir tú, comisaria Battaglia.

Teresa miró a Marini: él también parecía desconcertado. Sacó el diario del bolso, lo abrió por una página en blanco y se colocó las gafas de lectura.

—Al menos dame un móvil —le dijo.

—No te va a gustar.

—No es momento de ponerte tímido, Giacomo. Cuéntame lo que pasó ahí afuera durante el tiempo de la fuga.

Él se miraba los dedos, los frotaba lentamente unos con otros. A saber si estaba imaginando que acariciaba un corazón.

—Me encargaron un asesinato.

Teresa dejó de escribir y lo miró por encima de la montura.

—¿Y tú aceptaste?

Enarcó una ceja, la otra permaneció relajada. Una ola que también levantó un hombro.

—Por supuesto, Teresa.

—Pues claro —murmuró ella.

—Todo era... perfecto.

—Cuando dices que era perfecto, ¿quieres decir que la víctima...?

—Cumplía mis fantasías, sí.

—Así que era un varón, maduro. Sesenta, setenta años.

Un parpadeo.

—Más o menos.

—¿Tienes un nombre que puedas darme?

—No.

Teresa se quitó las gafas y se puso a mordisquear la patilla.

—¿Dónde lo conociste?

—Zona del estadio. No sé qué estaba haciendo allí. Tal vez estaba buscando prostitutas.

—¿Te dijo quien te hizo el encargo que lo encontrarías allí?

—Sí. Estaba matando el rato. Y yo lo maté a él.

—¿Y luego qué?

—Luego lo llevé hasta donde había decidido dejarlo tirado. Con un coche robado.

—¿Y tú lo...?

—Sí.

—¿Dónde está lo que le quitaste?

No respondió. Era inútil insistir.

—¿Y el coche?

—Me deshice de él. No me preguntéis dónde. —Se volvió hacia Marini—. Dios sabe lo que ha cambiado esta ciudad en veintisiete años.

Teresa bajó el tono.

—¿Cómo se pusieron en contacto contigo? El inductor, ¿cómo llegó hasta ti?

Giacomo bajó la voz. Ella se fijó en la reacción: se sentía amenazado.

—Sabía mi número de teléfono móvil, Teresa. Y yo ni siquiera lo recordaba: lo había conseguido unas horas antes.

Ella intentó ignorar las punzadas que habían empezado a atormentarla de nuevo, pero su concentración estaba minada, pendiente de su férrea voluntad de no dejar nada sin intentar.

—Necesito todos los detalles que puedas proporcionarme. ¿Puedes estimar la edad a partir de la voz? ¿Reconociste algún ruido de fondo?

Giacomo parecía perdido en sombrías reflexiones. Había vuelto la cara, miraba fijamente un punto lejano, más allá de las paredes, más allá de las cadenas de la cárcel.

—Lo sabía todo sobre mí. *Todo.* Sabía cómo convencerme.

Teresa lo siguió a la perfección por ese camino.

—Te dio lo que más querías.

Giacomo entreabrió los labios. Parecía saborear la sangre de la víctima en la punta de la lengua.

—Oh, sí. Así es —susurró—. Me ofreció la presa perfecta.

—¿Cómo se comunicaba contigo?

—Solo un par de llamadas telefónicas fueron suficientes. Era un número oculto. Me dijo dónde podíamos vernos. No hacía falta nada más: haz lo que quieras con él, me dijo. Hazle *todo* lo que quieras.

—Y ahora crees que está intentando matarte.

—Ha estado a punto de hacerlo, Teresa, me ha rozado. Es alguien que puede meter las manos también aquí dentro.

Teresa inclinó la cabeza sobre su hombro, lo examinó. Un pensamiento se abría paso en su mente falible.

—Te entregaste para ponerte a salvo.

—Gran error.

—Así que... ¿alguien ya ha intentado matarte fuera?

—Dos veces. A punto estuve de que me atropellaran. El coche aceleró cuando yo estaba cruzando la calle. Y, la noche que me entregué, la caseta en la que dormía ardió en un incendio.

—¿Y el teléfono móvil del que me has hablado?

—Fundido.

Teresa se frotó los ojos.

—Giacomo...

—Es la verdad.

—¿Cuándo sucedió, cuándo lo mataste?

Una pausa. No de vacilación, no de duda.

—La noche del 20 de mayo.

Teresa sintió las manos ensangrentadas de Giacomo presionándole el pecho, aunque no se habían movido, aunque estaban limpias. Empujaban para hacerla retroceder, hacia la vida o hacia el pasado.

Buscó en los ojos del asesino la respuesta a la pregunta que no se había atrevido a formularle.

Él había elegido la fecha. No fue casualidad. Era el cumpleaños de ella.

Teresa miró a Marini y luego de nuevo a él.

—Tendremos que hacer algunas comprobaciones. El hombre al que dices haber matado, ¿dónde está ahora? Necesitamos el cuerpo para abrir una investigación.

Giacomo se echó sobre la mesa y le agarró la mano. Marini le gritó que se alejara, estaba a punto de lanzarse sobre el hombre cuando ella lo detuvo.

—No pasa nada, Marini. No pasa nada. —Tal vez estaba intentando convencerse a sí misma.

Giacomo apretaba, pero lo que le comunicó la presión solo fue necesidad. Necesidad de ser creído y salvado. Pero ese calor, esa piel la congelaba.

—Dejé el cuerpo en el lugar donde nos encontramos la segunda vez, ¿recuerdas? De la forma habitual. Pero ya no está ahí.

La voz del hombre se había convertido en un chillido que evocaba sombras y territorios subterráneos de los que había que mantenerse alejado.

—Alguien lo cambió de lugar y ahora quiere enterrarme a mí también. Debes detenerlo, Teresa. Detenlo, como me detuviste a mí.

Marini había abierto la puerta y llamado a los funcionarios de la prisión.

Cuando se lo llevaban, lo que Teresa vio en los ojos completamente abiertos del asesino fue una paradoja.

¿Quién puede aterrar al terror?

Teresa abrió la mano. La respuesta, quizá, estaba en la notita arrugada que tenía en la palma.

5. Hoy

—¿Cuándo pensaba decírmelo? —Marini ofrecía su cara al sol, con los ojos protegidos por unas Ray-Ban, la camisa remangada y la americana colgada en un banco. Estaban esperando al comisario jefe y al ayudante del fiscal en el patio exterior de la cárcel—. Fue usted la que lo atrapó.

Sonó como una acusación, pero era leve. El inspector parecía relajado, casi somnoliento.

Teresa miró hacia las montañas que rodeaban la verde cuenca en la que se encontraba el centro de detención. El fondo del valle y las estribaciones prealpinas eran una alternancia de prados y laderas de color esmeralda. Se respiraba la dulzura de los tilos en flor, agitados por el aleteo de las golondrinas. Alguien estaba utilizando una motosierra no muy lejos de allí. El aire olía a resina y a hierba recién cortada.

—Pensé que habrías leído el expediente. —Se palpó los bolsillos—. ¿Tienes un caramelo?

—No tuve tiempo. Hicieron que me reincorporara durante la convalecencia, igual que a usted.

—No te justifiques. Siempre suena mal y rara vez se logra el efecto deseado.

El inspector se incorporó para meterse una mano en el bolsillo del pantalón, desenvolvió un paquete de caramelos sin azúcar y le ofreció uno.

—He quedado como un incompetente.

—Pues no, lo has hecho muy bien. Has hecho la mejor elección. Has logrado que se divirtiera, por eso Giacomo te ha permitido sentarte y ha empezado a hablar. De lo contrario, no habría abierto la boca. No te lo dije antes de entrar porque tenía fe en el efecto sorpresa para los dos.

Marini se bajó las gafas de sol con un dedo.

—Efecto sorpresa. A un compañero. Durante un interrogatorio.

35

—Siempre te quedas con lo insignificante. Giacomo acaba de permitirte formar parte del juego. No te teme, no te encuentra interesante como víctima, pero se siente gratificado por la dinámica que existe entre tú y yo. Has demostrado ser temperamental y él lo valora. Te permitirá asistir a las próximas reuniones, yo diría que eso es una victoria.

—No veo nada honorable en ello.

—No, pero tú no eres un samurái. Intenta mirar a largo plazo.

—Podría haber llegado con otros métodos.

—¿Más refinados, quieres decir? Te sacaré de dudas: de ninguna manera. Giacomo no te lo habría permitido. Si crees que puedes engañarlo, ya has cometido tu primer error. Hemos sido sinceros con él. Sigamos por este camino y él lo será con nosotros.

—Parece como si hubiera algo entre ustedes dos. Algo que va más allá del hecho de que ya se conocieran, quiero decir. ¿Me contará algún día lo que pasó? Y no me refiero a los hechos de la investigación.

—Algún día, tal vez.

—¿Cómo le va con la bomba de insulina?

Teresa la buscó bajo la camisa. Había olvidado que la llevaba puesta.

—No va mal.

—Nunca me dará una satisfacción, ¿verdad?

—¿Y qué es lo que debería decir?

—Que mi sugerencia le ha mejorado la vida, por ejemplo, y que debería haberme hecho caso antes.

Teresa se echó a reír. El inspector pensaba que la diabetes era su mayor problema, cuando en realidad era la mente de Teresa la que no funcionaba como antes. Los recuerdos se rompían en fragmentos que se perdían para siempre.

Tenía que decírselo, tenía que decirle que no volvería a dirigir el equipo, pero siempre acababa posponiéndolo.

—Marini, después de este periodo de enfermedad...

Él apoyó los codos en las rodillas. El reloj de pulsera lanzaba destellos que cegaron a Teresa por un momento.

—Lona será un problema, lo sé, pero, si el equipo se mantiene unido, y lo hará, podremos contenerlo. Tarde o temprano, el comisario jefe se cansará de ir pisándole los talones, comisaria. Eso no puede durar para siempre.

—Me temo que te estás engañando a ti mismo. En cualquier caso, Lona no es el problema.

—Se siente cansada. Lo entiendo.

—*Estoy* cansada. Mi cuerpo *está* cansado y mi mente, Marini...

El inspector se volvió para mirarla. Sonreía con el aire de quien se cree que lo sabe todo.

—Todavía tiene mucho que enseñarnos, comisaria, y nosotros estamos deseando empezar de nuevo. —Se levantó, animado por una nueva energía—. Usted no es una policía de acción.

—¿Ah, no? ¿Y quién lo sería, tú?

—La mente es su coto de caza. La suya y la de los asesinos. Consigue reconstruir sus historias, ve nacer propósitos que luego se hacen realidad. Puede seguir haciéndolo, y lo hará. —Señaló hacia la prisión—. ¿Qué es lo que ha pasado ahí dentro? Yo no me lo explico. Es usted capaz de meter la mano entre las fauces de un tigre y que se la lama y ronronee.

Teresa se quedó sin palabras. La animaba el hecho de que la jubilación quedara cerca. Tal vez no tendría que dar explicaciones, salvo al médico que le firmaría el siguiente parte de baja.

—Cuando se trata de mí, no tienes ninguna intuición investigadora, inspector. ¿Te das cuenta de eso?

Él frunció el ceño.

—¿Qué quiere decir?

—Exactamente eso.

Marini se desenrolló cuidadosamente las mangas, alisando las arrugas, y se puso la chaqueta.

—Entonces, Giacomo Mainardi niega haber matado a su compañero de celda, pero confiesa otro asesinato. ¿Cuánto tiempo ha estado fuera de la cárcel?

—El tiempo que tú te tomas para decidir qué ropa ponerte.

—Algo más de diez días. Y la llamada de la sangre se ha dejado sentir de inmediato.

Había desprecio en la constatación de los hechos.

Teresa se agachó y rozó con los dedos un diente de león que había brotado en una grieta del suelo. De niña, solía recoger los vilanos para agitarlos como varitas mágicas.

—Giacomo era un niño vigoroso, muy físico. Quería ser atleta, sin importarle en qué disciplina. Soñaba con la competición, la medalla, los aplausos. Así nos lo refirieron todos sus profesores.

—¿Por qué me lo cuenta?

Teresa permaneció agachada. Podía verle las puntas de los zapatos.

—No le iba bien en la escuela, a pesar de tener un cociente intelectual superior a la media, como se comprobó tras detenerlo. Decir que no lograba destacar en ninguna asignatura sería un eufemismo. Los compañeros lo aislaban, en el mejor de los casos. Otros se metían con él. Giacomo sufría una malformación ósea que lo hacía diferente. Tórax en embudo congénito. Tenía una fosa a la altura del esternón. Lo llamaban «el sin corazón». —Rio con amargura—. Con el tiempo, se convenció de que realmente no tenía corazón.

—¿Tenía el pecho excavado?

—Sí, una auténtica sima. Es un defecto que se puede solucionar con cirugía, pero esa cirugía tardó en llegar. Cuando lo hizo, era demasiado tarde. La deformación había echado raíces en su alma. Te he dicho ya que, a pesar de todo, Giacomo era un niño muy vigoroso, lleno de vida, ¿verdad?

—Sí.

Teresa levantó la cara.

—Bueno, al final consiguieron apagar esa vida que sentía dentro. Un día me confesó que empezó a albergar fantasías de canibalismo a los doce años. ¿Quién es el monstruo que tanto te indigna, Marini? Todavía no sabes nada de Giacomo. Nada.

Marini permaneció en silencio.

—Giacomo aprendió lo que era la soledad y la ira. Pronto aprendió a odiar. Quizá esa depresión del cuerpo se había convertido en la del alma.

—¿Y la familia?

—Ah, la familia. Punto débil. Lo único que deberías haber hecho, inspector, es preguntarte: ¿cuál es el pasado de este hombre? La respuesta te habría sorprendido, porque su historia no es muy diferente de la tuya. —Teresa se sentía triste—. Su historia no es diferente de la tuya, pero tú te las apañaste para salvarte. Él no lo consiguió.

Lo vio recibir el golpe, sintió pena por él y por ese niño traicionado por el mundo de los adultos que había sido. Se detestó a sí misma, pero la embestida era necesaria, porque para sentir el dolor de los demás a veces hay que revivir el propio, como un espectro que todavía tiene el poder de erizar la piel.

Marini se recuperó.

—Yo encontré a alguien que me salvó, comisaria.

—Giacomo, en cambio, no tenía a nadie.

—Sospecho que en algún momento llegó alguien, exactamente como me pasó a mí. La misma persona, de hecho. Usted.

Se miraron sin añadir ni una palabra hasta que se les unieron Albert y Gardini, el ayudante del fiscal.

Teresa se puso de pie, tratando de enmascarar el sufrimiento que pesaba sobre ella.

Gardini estaba cerrando el maletín con el expediente del caso.

—Eso es todo por ahora, he requerido las grabaciones de la entrevista. Por supuesto, al detenido se le pondrá en aislamiento.

Teresa hizo una mueca.

—El aislamiento no es nada aconsejable. Incluso podría ser contraproducente, ya se ha probado con él. Los rasgos paranoicos...

—Comprendo tu punto de vista, Teresa, pero es un asesino múltiple que ya ha conseguido escaparse una vez y que se ha autoinculpado de otro crimen. Eso sin mencionar que han asesinado a su compañero de celda y él es el principal sospechoso.

—No es mi punto de vista y no hay pruebas contra Giacomo. No fue él quien mató a su compañero.

Albert no esperó más para atacar.

—Me parece injustificada, incluso peligrosa, tanta confianza en su inocencia. Las pesquisas siguen en marcha.

Teresa no se dejó desanimar.

—Esperaremos los resultados, pero no me desmentirán.

—Qué presuntuosa, comisaria.

Teresa se volvió hacia Gardini.

—Giacomo nunca habría matado a un compañero de celda. No es así. Tiene rituales, etapas por las que pasar, incluso metas, si de verdad vamos a entrar en detalles.

Albert la miró de pies a cabeza.

—Giacomo. ¿Sigues llamándolo por su nombre de pila? Veo que tenéis mucha confianza. Si de verdad vamos a entrar en detalles, tú ni siquiera deberías estar aquí.

—Ya te ha ido bien por contar con mi presencia, porque sabías que tú con él no habrías llegado a ninguna parte. Por segunda vez.

Albert se indignó.

—Ten cuidado, Teresa.

Marini abrió la boca para responder, pero Teresa lo detuvo con un toque en el brazo. Fue Gardini quien se encargó de equilibrar la situación.

—Teresa, no puedo evitar que lo aíslen, pero no lo separarán de sus herramientas. Sé que no es mucho, pero es una promesa.

—Gracias, es mucho, de verdad.

—Esto es inaceptable. No debemos recompensarlo.

—No se trata de una recompensa, doctor Lona —soltó Teresa. Intentó contar hasta diez, pero solo llegó al tres—. ¿Sabes lo que distingue a un artista de un asesino en serie? La forma expresiva. Pero ambos piensan en imágenes, dialogan con representaciones interiores, comunican su universo psíquico. Se alejan de la realidad para crear y vuelven a ella solo para concretar, lo que significa *actuar*.

—¿Quién lo dice, *tú*?

—No. Pero, si citara el método de imaginación activa de Jung, el id y el ego, o las teorías de De Luca, todo eso para ti no tendría ninguna importancia, supongo.

—Teresa... —Gardini la llamó al orden.

Cerró los ojos por un momento y buscó la calma antes de proseguir.

—Mirad, Giacomo Mainardi es un asesino y también es un artista, no podemos ignorar eso, porque *es* eso: la imaginación desempeña un papel fundamental. Dejemos que sus fantasías se canalicen en formas de expresión inofensivas. Creedme cuando os digo que se ha demostrado que las fases del asesinato en serie son las mismas que las de la creación artística. Auroral, de excitación, de seducción, creativa, totémica...

—¡Pero, por favor, Teresa!

—Y, finalmente, «depresiva», *Albert*. Significa que, si le quitamos las teselas y las herramientas, a Giacomo le entrarán muchas ganas de matar, de arrancar un hueso del cuerpo, convertirlo en siete trocitos y meterlos en otro sitio que no sea un mosaico. Y encontrará la manera de hacerlo, con o sin aislamiento. Lo intentará a cada momento de su vida, es tan cierto como que necesita respirar para sobrevivir.

Albert desvió la mirada y Teresa vislumbró en ese sutil signo de debilidad un espacio para abrirse paso.

—Separarlo del arte supondría causarle ansiedad y depresión. El estrés crónico provoca la hipertrofia de la amígdala, un aumento de la actividad del sistema límbico. Los niños maltratados o abandonados tienen una amígdala más grande que sus compañeros no problemáticos.

—Habla claro, Teresa.

—Vale, voy a ser muy clara. Significa que la parte del cerebro reptiliano que aún tenemos en común con los animales y que hemos llevado dentro de nosotros durante millones de años está lista para pasar al ataque, comisario jefe, y no es prudente permitírselo a un hombre que tiene que matar para sentirse bien. Es como azuzar a una bestia, ¿entiendes? Pero, si eliminamos las fuentes de estrés, esa bestia volverá a su madriguera.

Gardini carraspeó.

—Bueno, creo que ahora estamos todos convencidos de que es mejor dejarle a Mainardi sus mosaicos.

Albert no le dio la satisfacción de reconocer que llevaban razón.

—Mainardi ha confesado un asesinato y ni siquiera tenemos el cuerpo de la víctima —dijo—. Tal vez deberíamos preocuparnos por encontrarlo. Eso en el caso de que exista: he enviado un equipo al lugar que indicó. No han encontrado nada.

—Aún no —dijo Teresa—. Y él ha dicho que alguien movió el cadáver. Sugiero recuperar el perfil victimológico de sus antiguas presas y a partir de esa base elaborar un posible perfil para la última víctima. Si alguien le ofreció un hombre como en un holocausto y Giacomo lo aceptó, eso significa que se correspondía perfectamente con sus fantasías y él nos lo ha confirmado. Es necesario cruzar los datos que tenemos con las personas desaparecidas la noche del 20 de mayo, fecha en la que Giacomo dice haber matado. Han pasado diez días, a estas alturas ya debe de haber alguna denuncia.

Gardini volvió a abrir el maletín para sacar la agenda electrónica.

—¿Antes no?

—No, nunca ha hecho prisioneros y los vagabundos le dan asco. Solía cazar en otros territorios.

—¿Debemos confiar en un asesino en serie?

—Cuando se trata de la muerte, los asesinos en serie se lo toman todo muy en serio.

Albert encendió un cigarrillo e inhaló profundamente.

—Contó una historia que no se sostiene. Delirio paranoide, eso es lo que pienso de sus palabras. ¿Y qué decir del inductor? ¿De verdad vamos a creerle?

Teresa lo habría golpeado de buena gana con el bastón.

—¿Han pasado veintisiete años y todavía no te has dado cuenta de que lo subestimas?

Gardini cerró el tema.

—Sea como sea, debemos tener en cuenta sus afirmaciones. De momento, no tenemos ninguna alternativa. Si en ese lugar alguna vez hubo un cadáver, encontraremos el ADN, pero vamos a necesitar tiempo y recursos. Es un campo yermo en las afueras de la ciudad, si no recuerdo mal.

—Es una zona bastante amplia —confirmó Albert.

Los dos empezaron a comentar los siguientes pasos de la investigación. Teresa se alejó y le indicó a Marini que se quedara a escuchar. En cualquier caso, no era ella quien iba a estar al mando del equipo.

Buscó los caramelos en el bolsillo, pero recordó haberlo hecho poco antes sin éxito. Un día empezaría a formular obsesivamente las mismas preguntas, a hacer los mismos gestos, incapaz de darse cuenta de que acababa de pronunciarlas, de que acababa de realizarlos. Su mente daba saltos como un disco rayado.

Estaba sosteniendo un juego peligroso.

Miró a los tres hombres, cada uno de los cuales representaba, para bien o para mal, una parte importante de su vida, profesional y privada.

¿Qué mejor ocasión para una revelación que haría que la gente hablara de ella durante mucho tiempo? Ya no le importaba gran cosa. Lo olvidaría pronto.

Carraspeó mientras sus dedos rozaban un trozo de papel en el fondo del bolsillo. Sacó la nota y la desdobló. Una sola palabra, escrita con una caligrafía nerviosa, las letras borrosas y pegadas entre sí, como si buscaran apoyo o bien se empeñaran en empujarse, en meterse unas dentro de otras. Habían sido escritas con sangre. Teresa imaginó a Giacomo hiriendo su piel, recogiendo una gota para trazar las letras.

No tenía ni idea de cómo había acabado esa nota en su bolsillo, pero era para ella y no tenía dudas sobre la identidad del autor. Sin embargo, Teresa no era capaz de recordar.

—Comisaria, ¿sigues con nosotros?

Albert se había dirigido a ella con fastidio.

Teresa lo miró. ¿Y ahora cómo se lo decía?

De la única manera posible: directa, en modo alguno conciliadora.

—Sé dónde encontrar al menos algún trozo de la víctima. O lo que queda de ella.

6. Veintisiete años antes

Una vez concluido el examen general de la autopsia, la ayudante del fiscal y el comisario Lona abandonaron el Instituto de Medicina Forense.

Teresa los observó caminar por el pasillo que conducía a la salida, hablando codo con codo, y esperó a que desaparecieran detrás de la puerta batiente antes de volver a la sala de autopsias.

Dudó en el umbral. Antonio Parri seguía en el interior, dedicado a esterilizar el instrumental utilizado. El ayudante de guardia se había marchado.

Se conocían poco, ella siempre estaba presente durante las pesquisas en la escena del crimen y las autopsias relacionadas con una investigación, pero nunca se inmiscuía con preguntas y consideraciones.

A un lado, observaba. Había aprendido que la muerte no es negra como en la iconografía clásica, sino que se viste de diferentes colores. No solo el rojo de la sangre y el blanco de los huesos, sino también todas las tonalidades del amarillo, del azul marino y del celeste, hasta el morado y el verde, en algunos casos de muerte por envenenamiento; transparente, incluso luminiscente, si se había producido por contaminación.

La muerte tenía un olor que ningún producto, natural o industrial, podría enmascarar en modo alguno.

En la camilla de acero, se encarnaba en rasgos humanos, habitaba el cuerpo de la víctima, era el humo aceitoso del sacrificio que yacía en sus cavidades.

Antonio Parri sabía leer los labios rígidos de los muertos, entregado a los misterios de las vísceras como un antiguo *hery sesheta* egipcio.

—¿Los cortes transversales en las piernas pueden ocultar mordiscos? —le preguntó Teresa a bocajarro.

—Hola, inspectora Battaglia. Creo que es la primera vez que escucho tu voz en esta sala.

Ni siquiera había levantado la cabeza. Era consciente de su presencia desde el principio.

Ella se atrevió a dar un paso.

—Creo que hay mordiscos, ahí abajo. —Parri la miró entonces, estudiándola en silencio. Teresa se retorció las manos, la incomodidad estalló en un repentino fogonazo de calor. Tenía que encontrar el valor para continuar, o marcharse de allí—. Los que son como él lo hacen. Muerden.

Parri entrecerró los ojos, como si quisiera enfocar bien su desvarío.

—¿Quiénes son?

Teresa sucumbió a la ansiedad, sacó un cigarrillo del paquete arrugado que llevaba en el bolsillo, pero, una vez entre sus labios, recordó. No podía fumar. Lo guardó de nuevo, pero lo aplastó con la torpeza del gesto. El cigarro voló al suelo.

El médico colocó en su sitio un instrumento. Ahora era ella la que iba a ser diseccionada.

—Siempre vas un paso por delante de tus colegas, pero nunca dices nada. Anotas todo lo que digo y todo lo que dicen los demás. ¿Quieres ser la mejor de la clase? Eres la única mujer. Supongo que sientes que debes demostrar lo buena que eres. —Le señaló la cara—. Con ese hematoma en el pómulo que has intentado tapar con base de maquillaje es difícil. —Demoró su mirada en la alianza que Teresa llevaba en el dedo anular. Ya había contado su historia y no se había equivocado.

Ella se tapó la mano, como si fuera posible negar la asociación a la que había llegado la intuición del médico. La rabia la cargó con una agresividad que no le pertenecía. No despreciaba a Parri, sino a sí misma.

—Me imagino que también es agotador para ti, doctor, enmascarar constantemente el olor a alcohol con los caramelos de menta.

Se miraron fijamente, ambos incrédulos. Parri se echó a reír.

—¿Tanto se nota?

Teresa no podía creer que hubiera dicho eso.

—No... Lo siento, estoy aturdida. No quería ser grosera.

—¿Grosera? Me has devuelto el golpe. No te justifiques. Siempre suena mal y rara vez se logra el efecto deseado.

Teresa se rozó la cara. Estaba ardiendo.

—¿Se nota mucho?

Él le restó importancia.

—No, no mucho. Estoy acostumbrado a captar ciertas señales. —Cogió un dermatoscopio de un estante y volvió a la mesa de autopsias. Lo colocó sobre la superficie brillante, que tenía arañazos del desgaste—. Pero deberías resolver el problema y mandarlo a que viviera por su cuenta. Ahora me dirás que yo también podría resolver mi problema, bastaría con que lo quisiera, y tendrías toda la razón.

Teresa sonrió, aunque se sentía triste.

—Si fuera tan fácil, ya lo habríamos hecho, ¿verdad?

—Amén. Venga, échame una mano y quítate el abrigo. Vamos a buscar esos mordiscos.

A Teresa no le hizo falta que se lo repitiera. Se deshizo de su chaquetón y lo colgó en el perchero. Se arremangó y se colocó el pelo detrás de las orejas. Pero no tuvo fuerzas para acercarse.

Parri volvió a encender la lámpara y la bajó sobre el cuerpo.

—He visto que estabas presente durante el reconocimiento. La próxima vez no has de tener miedo a acercarte. Si no observas de cerca, siempre se te escapa algo.

—No me quedo aparte por timidez. Los cadáveres me impresionan.

En cuanto lo dijo, se dio cuenta de que no era una confesión adecuada para hacérsela a un forense. Era como decirle que hurgaba en la basura.

Parri la miró de soslayo.

—Ponte los guantes.

Teresa cerró los ojos.

—Últimamente he tenido problemas de estómago. Preferiría...

—Ponte los guantes.

Parri había insistido con amabilidad, pero el estímulo era en realidad una *conditio sine qua non*. Teresa no podía eludirlo si quería la ayuda del médico. Sacó dos guantes de látex de la caja del carro de instrumental y se los puso.

—Una cosa, por lo menos: ¿es legal que lo haga?

Parri le cogió una mano y se la colocó sobre el pecho de la víctima. Teresa sintió que la acidez le subía a la boca desde la garganta. El médico clavó su mirada en la de ella.

—¿Notas esta firmeza antinatural? Es esto lo que te asusta, nada más que esto. Tocar la muerte. Pero la muerte *quiere* ser tocada. Es valiosa, tiene una historia compleja que revelar. Este cuerpo exige justicia, suplica compasión. Respétalo, aunque solo sea por el dolor que ha sufrido. Cuídalo, incluso. Y tendrá mucho que contarte.

Parri le soltó la mano, pero Teresa no la apartó. La mantuvo apoyada en la historia de la persona que había sido ese cadáver. El corazón latía en otra parte, allí en la habitación. En una existencia truncada. Las náuseas se desvanecieron poco a poco.

—Mira aquí, Teresa, en las muñecas. Los rastros de pegamento de los que hablé. El asesino lo ató y luego le quitó la cinta adhesiva.

Teresa estudió las marcas, imprimiéndoselas en la memoria. La sustancia había capturado la suciedad y en algunos puntos se veían rayas parciales.

Eran dinámicas que había estudiado en los libros, pero que nunca había observado en la vida real. Dejó que su mano subiera hasta las muñecas de la víctima; las giró. Cuando habló, se sorprendió al sentirse segura de sí misma.

—De alguna manera el asesino se ha organizado, aunque el arma homicida sea ocasional.

Parri cogió el sobre que contenía el bastón.

—Aquí la tienes, el arma. Restos de sangre, piel y pelo en la empuñadura. Casi seguro que son de la víctima. He podido aislar una huella parcial. Tal vez el asesino lo limpiara. Lo agarró por la punta y golpeó de arriba hacia abajo. Tres veces.

Teresa podía verlo actuando frente a sus ojos.

—Apuesto a que dos de los tres golpes son menores.

Parri dejó la prueba.

—¿Cómo lo sabes? Eso es correcto.

Teresa volvió a inclinarse sobre el cadáver.

—Porque lo ensayó. Había pensado en matarlo con sus propias manos, pero luego cambió de opinión utilizando un arma encontrada en el lugar. Tenía miedo de no poder soportarlo, lo que explica el uso de la cinta adhesiva y el hecho de que le golpeara por detrás.

—Pero usó una cuchilla para hacer los cortes y cercenar las falanges.

—La hoja la llevaba consigo para mutilar el cadáver, no para matar.

—¿Hay alguna diferencia?

—Una gran diferencia.

—Y, de hecho, el pecho también se lo abrió después del fallecimiento.

—Es un varón caucásico, joven.

—¿Cómo puedes saberlo?

Teresa observó el rostro del muerto. Las escoriaciones herían la piel flácida de las mejillas.

—Estadísticamente, cuanto más viejas son las víctimas, más joven es el asesino. Se trata de controlar a la presa.

—Víctimas. Es la segunda vez que hablas en plural. Antes has dicho «los que son como él lo hacen».

Teresa lo miró.

—Este asesinato muestra signos de indecisión, muestra toda la inseguridad de la mano que ha actuado. Es probable que sea el primero, pero sin duda no será el último.

El médico soltó un silbido.

—Será mejor que no te muestres tan segura con el comisario Lona. Lo dejarías perplejo. Levántale la pierna derecha, por favor, así evitamos darle la vuelta.

Teresa lo hizo, no sin dificultad.

—Ten cuidado con que no se gire, eh. Lleva una prótesis de cadera. No quiero que se atasque.

Ese peso entre sus brazos era algo que arrastraba a Teresa hasta el fondo. Era la ausencia de vida en su manifestación más carnal. Un total y rígido abandono.

Parri ya estaba analizando los cortes en forma de cruz con el dermatoscopio.

—Estos también fueron realizados *post mortem*, no cabe duda. No hay rastro alguno de coagulación.

Teresa siguió su ejemplo.

—Lona ni siquiera me escucharía. Está decidido a olfatear otras pistas.

—Tengo la impresión de que anda bastante perdido, ¿tú también?

—Preferiría que tuviera razón.

Parri señaló la bolsa con la ropa del anciano.

—El asesino se tomó la molestia de quitarle los pantalones, pero no hubo agresión sexual. Quizá no tenía tiempo, o quizá le bastaba para quedarse satisfecho. En cualquier caso, no encontré rastros de esperma.

—No, no. No se los quitó por eso. Quiero decir, no creo, no veo en todo esto un impulso sexual. Debe de haber otro mensaje que leer.

Parri la miró como si estuviera delirando.

La determinación de Teresa se tambaleó. Debía de parecerle una loca. Peor aún, una aficionada. Las náuseas volvieron a atormentarla. ¿Sería capaz alguna vez de presentarse con autoridad, de ser y sentirse una profesional? A veces le parecía que avanzaba a tientas y que improvisar era su única carta de presentación. Demasiado poco para ganarse el respeto de sus colegas más experimentados.

Parri volvió con más convicción a los cortes.

—¿Así que tú dices que intentó llevar a cabo un asesinato controlado, pero que de todas formas algo se le fue de las manos?

Parecía interesado. Eso era una novedad.

—Sí..., sí. Lo intentó, pero no terminó el trabajo tal y como lo había concebido. Sucumbió al impulso animal. Mordió a la víctima y trató de ocultar las marcas de los dientes con cortes. Sabe que el molde dental lo delataría y que, en cambio, el símbolo de la cruz podría ponernos fácilmente sobre una pista falsa.

—¿De verdad os enseñan estas cosas?

—Las estudio por mi cuenta.

—Son fascinantes. La otra pierna, por favor. En todo caso, estoy buscando tu mordisco. Si se lo dio, la víctima ya estaba muerta. No puedo encontrar ningún hematoma bajo las heridas.

Teresa dejó que su mirada recorriera el cuerpo. Estaba dispuesta a escuchar su canto de sirena, a dejarse arrastrar por el torbellino de sus últimos momentos de vida.

Sintió la tentación de acariciarlo. Parecía un buen hombre. Entre las cejas no llevaba grabadas las marcas de un alma mala.

—El asesino entró en pánico —lo dijo en un susurro, como para no despertar a la muerte—. No controló la excitación. Movió el cuerpo varias veces, las abrasiones en la cara lo confirman. ¿Puedo? —Señaló la boca.

Parri parecía embelesado.

—Por supuesto.

Teresa apoyó la pierna en la mesa.

—Las falanges fueron amputadas de una manera poco profesional, de carnicero. Con un cuchillo, o quizá incluso con un cúter —le advirtió Parri—. Las mismas consideraciones para la herida abierta en el pecho. Sin embargo, a partir de ahí no falta nada.

No era eso lo que Teresa estaba observando; la cavidad que le había llamado la atención era otra. Buscó una linterna en la mesa del instrumental e iluminó las mucosas de su boca.

—Grava.

—Sí..., estaba a punto de decírtelo. Todavía tenemos que lavarlo.

—Lo movió, varias veces. —Imitó el gesto—. Arrastrándolo por los brazos. El contacto con el cuerpo le resultaría estimulante. Al final lo soltó, con prisas, a la vista de todo el mundo. Se arriesgó mucho. Está empezando. Ganará valor, se volverá más seguro, pero también astuto.

—Solo dispuso de una hora para hacer todo esto.

Teresa ya lo había pensado.

—No lo mató lejos de donde se encontraron. Y no tuvo que esforzarse mucho para convencerlo de que lo siguiera. ¿Tal vez para subir a un coche con él? Se conocían. No nos olvidemos del perro: estaba manchado de sangre. Es una criatura agresiva, pero no debió de dar molestias. No hubo coacción.

Parri la observó.

—Te vi pasar esa toallita por el pelaje del animal. Me quedé impresionado, lo admito.

—¡Oh, claro!

Teresa fue a buscar los dos sobres que había guardado en el bolsillo de su chaquetón y se los entregó. Sangre y barro en toallitas húmedas.

—Deberías analizarlos, por favor. Tal vez en la composición química podamos encontrar un elemento que nos encamine hacia una ubicación precisa. Si la sangre es la de la víctima, entonces está confirmado: el perro estaba con ellos. De alguna manera, los tres se alejaron juntos. No se trata de una consideración menor; pone en marcha dinámicas de conducta muy diferentes a las de un secuestro.

—Por supuesto, me ocuparé de inmediato.

—He leído que existen nuevas pruebas de laboratorio a nuestro alcance, que es posible extraer el código genético del ADN de muestras de sangre e identificar con certeza a quién pertenece.

—Sí, pero no dejes que tu imaginación te lleve demasiado lejos, inspectora. Es una técnica experimental y seguramente no llegará a estos laboratorios en breve.

Teresa ocultó su decepción. Miró las manos pálidas de la víctima.

—La viuda dijo que faltaba un anillo entre sus efectos personales, una alianza de oro que el hombre llevaba en el meñique de la mano derecha y que nunca se quitaba. Era la alianza de su madre.

—Sí. Ahí está la señal, en efecto.

Teresa tomó la mano mutilada entre las suyas y observó el fino círculo de piel más clara.

—Los huesos que recoge representan el trofeo, quizá incluso la firma de los próximos crímenes. El *modus operandi* cambia, se perfecciona, pero la firma sigue siendo la misma. Es una marca de fábrica. La alianza es un fetiche que lo ayudará a desandar las etapas del asesinato, a experimentar una sensación de poder y plenitud. Un simple objeto arrebatado a la víctima y que, tal vez, algún día, el asesino encuentre la forma de devolver a sus familiares o a alguien a quien sienta más cercano.

—¿En serio? Es espeluznante.

Teresa le sonrió.

—Es la historia del asesino, doctor. Tú me lo has dicho: nos la está contando la muerte de este hombre.

—Y es una muerte generosa. Creo que he encontrado un detalle interesante. Aquí, en la parte exterior de la pantorrilla. —Con unas pinzas, el médico señaló un colgajo de piel desgarrada—. Hay algo aquí abajo.

—¿Qué es?

—Una sombra muy leve, pero podría aventurar que se trata de un incipiente hematoma *pre mortem* de forma conocida. —Se quitó las gafas. Parecía incrédulo, o más bien admirado—. La muerte te ha recompensado, inspectora.

Teresa no dejó de fijarse en el término. Parri era la única persona que la había llamado así. El médico dejó las pinzas.

—El corazón ya estaba parado, pero con el último empujón consiguió dirigir un mínimo flujo de sangre hacia el tejido que sufría el traumatismo. Es el mordisco que buscabas.

7. Hoy

—Aquilea. ¿Dónde iba a ser si no?

Marini lo dijo mientras contemplaba las columnas del foro. Teresa se percató de cómo el atisbo de incredulidad se transformaba de inmediato en plena convicción de que ningún otro lugar del mundo podría ser más coherente con la historia de muerte que Giacomo contaba a través de la suya.

El cielo enrojecía, como si un dios superviviente quisiera incendiar aquellos restos milenarios con su cólera. Aquel lugar había sido profanado. Por Giacomo.

Aquilea, había escrito el asesino en la nota. Aquilea la subterránea, la perdida. La antigua ciudad romana surgía en las extensas sombras del crepúsculo. A Teresa le recordaba la traslúcida muda de una serpiente sagrada. No la recubrían las escamas, sino teselas de mármol que brotaban de la tierra negra.

Los había recibido con vestigios antiguos, con el olor mineral de la piedra de Istria, con las ruinas del circo y de las termas, y las del puerto fluvial que antaño la conectaba con el Adriático, antes de que el río abandonara su cauce para extenderse con más ímpetu a otros lugares.

Caminaban sobre capas de vidas, mil almas a cada paso, pensó ella, desandando los caminos de los grandes. Julio César, los primeros cristianos de Alejandría, Atila y su furia. Según la leyenda cristiana, incluso san Marcos.

La pequeña ciudad, ahora, estaba constituida por un núcleo de unas pocas casas en la planicie que quedaba casi a la vista de la costa de la laguna. El surco primigenio trazado por los triunviros mientras un águila daba vueltas sobre sus cabezas había sido girado y volteado a lo largo de los siglos hasta perder sus contornos. Aquilea llevaba esculpidos los nombres y las hazañas de los patriarcas, pero apenas se podía reconocer en su rostro el poder del pasado.

Teresa dejó que su mirada recorriera el horizonte. Era como observar a una campesina e intentar vislumbrar en ella a una soberana. Sin embargo, en los campos, bajo los cultivos, rebullían capiteles, ánforas y tesoros aún por descubrir. Sus oropeles empujaban hacia arriba, hacia la superficie del mundo, para dar testimonio de lo que había sido.

Aquilea la olvidada, Aquilea la desconocida. No por todos, pero sí por muchos.

Detrás de las columnas del foro, el campanario construido mil años antes con los bloques de mármol del anfiteatro despuntaba sobre el perfil lanceolado de los fragantes cipreses. Al lado, iluminada en el incipiente atardecer, la iglesia aparecía fuera de escala con respecto a la zona edificada, una catedral forjada con piedras idénticas entre sí, marca de su antiguo origen. Las capas de yeso y los ornamentos añadidos en épocas posteriores habían sido raspados para devolverle su belleza original. La basílica de Aquilea era la grandiosa y primordial casa de Dios ideada por Teodoro I, erigida sobre la *domus ecclesiae* que había acogido a mártires y a perseguidos, casi dos mil años de santidad y de sangre entremezclados en la mixtura de los cimientos.

Teresa y Marini se encaminaron en esa dirección, sin prisa, ella apoyándose en él. Llevaban horas esperando a que la policía científica terminara sus pesquisas. En el aire, la dulzura de las inflorescencias nocturnas, el salitre de la humedad marina arrastrada por el viento que soplaba del sur y, más oculto pero penetrante, el olor fúnebre del polvo en que el hombre estaba destinado a convertirse. Aquilea era un sepulcro al aire libre, de nuevo revelado.

Teresa se había tragado dos pastillas de analgésico. Las punzadas mordían, no soltaban a la presa.

Allí, pisando antiguos surcos, quién sabe cuántos restos todavía bajo la superficie, se dio cuenta una vez más de que no había nada nuevo en su sufrimiento, ningún valor añadido que lo hiciera digno de mención. Era una vibración del dolor que atravesaba el espacio y el tiempo junto a muchas otras, sin tener el más mínimo poder para doblegarlas. Se encontró pensando que, quizá, era el calvario humano lo que mantenía unido el universo, una gravedad que fijaba las estrellas a su eje.

No se le pedía nada que a otros se les hubiera ahorrado.

El silencio era irreal. El cordón de seguridad alrededor de la catedral había mantenido alejados a los curiosos. Esos pocos intrépidos se habían cansado de esperar y habían desaparecido con las primeras sombras y los apetitosos olores de las cenas dispuestas en las mesas.

Teresa se detuvo ante la explanada de baldosas bruñidas que conducía a la entrada de la basílica.

—Partir es siempre morir un poco.

Lo dijo con la mirada puesta en la loba capitolina que amamantaba a los dos niños. Sobre el tronco de una antigua columna, en un capitel del pasado de Roma, alimentaba con sus mamas sueños de una grandeza desdibujada.

Teresa se sentó en el zócalo. Ante esas palabras, habría jurado que podía sentir la sangre de Marini fluyendo más rápido, su pulso era cálido bajo sus dedos. O quizá era su propia sangre la que estallaba protestando en sus oídos. Qué caos de sentimientos, de subidas y bajadas. Todo detenido en la densidad de un único instante. En qué agujero negro se había convertido.

—Comisaria, no diga eso. A veces, irse significa sencillamente empezar de nuevo.

Él también sufría. Parecía que, en el interior de ambos, la noche evocara otras noches.

Teresa lo detuvo con la ruda dulzura a la que, a esas alturas, lo había acostumbrado.

—*Tú* no digas nada, Marini.

Junto al portón de la basílica, los expertos estaban recogiendo los cables, embalando los equipos. Los motores de las furgonetas estaban en marcha. No había paz para ella. Era el momento de volver a ponerse en pie.

Le soltó el brazo.

—Dame impulso.

Marini la ayudó a levantarse y luego miró a los hombres preparados para marcharse, con las manos de nuevo en los bolsillos.

—Terminamos por hoy sin haber encontrado nada.

—*Han* terminado. Nosotros todavía hemos de empezar.

—¿No querrá...?

—Por supuesto que sí. ¿No creerás que he estado cogiendo moho aquí durante horas para volverme a casa justo ahora?

—Pensé que solo intervendríamos en caso de hallar huellas.

—Ya he llegado a un acuerdo.

—¿Con quién? ¿Cuándo?

—Cuando te has ido al lavabo.

Él abrió los brazos de par en par.

—¿Acaso está fingiendo encontrarse mal? La dejé sola durante cinco minutos. ¿Cómo ha podido...?

Teresa se volvió hacia el coche que estaba aparcado justo detrás de la cinta que delimitaba la zona de investigación. Por un momento los faros la deslumbraron. De Carli y Parisi se bajaron poco después. La puerta trasera también se abrió. De ella salió un perro mestizo, negro y gris, y una figurita delgada, con una larga cabellera azul y unos tejanos rotos. La chica desplegó un bastón retráctil y giró la otra muñeca para sujetar la correa del perro.

Teresa sonrió. Sus buscadores.

—Bien. El equipo está completo.

La basílica de Santa Maria Assunta se elevaba orientada sobre el eje del sol, el altar hacia Oriente, símbolo de la luz cristiana que habría debido iluminar la oscuridad del alma humana. En su corazón consagrado se encontraba el suelo de mosaico paleocristiano más antiguo y extenso del mundo occidental. Millones de teselas que colocar una a una, husmeando la muerte.

Cuando poco después cruzó el umbral, Teresa se sintió abrumada por un peso tangible, el del aliento cargado de humores de los siglos. Soplaba sobre ella. Era la solemnidad del pasado, que tenía alma, un esqueleto de piedra con articulaciones que giraban en torno a los puntos cardinales de la humanidad. Y una fuerza indefinible.

Tras comprobar que en el interior no había ningún cuerpo intacto, quedaba lo que Teresa más había temido. Entre esos millones de teselas, la catedral escondía siete fragmentos de hueso.

8. Siglo IV

La hora de Ceres estaba cerca. La alineación de los cuerpos celestes lo decía.

Era la noche en que el aliento de la diosa animaba las estrellas y las horas. Los clypeus *de los antiguos soldados de la* Regio X *vibraban en las entrañas de la tierra, por ella.*

En el campamento militar fuera de la urbe aquileiensis *las antorchas ya estaban encendidas. Los fuegos ardían chisporroteando en el crepúsculo, reflejándose en las tranquilas aguas del Natiso. Las embarcaciones parecían estar suspendidas sobre la superficie brillante del puerto fluvial. La brisa esparcía por los prados el aroma de las conchas y de la madera blanqueada por la sal. A unas pocas leguas al sur chapaleaba el* Mare Superum *y las costas ricas en peces de Histra y el Illyricum se desplegaban en una línea negra que llegaba hasta el horizonte. A intervalos regulares, los gigantescos hachones de los* castra *y de las escalas comerciales del otro lado del mar se iluminaron uno tras otro.*

Aquilea se había despojado del caos del día y se había revestido de la calma de la noche. Solo las tabernae *mantenían un animado bullicio en las estrechas calles. Se hablaban muchas lenguas y eran diferentes los tonos de los rostros que las llamas de las lámparas hacían revivir.*

El legionario era una sombra entre las sombras. Pasó por el foro y el circo, el anfiteatro con los delfines de piedra caliza y las termas, hasta llegar a la húmeda oscuridad del antiguo palatium. *Sobre sus cimientos, ahora, se encuentra la basílica encargada por el obispo Teodoro.*

La era de los cristianos había comenzado. Algunos murmuraban que el tiempo de las grandes legiones había llegado a su fin. Ya no serían las hojas afiladas las que gobernaran el mundo, sino las cruces. El estandarte de Cristo pronto oscurecería, como un eclipse, el águila del emperador, el rostro de Júpiter.

Del templo cristiano llegaban cantos de mujeres y de hombres. No se escondían, aunque deberían haberlo hecho. Incluso en su credo las grietas daban paso a las rupturas. Cristianos contra cristianos.

El legionario dudó, enfundado en el manto del color de la noche.

El viento cambió de dirección, trayendo un aroma que no era el de los campos y de los juncos. Había aprendido a reconocerlo. Era la esencia sagrada del templo de Edfú, resina de terebinto y olíbano, mirra y bálsamo de Judea.

De la oscuridad salieron dos siervos etíopes, con la cabeza afeitada, el cuello y las muñecas anilladas con cobre y bronce. Era difícil decir dónde terminaba la ornamentación y empezaba la cadena de la esclavitud.

El legionario los conocía.

—Decidle a vuestra señora que no voy armado.

Calida Lupa no esperó más. Se reveló como la luna que aparece entre las nubes, con la blancura de su túnica de fina gasa, adornada con las doscientas tres moscas de alas cerradas de la sacerdotisa de Isis, doradas como los brotes de hiedra que adornaban sus sandalias. La piel de la mujer, perfumada con ungüentos, brillaba.

—¿Por qué me sigues, hija de Isis?

La vestal pasó una mano abierta por delante de la cara del legionario. Los ojos bordeados de polvo de lapislázuli mostraban turbación.

—No pronuncies Su nombre, Lusius. La noche tiene oídos de zorro. Te sigo para salvarte la vida. Vuelve al lugar de donde viniste, únete a tus soldados en los ritos nocturnos. Aléjate de los cristianos.

El legionario miró hacia la basílica. Las ventanas relucían con brillos temblorosos. En su interior, ardían las llamas de la nueva fe, mientras que ellos, allí, eran los últimos simulacros de un culto moribundo. No quedaban más que brasas. Pronto el viento del cristianismo las dispersaría en cenizas.

—Isis canta su agonía —le dijo—. Parece que incluso Roma le haya declarado la guerra a la diosa. Ya ha ocurrido, pero esta será la derrota final. Tú tampoco estás a salvo.

Los ojos de la sacerdotisa se llenaron de lágrimas.

—Rezo todos los días para que esto no ocurra, pero las estatuas siguen cayendo, los templos siguen derrumbándose. Quieren borrarla. Temen el amor que el pueblo siente por ella y que alimenta el poder de los sacerdotes. ¿Qué te hace pensar que los cristianos tendrán pasión por Su culto? Incluso llaman herejes a algunos de sus hermanos.

—Conocen la persecución.

El sufrimiento en el rostro de la mujer se transformó en ira.

—¡La conocen y la devolverán! En esta tierra, las cartelas de los dioses de las pirámides conviven con los símbolos de la Urbe, las lucernas con la Menorá del pueblo judío se encienden con la misma llama que ilumina las efigies de Mitra y del dios Antínoo. ¿Qué destino puede esperar a un mundo tan confuso? —Lo aferró por un brazo—. No te vayas. Veo en la invitación del sacerdote cristiano un engaño.

—¿Ya has lanzado tus tabas, Calida Lupa?

—He visto en el fuego del brasero sagrado tu futuro, soldado. Las deidades han hablado.

Al legionario le hubiera gustado llevar consigo un amuleto capaz de conjurar aquella nefasta sentencia, pero había renunciado a la mano de Sabazio tiempo atrás. Se liberó de la suave presión.

—Si es mi destino el que los dioses te han mostrado, entonces no me queda más remedio que ir a su encuentro.

Caminó hacia atrás, sin perderla de vista. Ella regresó a las sombras y él entonces se entregó a la noche y al destino que moraba en ella.

La basílica lo recibió con los cánticos de esperanza e invocación de la luz divina que había oído poco antes. En el vestíbulo, algunos sirvientes le hicieron quitarse la capa y las sandalias. Cuando les entregó el casco y la armadura con falaras brillantes fraguadas en las forjas imperiales de Antioquía, sintió que se había entregado a sí mismo.

Le lavaron las manos y los pies en una pila de bronce dorado. Al final, el hombre que le había prometido una audiencia se asomó por detrás de la cortina púrpura que ocultaba la gran sala donde se celebraba la sinaxis eucarística. Cyriace, como se hacía llamar, lo abrazó fraternalmente y lo introdujo en los misterios de la nueva fe.

Descalzo, vestido solo con su túnica, el legionario se adentró en un paraíso terrenal que se desplegaba bajo sus pasos en mosaicos de rara belleza. Animales de mirada apacible, plantas exuberantes y pastores de caras luminosas lo condujeron hacia la pila bautismal que los cristianos utilizaban para un rito de renacimiento que él aún no comprendía. Allí, inmersos en el misterio de la fe, recibían el óleo del crisma que consagraba a reyes, profetas y sacerdotes. Pronto el amanecer iluminaría las pinturas chillonas que decoraban las paredes, el sol heriría el agua cristalina con reflejos polifacéticos. El nuevo cristiano sentiría esa luz iluminándolo desde su interior.

Pero ese hombre no era él. Lusius solo estaba allí para entender hasta qué punto el nuevo culto podría abrirse al suyo. Había oído ru-

mores sobre ritos misteriosos que se celebraban en ese templo. Ritos que procedían de lejos, del pasado. Más antiguos que cualquier hombre que hubiera caminado sobre la tierra y que para él no eran del todo desconocidos. Incluso entre los cristianos había quienes los ignoraban y quienes los aborrecían. La grieta no estaba lejos.

Cyriace lo condujo a la segunda sala, prohibida para la mayoría. Solo el iniciado tenía acceso a ella, pero Lusius había demostrado que ya conocía algunos de los secretos que ocultaba. El cristiano Cyriace se había quedado asombrado, por lo que quiso comprobar por sí mismo hasta qué punto el pagano romano era capaz de desenvolverse en el camino iniciático trazado bajo sus pies.

En la segunda sala ardía el incienso, las lámparas colgaban de cadenas ancladas en el techo, iluminando las teselas de los mosaicos.

Estupor, maravilla. La grandeza del cielo reflejada en la tierra.

Los seguidores de Cristo esperaban a los lados, vestidos de blanco, como él y como los sacerdotes de Calida Lupa. Algunos niños llevaban en la palma de la mano ungüentarios de cristal muy fino, que tenían la forma de pececitos y los colores de las piedras preciosas. Una joven sostenía una cesta en sus brazos. En el cesto de juncos, entre panes recién horneados, se enroscaba una serpiente.

9. Hoy

En su vida adulta, Teresa había entrado solo unas pocas veces en una iglesia. Había ocurrido el invierno anterior, en un pueblecito de montaña, donde el mal que ladraba en los bosques no era más feroz que el que respiraba tranquilamente en la intimidad de las casas.

La basílica de Aquilea la recibió con un eco que vibraba en las imponentes dimensiones y se expandía en el pecho. A sus pies, bajo pasarelas suspendidas de vidrio y acero, los mosaicos estaban bañados por una luz blanca y parecían el reflejo de un mundo lejano. No enterrado en la tierra hasta un siglo antes, como lo había estado, sino como si perteneciera a lo alto, a algo más.

—*Per aspera ad astra.*

A través de las asperezas hasta las estrellas. Teresa lo dijo mientras seguía con la mirada las imponentes columnas, hasta llegar a las bóvedas en penumbra: el techo de celosía de madera y los arcos apuntados eran testigos de las vertiginosas alturas alcanzadas por la humanidad. Las mujeres y los hombres siempre habían buscado el rostro de Dios en la belleza del arte y, al mismo tiempo, un rastro de su propia chispa divina. Quién podría decir si realmente existía tal, pero Teresa encontraba esa búsqueda conmovedora, a veces dolorosa, nunca interrumpida. Manos desnudas y sucias habían erigido ese templo inmortal, lo habían legado a la posteridad dibujando la majestuosidad a su alrededor. Con el barro de la condición terrenal habían sido capaces de levantar las puertas del paraíso.

A veces Teresa buscaba esa chispa en el espejo. No podía creer que todo fuera a terminar junto con su cuerpo y, lo primero de todo, junto con sus recuerdos. Se miraba a los ojos, se hundía en sí misma. Se había descubierto vislumbrando esa chispa en el sufrimiento, en la dignidad que mantenía abrazada a su pecho, en su esfuerzo por continuar erguida. No sin la rabia que se lanza contra un gran amor traicionado, había pensado que ni siquiera un dios habría sido capaz de tanto, porque la perfección no conoce la caída, pero tampoco el renacimiento.

Levantó los ojos hacia el crucifijo que al final de la nave parecía estar bendiciendo a todo y a todos y, al mismo tiempo, juzgándolos. Quizá solo un dios hecho hombre puede entender el valor de las criaturas caídas. La perfección no se acostumbra al sacrificio, porque nunca se le exige el sacrificio. Y así, en la eternidad, está condenada al silencio del dolor, pero también al silencio del corazón.

Una mano se deslizó sobre la suya.

Era Blanca, la buscadora que había venido para ayudarlos. La chica sujetaba a Smoky con la correa. Ella también, al igual que Teresa, se acompañaba con un bastón, pero el suyo era una varita delgada, que hacía tictac como un reloj sobre la estera, una sonda que la joven lanzaba hacia delante para dar forma y orden a la oscuridad.

Para Teresa, se había convertido en una visión familiar en los últimos tiempos. Todavía esperaba que fuera posible verla a ella y a su perro integrarse entre los asesores de la fiscalía, inestimables buscadores de huellas olfativas que conducían a restos humanos. Habrían aportado savia nueva, pero, tras un único intento, la chica se mostró reacia a continuar. Por un momento, pareció estar a punto de desaparecer. Teresa le estrechó la mano antes de soltarla.

—¿Estáis listos?

La joven levantó la cara, como si buscara su voz.

—Sí. Cuando quieras.

Marini se agachó y la ayudó a ponerse los zapatos especiales utilizados por los restauradores. También habría que proteger las patas de Smoky. El inspector se encargó de ello, armado con cinta adhesiva y calcetines caninos con suela de goma. Smoky le pasó la lengua por la cara.

—Para ya, cabeza de chorlito. —Lo apartó, pero como respuesta los lametones se duplicaron.

Teresa acarició al perro.

—Vamos, inspector, le estás empezando a gustar.

—No, en absoluto. Lo hace porque sabe que me da asco.

—A ver si lo entiendo. ¿Crees que es un desplante?

—Pues claro que lo es.

Marini extendió una mano para acariciarlo, pero Smoky le enseñó los dientes y gruñó.

La chica atrajo al perro hacia su pierna.

—Todavía está decidiendo si debe fiarse o no de ti.

Teresa se preguntó si no estaría hablando también de sí misma. Llamó a la superintendente de bienes arqueológicos y bellas artes, que estaba esperando en la entrada. La mujer se reunió con ellos y comprobó que las operaciones se llevaban a cabo según las instrucciones que había impartido.

—Una vez más, por favor, procedan con la máxima cautela. La tensión ya ha sido demasiada por hoy. Debemos preservarlo de cualquier tipo de shock.

Hablaba del mosaico del suelo como si se refiriera a una persona de carne y hueso, movía sus manos acariciándolo desde la distancia. Tenía miedo de hacerle daño, pero no había dudado en colaborar. Sin embargo, ahora que las intenciones estaban a punto de convertirse en hechos, dudaba.

Teresa le puso una mano en el hombro a la investigadora. La muchacha y el perro serían los únicos que avanzarían sobre los mosaicos.

—Los llamé precisamente a ellos para evitar más dilaciones, doctora. Déjelos trabajar, son profesionales.

Los ojos de la mujer los examinaron. Una chica ciega y un perro mestizo y pelón, con colmillos que sobresalían torcidos y unos ojos locos de color hielo.

—Confío en usted..., comisaria.

—Vamos, que en nosotros no.

La protesta de la joven había sido un susurro. Teresa se la llevó a un lado.

—Calma, no dejes que esto te afecte. Bajad y haced lo que tan bien sabéis hacer. En este momento, no debe importar nada más.

La chica parecía mirarla, buscar los rasgos de quien se había convertido en una amiga en la sombra que tenía delante. En sus ojos empañados giraba un universo aún misterioso para Teresa.

—Si el comisario jefe Lona llega y nos encuentra aquí...

—No ocurrirá, pero en cualquier caso me encargaría yo de ello. —La rodeó con su brazo—. Sois los mejores, ya lo habéis demostrado. Y poco importa que no forméis parte de la policía. Lo que cuenta es vuestro currículum. ¿De acuerdo?

—De acuerdo.

—Ánimo.

Teresa la empujó hacia la pasarela, donde habían desmontado un panel para permitir el descenso de los técnicos.

Marini la ayudó abajar. Smoky la siguió con un salto ligero. El equipo de la Científica ya había subdividido con cordeles los casi ochocientos metros cuadrados de la obra de mosaico en sectores de diez por diez.

El perro detector de huellas biológicas y su humana iniciaron la búsqueda de inmediato.

—Para empezar, lo dejaré suelto alrededor del perímetro. Si no señala nada, entonces escanearemos los sectores.

Lo puso a sus pies y le dio la orden.

—¡Olfatea!

La superintendente se acercó a Teresa.

—No quise ofenderla. Me expresé mal. Es una operación tan delicada y fuera de lo común. —Se volvió hacia la nave—. No puedo creer que este lugar haya sido profanado, que alguien haya logrado entrar y... hacer lo que ustedes creen que hizo. Eso significaría que los vigilantes no estaban lo suficientemente atentos, que el cordón de seguridad alrededor del patrimonio no ha funcionado. Va a ser necesario aclarar las cosas, analizar las grabaciones de las cámaras de seguridad, interrogar a los responsables.

—Ya lo estamos haciendo, doctora. —Pero, si Giacomo había dicho la verdad, y Teresa no tenía motivos para dudar de ello, no encontrarían nada que no hubiera confesado ya.

—Me refería a que deberíamos iniciar una investigación interna para averiguar quiénes son los responsables de la intrusión, comisaria.

A Teresa le hubiera gustado explicarle que no había forma de disuadir a un asesino en serie de su propósito, una vez puesto en marcha el proceso mental que llevaba al ritual del asesinato y a los pasos litúrgicos que lo seguían, pero habría requerido un tiempo del que no disponían y ella no tenía fuerzas para resumir los años de exámenes psiquiátricos y de conducta a los que habían sometido a Giacomo Mainardi.

—Créame, doctora, mejor que haya sido así.

La mujer la miró incrédula.

—¿Mejor que la obra haya sido dañada o la basílica profanada?

—Es mejor para ellos que no lo hayan encontrado. —Teresa le hizo un gesto a Marini—. Ahora tendrá que disculparme. El inspector y yo seguiremos la búsqueda a distancia, desde la pasarela. Sería mejor evitar otras presencias alrededor.

La superintendente asintió.

—Estaré en la entrada.

Smoky seguía en busca del cono de olor que lo llevaría a los restos humanos escondidos en los mosaicos. Las esquirlas de hueso de la víctima, como sugirió Giacomo, estaban allí, incrustadas en aquellas maravillosas figuras.

Teresa y Marini avanzaban por la pasarela, con pasos tranquilos pero con el ánimo alborotado. Ella podía percibir la agitación que se escondía tras la compostura del inspector. Le habría gustado traerlo de vuelta a la calma, pero no podía darle lo que él deseaba.

Bajo sus pies, las maravillas del paraíso terrenal dieron paso a la historia bíblica del profeta Jonás, que fue arrojado al mar por los fenicios y salió vivo después de tres días en el vientre de un monstruo marino. Una alegoría de la resurrección. Los mosaicos teodorianos habían sido descubiertos a principios del siglo XIX, durante mil quinientos años habían permanecido en la sombra, cubiertos por una segunda capa de mármol.

Los buscadores habían llegado al pie del altar flanqueado por los púlpitos renacentistas. El animal no mostraba signos de excitación. Todavía no había olido la muerte humana.

Los dos descendieron a la cripta de los frescos, junto al ábside encargado por el patriarca Majencio. En el fresco que adornaba la pila, la Madre de Dios ofrecía a su Hijo a la humanidad y lo miraba con doliente dulzura.

Bajar los escalones que llevaban a la cripta fue como cruzar otro umbral del tiempo para reaparecer en la difusa luz y en los cálidos pigmentos de las tierras y de los ocres medievales del siglo XII. Las paredes y las bóvedas bajas estaban totalmente pintadas al fresco y representaban los momentos más destacados de la cristiandad y de los orígenes del cristianismo en Aquilea. En los lunetos, la crucifixión de Cristo y la pasión de los primeros mártires recordaban en parte a los cánones del arte bizantino.

—¿Quiénes son? —preguntó Marini, acercando su rostro al fresco que representaba la decapitación de dos hombres.

Teresa señaló las urnas guardadas en un santuario, a sus espaldas.

—Probablemente ellos. Mártires.

—Es impresionante.

Teresa no entendió a qué se refería, si a la vida o a la muerte, o a los tesoros artísticos que habían sobrevivido al tiempo.

En un lienzo que quedaba a su costado, dos jinetes contendían lanzando a sus animales al galope. Uno de los dos parecía llevar la vestimenta de los templarios. Era el que perseguía al otro guerrero, captado en el momento en que lanzaba una flecha y lo atravesaba.

No era la primera vez que Teresa se enfrentaba a esa imagen, pero en ese momento de su existencia era a ella misma a quien veía. Ella lo había perseguido, le había dado caza. Ahora la flecha estaba a punto de ser disparada, mientras ella seguía empeñada en permanecer en la silla de montar, en continuar la persecución.

Teresa buscó con la mirada otro fresco que representaba la Dormición de la Virgen. Se había convertido en algo raro en la iconografía religiosa. A pocos les interesaba la muerte de la Madre. En el fresco, el Hijo velaba su cuerpo y sostenía su alma entre sus brazos, envuelta en vendas, como a una recién nacida. Teresa lo encontraba de una ternura conmovedora.

¿Quién la envolvería a ella en un abrazo reconfortante cuando le llegara ese momento?

—Comisaria, ¿nos vamos?

Teresa tuvo que hacer un esfuerzo por desprenderse de esos pensamientos.

Ascendieron desde la cripta para volver a la superficie de la basílica. La chica y el perro casi habían completado la primera vuelta del perímetro. Los movimientos coordinados, las pocas palabras necesarias, nunca perentorias, siempre amables, la armonía entre esas dos criaturas siempre impresionaba a Teresa.

Se apoyó en la balaustrada, con los ojos puestos en la joven.

—Dice que no quiere tener nada que ver con Lona. Le provoca ansiedad.

Marini siguió su mirada.

—Sería una pena que se rindiera por eso, pero no me siento capacitado para convencerla de lo contrario. Se han hecho amigas durante estas semanas.

Teresa sintió que una carcajada le brotaba en el pecho.

—¿Estás celoso?

—No fue fácil para mí ganarme su confianza, comisaria. Me hizo sufrir.

—Pero ¿de quién te crees tú que te has ganado la confianza? Marini le dio un suave codazo.

—Sé que me quiere.

La sonrisa de Teresa se desvaneció.

—Tú sabes muchas cosas, pero te falta una. Marini...

—¿Qué le pasa a esa chica? —El inspector también se apoyó en la balaustrada—. La mira de otra manera, comisaria.

—¿La miro de otra manera?

—No se haga la sorprendida. Al menos ya la conozco un poco. La observa como si hubiera algo en ella que no acaba de cuadrarle. A mí me miraba del mismo modo.

Teresa se encogió de hombros.

—Empecé a llamarla Blu.

—Azul, como su pelo.

Teresa se arrebujó con su rebeca. La humedad de las criptas parecía brotar de los cimientos e invadirla a través de todos los poros.

—Azul como la amalgama de emociones que tiene dentro, Marini. Se lo tiñe de añil porque lo siente en su interior, dice. Es el único color que parece poder distinguir entre las sombras.

—Pero esta explicación no es suficiente para usted.

—Los estadounidenses utilizan la palabra *blue* para denotar un estado emocional de delicada e inexplicable melancolía. ¿Sabías que el *blues* se llama así por los *blue devils*? Así llamaban a la depresión y al *delirium tremens* en el siglo XIX.

—Se preocupa mucho por esa chica.

—Me siento feliz de haberla conocido.

—Pero... Hay un pero en su voz.

—Pero es *azul*: la melancolía que la atormenta no tiene razón de ser, por lo que me ha contado de su vida, y sin embargo parece que no puede alejarse de ella.

—*¿Por lo que me ha contado?* —Marini negó con la cabeza—. Oh, no. No haga eso.

—¿Qué?

—*Sospechar.* E intentar salvar a cualquiera que se cruce en su camino. Tal vez Blu esté bien así.

—Tal vez, Marini. Tal vez.

—Es una discapacitada visual. Nadie se sentiría feliz con ello, especialmente a los veinte años.

Teresa sopesó sus palabras.

—¿Crees que es una discapacidad la que decreta o no la felicidad de toda una existencia, Marini?

—Yo diría que sí.

—Estás convencido de ello porque no la tienes. Por eso te da miedo.

—Claro que me da miedo.

Teresa se incorporó cuanto le fue posible.

—El ser humano está diseñado para sobrevivir. Grandiosamente. Incluso ante la ausencia de uno de los sentidos, incluso ante la pérdida de un miembro, incluso... *ante esto.* Yo, que a duras penas logro mantenerme de pie, que abdico de mi independencia, de mi autosuficiencia. Tú, que tienes que empujarme el trasero para que me levante.

—No diga tonterías. No era el trasero.

Teresa se volvió para mirarlo. Estaban dando vueltas alrededor del auténtico problema.

—El espíritu ocupa el lugar de lo que no está, y lo llena. Eso es lo que le pasó a Blu por dentro.

Él se detuvo delante de ella.

—Dentro de usted también, comisaria.

Teresa lo apartó con un golpecito de bastón en el costado y se encaminó hacia los buscadores, que seguían manos a la obra.

—Te has vuelto demasiado sentimental, Marini.

Él siguió dándole la espalda.

—No es hora de rendirse todavía, comisaria. No se despida de nosotros antes de tiempo.

Teresa dudó, pero solo fue un momento. Agarró el bastón con fuerza.

—Para los que se quedan mirando nunca es un buen momento, Marini. Pero alguien tiene que decir basta.

—Comisaria...

La chica los llamó desde el fondo de la basílica. Había recorrido todo el perímetro hasta volver a la entrada. Smoky comenzó a ladrar ante un portón cerrado en el lado izquierdo de la pared, junto a la entrada y el mármol griego con la reproducción medieval del Santo Sepulcro. No parecía estar dispuesto a callarse, a pesar de que su humana intentaba calmarlo.

Llegaron a su altura. La superintendente ya se había acercado, alarmada.

—Es la cripta de las excavaciones —explicó—, pero está cerrada a los turistas desde hace unos meses. Es la parte primitiva de la basílica, se trata del fragmento de mosaico que se conserva de la sala norte, la *domus ecclesiae* original sobre la que se construyó el resto. Puedo asegurarles que nadie ha podido tener acceso a sus mosaicos.

El perro ladró con más fuerza. La chica se puso en cuclillas para calmarlo y buscó a Teresa con una mano.

—Sea lo que sea que Smoky haya olido está hecho de sangre y huesos.

Teresa miró a la superintendente.

—Abra.

10. Veintisiete años antes

Teresa dispuso la vida perfecta en la casa perfecta. Se había quitado los tejanos y la camiseta sucios, los había apelotonado y los había metido en la lavadora. Había guardado su chaquetón y sus botas en el armario del vestíbulo para ponerse un quimono y la máscara de las criaturas derrotadas, esa que cambia tus rasgos hasta que crees que ya no sabes quién eres.

La cena se estaba calentando en el horno. En la mesa había cerámica y cristales, regalos de boda. Solo había pasado un año, pero hacía tiempo ya que habían perdido su brillo. La puerta de la cocina estaba cerrada para no contaminar las otras habitaciones con el olor a comida. Sebastiano no lo soportaba.

Anduvo descalza de habitación en habitación, comprobando que el orden estaba en orden, más perfecto que la perfección. El estudio era su refugio. Lo compartía con Sebastiano, pero él nunca estaba allí, lo utilizaba como depósito de los libros que no encontraban sitio en el despacho que la universidad ponía a su disposición; ediciones descatalogadas, subrayadas hasta arrugar las páginas, a veces intonsos, regalos olvidados y nunca desechados definitivamente de colegas igualmente olvidables.

La parte de la estantería destinada a Teresa había empezado a parecerse a la de su marido. Los manuales de procedimiento penal y de medicina forense habían dado paso, poco a poco, a los de psicología clínica y psicopatología, neurociencia cognitiva, trastornos del estado de ánimo, y luego, abajo, escondidos entre las sombras, los que estaban en inglés, aún sin traducir, escritos por autores a los que Sebastiano consideraba extraños chamanes en comparación con los estudiosos de la ciencia. Teresa se agachó, los rozó: criminología, una nueva ciencia hecha de profundas interconexiones con la estadística y la psicología, más observación que teoría infalible; al otro lado del océano, donde había nacido, gozaba de más fortuna, pero allí seguía siendo ignorada por la mayoría.

Esos volúmenes eran la nueva Biblia de Teresa. Abrió uno de ellos, inédito, que no se podía encontrar en ninguna librería del mundo porque se trataba de unos gruesos apuntes de un curso de formación. Llevaban una dedicatoria en la primera página, escrita con firmeza, con el mismo esmero que el instructor solía poner en sus clases.

A Teresa,
from a hunter to a huntress.
May the darkness have mercy on you.

R.

De un cazador a una cazadora. Que la oscuridad se apiade de ti. Teresa recorrió las letras con los dedos. Una cazadora de almas en caída libre. Recogidas del suelo, hechas añicos, Teresa tenía que creer que aún quedaban cosas que salvar en el corazón de un asesino, en la estirpe de Caín, o la oscuridad también se apoderaría de ella.

Miró la estantería, todas esas páginas, miles, llenas de teorías, de análisis, de datos. De hipótesis. En la investigación en curso, desde el principio, Teresa había conjeturado la centralidad de los rituales, la aparición de la serialidad, pero no tenía pruebas. De momento, no había ningún detalle que despejara el campo de las dudas.

¿El asesino se movía motivado por razones psicológicas tan profundas como desviadas, o en el asesinato del anciano Teresa veía rasgos que estaba empeñada en encontrar? Tal vez Albert tuviera razón, había que buscar las motivaciones en otra parte.

Tal vez.

Se sentó en el suelo. A la tenue luz de una lámpara hojeó libros, archivos, carpetas con faxes, apuntes de clase. Los extendió sobre el parqué, repasó la correspondencia que, con fines didácticos, había mantenido durante los últimos meses con las unidades anticrimen del Reino Unido y de Estados Unidos.

Ella era la primera que no podía creer que se encontrara ante una investigación de manual tan parecida a los casos prácticos que llevaba estudiando desde hacía unos años y, sin embargo, esa era la clara impresión que tenía desde el principio.

Abrió su cuaderno de apuntes e intentó redactar un perfil criminológico.

¿Factor desencadenante? > un acontecimiento rompió el equilibrio y activó la espiral violenta (¿rechazo amoroso? ¿Desahucio? ¿Despido?) RABIA — FRUSTRACIÓN — NECESIDAD DE MATAR

Edad del asesino: aproximadamente veinticinco años (primeras fantasías violentas desarrolladas en la adolescencia).

Probable esquizofrenia paranoide (la psicosis más común).

Víctima: figura masculina de referencia, edad madura (no espero que esto cambie, aunque la edad pueda decrecer a medida que el asesino vaya confiando cada vez más en sus propias habilidades, aunque no mucho).

Lugar del descubrimiento: expuesto, riesgo muy alto. La pregunta fundamental para entender al asesino es: ¿qué tipo de riesgo representa la víctima?

El bolígrafo permaneció en vilo. Teresa se sentía atontada, o tal vez se estaba adelantando demasiado.

Unos pasos, esta vez de verdad, resonaron en el pasillo.

Se volvió, con el corazón en un puño. Una sombra manchaba las sombras. Teresa se levantó a toda prisa, pisoteando los papeles.

—No te he oído llegar.

Sebastiano ya se había quitado la americana, su maleta de viaje estaba junto a la puerta. La había estado observando, la observaba.

—Estabas ocupada.

¿Una observación trivial? ¿Una acusación que era el preludio de una discusión? Cada frase, cada palabra representaban siempre enigmas que debía descifrar.

Dio unos pasos hacia ella, con las manos en los bolsillos; el cansancio del viaje no se reflejaba en su rostro de mandíbula definida. Ni una sombra de barba, ni una señal en el cuello almidonado. Solo las sienes canosas eran testigos impunes de su naturaleza caduca. Solo ellas. Los ojos eran guijarros de río, piedra negra mojada.

—Llegas justo a tiempo, la cena está lista. Voy a...

La asió por la muñeca. El pulgar acariciaba la fina piel, los otros dedos sujetaban, rastreaban las pulsaciones de su corazón.

—¿La has preparado tú? ¿En serio?

Mentir no tenía sentido. Habría revisado la basura y encontrado los envases con las etiquetas de la charcutería.

—No, la he comprado.

¿Y qué iba a pasar ahora? Un reproche apático, o más bien firme, acusaciones, el tono de voz que iba subiendo, tal vez la mano que se alzaba.

Teresa no sabía cómo habían llegado a ese punto.

No había percibido las señales de la criatura que lo habitaba verdaderamente. Sin embargo, estaban allí, impresas en su rostro, estaban en los nudillos, cuando los chascaba en los puños cerrados. Puños dispuestos a ser lanzados, que una vez se le habían escapado, abollando la puerta del armario y dejándole a ella un hematoma.

Ahora la energía contenida se manifestaba en el fuego que le enrojecía las orejas, ese púrpura violáceo que bajaba por la vena hinchada del cuello.

¿Qué eran los afilados bisturíes de su saber si era él mismo quien los necesitaba? Poco más que burdos instrumentos embotados contra las defensas que Sebastiano argumentaba, incapaces de revelar la falsedad de las historias que se contaba a sí mismo para absolverse.

Sebastiano le pasó un dedo por el pómulo, ahuecó la mano sobre esa parte de la cara, medio libre y medio cautiva, como se sentía Teresa. Se preguntó si estaría a punto de apretar o de acariciar. Un gesto seminal, indiferenciado, en cuyo interior se contenía el potencial de transformarse en otra cosa, como la personalidad de quien tenía delante.

No era la amenaza de un golpe lo que la asustaba, sino la constatación de que Sebastiano se estaba entrenando en el tormento, iba tomando las medidas de su propio dominio.

En esa palma viril, como en muchas otras palmas masculinas en ese momento, se gestaba el destino de una mujer. Y en Teresa, como en quién sabe cuántas otras mujeres en ese mismo instante, se agitaba furioso el instinto de huir, de atacar, de retorcer esa muñeca hasta romperla y hacer añicos la cadena que la unía a Sebastiano. Violencia que limpiaría la violencia. Pero el pensamiento siguió siendo eso, una imagen que pronto se desvaneció.

Sebastiano le pasó los dedos por el pelo, rozándole el cuello que la coleta dejaba al descubierto.

—Lo prefiero suelto. Lo sabes.

—En el trabajo me molesta.

Enrolló un mechón alrededor de su dedo y tiró, desenredándolo.

—Has hecho bien en reconsiderar el color. Oscuro te da un aspecto más refinado. Si quieres que te tomen en serio, el rojo no te queda nada bien, dice cualquier cosa menos eso.

Se apartó de ella, como si le molestara el contacto. Se sentó en el reposabrazos del sofá, se aflojó el nudo de la corbata, se la pasó por el pecho y por la mano, como el látigo de un domador.

Instintivamente, Teresa escondió el mechón detrás de la oreja.

—No es nada más que un color.

—Y tú no eres nada más que una inspectora. —Enroscó la corbata y la tiró sobre la mesa—. ¿Pensabas presentarte al examen para ser comisaria con un color que significa «aquí estoy, disponible»?

No era una pregunta. Las suyas nunca lo eran. Eran perforaciones por las que Sebastiano colocaba las cargas explosivas de la duda, la humillaba para minar su autoestima.

Cuando Teresa se dio cuenta, ya era tarde. Sebastiano no estaba acostumbrado a actuar de una forma tan abierta. Algo en él había ganado terreno, una sombra que se alimentaba del miedo y la inseguridad de ella. Ese algo, ávido, ya no pensaba en ocultarse.

Solo era un novio celoso. Qué especial la habían hecho sentir esos celos.

Solo era un marido celoso y exigente, un profesional respetado para quien la mente humana no parecía tener secretos y que le exigía que fuera una esposa igualmente perfecta.

Y esa sombra se había ido estrechando sobre ella, le había quitado el aire. Se había revelado como lo que era: posesión, obsesión, destrucción. La máscara de Sebastiano se había agrietado poco a poco y ella había vislumbrado su hambre de violencia. Sebastiano no deseaba su amor, quería su corazón para devorarlo.

¿Por qué me he quedado hasta ahora?

Porque tal vez tenía delante de ella a uno de los hijos de Caín y tenía que creer, había *querido* creer, que podía salvarlo. Él la mataba cada día, un trozo de alma en cada ocasión. Ella recogía ese trozo y lo cosía con el resto. Teresa esperaba la redención de él a través de su propio sacrificio.

—Ven aquí. —Sebastiano dio una palmada en el sofá—. Siéntate y abrázame.

Teresa obedeció y lo abrazó, con la tripa revuelta contra su cálido estómago, líneas enemigas que se tocaban. Podía notar la respiración de Sebastiano dándole ritmo a la suya. Por un momento lo abrazó de verdad, embriagada por lo que habían sido juntos. Pero las abolladuras de su alma crujían para hacer que volviera a entrar en razón, empujadas casi hasta el punto de ruptura. Teresa no tardó en volver a calibrar cada tensión muscular, esperándose lo peor. La grieta estaba abierta, los bordes se deshacían.

—¿Sigues enfadada?

Enfadada. Para él eso era todo.

—No, no estoy enfadada.

El enfado no tenía nada que ver con aquello. El enfado solo pertenecía a Sebastiano, mezclado con quién sabe qué más.

La apartó de su lado, estudió el hematoma, presionó ligeramente.

—Estaba cansado y tú me provocaste.

—Sí.

Se odió a sí misma por la lágrima que rodó por su mejilla.

—Pídeme perdón, Teresa.

—Perdóname.

Sebastiano sonrió.

11. Hoy

A la superintendente le costó girar la llave en la cerradura del portón de bronce que conducía hasta la cripta.

—Hubo un tiempo en que Aquilea tenía dos basílicas contiguas, la del norte y la del sur, construidas sobre la *domus ecclesiae* original. No sabemos por qué ni para qué servían. Podemos suponer que la del sur se utilizaba con fines catecumenales. La del norte, en cambio, era el lugar donde se celebraba la sinaxis litúrgica y estaba reservada exclusivamente a los iniciados. El cristianismo primitivo era un culto mistérico.

Pareció pensárselo mejor. La llave permaneció inmóvil en el ojo de la cerradura.

—A mediados del siglo IV se demolió la sala norte y se construyó la basílica constantiniana sobre la sur. El obispo Atanasio, exiliado de Alejandría por su extrema ortodoxia, consagró el nuevo templo. Los restos del suelo de mosaico de la sala norte durmieron recubiertos de tierra durante mil quinientos años. No fue hasta 1906 cuando un grupo de arqueólogos los sacó a la luz, creando esta cripta.

Se volvió para mirarlos.

—Estamos rodeados de mármoles, pero la historia es de cristal. Debo pedirles de nuevo que procedan con mucho cuidado.

Con un suspiro que revelaba su conflicto interior, abrió el portón de par en par. El soplo frío y cargado de olores minerales prometía no un salto, esta vez, sino un descenso a la historia.

La cripta era un cofre encerrado entre el techo negro, moderno y amenazador, y el suelo, acentuado en su asombrosa tridimensionalidad por los focos.

La superintendente los precedió unos pasos.

—Pueden verse tres capas. La más profunda se remonta a edificios públicos imperiales y a *domus* del siglo I. El segundo es un suelo de *opus signinum*, quizá lo que ha sobrevivido de un sacelio gnóstico que conducía a la sala propiamente dicha. En el tercero, se pueden admirar los mosaicos teodorianos de la sala.

Teresa percibía una nota grave, un sonido de fondo que hacía vibrar sus ya alertados sentidos. Si los fragmentos de hueso estaban allí abajo, entonces el asesino había querido llevársela consigo a la historia de la humanidad. ¿Por qué?

—¿Pasa algo, comisaria?

Marini se inclinaba sobre ella, siempre a su lado, vigilante. Teresa le tiró de la americana, sin apartar la vista de las formas que las teselas dibujaban a pocos metros de ellos. Aún no se había movido.

—No pierdas de vista a Blu, ni siquiera un segundo.

Marini se mostró inquieto.

—¿Qué cree usted que hay ahí abajo?

Teresa seguía mirando delante de ella, preguntándose qué había olfateado su instinto.

—No lo sé, probablemente no haya nada peligroso a corto plazo, pero, si Giacomo quería traernos hasta aquí, no era por la belleza de los mosaicos ni para que encontráramos algún trozo de la víctima. Debe de haber un mensaje en alguna parte, entre todo lo que se ha contado y hecho. Pero no está claro que vayamos a ser capaces de entenderlo. Yo, desde luego, no.

—Al contrario: usted es la única que...

Teresa lo soltó. Lo miró.

—Esta vez te toca a ti, inspector.

Un temblor cruzó la cara de Massimo.

—No. Lo haremos *juntos*. Esta vez también.

La chica y el perro se unieron a ellos. Smoky se sentó tranquilamente, mientras su humana tomaba las medidas de la pasarela con el bastón.

Marini le dio el brazo.

—Estamos sobre una pasarela aérea —le explicó—. Recorre el muro perimetral de la basílica. Por debajo de nosotros hay fantásticos mosaicos que ruego a Dios que no destrocéis y ruinas de edificios antiguos. ¿Quieres que baje yo también?

—No.

—Muy bien, solo hay que decirlo.

La buscadora de sangre y huesos se subió la cremallera de la sudadera y se puso la capucha sobre las ondas añiles de su pelo. Las pulseras que llevaba en las muñecas tintineaban.

—Lo siento, pero desorientarías a Smoky. Demasiadas pistas falsas que cribar.

La superintendente se aproximó.

—El mosaico queda interrumpido por los cimientos del campanario. En el siglo XI, no se anduvieron con demasiadas sutilezas. Los escalones de la torre se hunden en los mosaicos. Algunos están encerrados en el interior del campanario. Espero que... —tomó un respiro— *eso* que buscan no esté ahí.

Teresa acarició la espalda de Blanca. Podía tocar su tensión.

—Lo dudo, doctora.

La responsable se alejó unos pasos, entregándoles un patrimonio muy frágil y de valor incalculable.

Marini ayudó a la chica a bajar desde la pasarela hasta el fondo del suelo de mosaico. Cuando cogió a Smoky en brazos, el perro le mostró los colmillos y gruñó.

—¿Se acostumbrará en algún momento a mí?

Teresa le alborotó el pelo.

—Ya se ha acostumbrado a ti.

Unos momentos después, los dos buscadores estaban sondeando el fondo de la cripta.

Teresa y Marini siguieron el lento trabajo de rastreo desde la pasarela, una L invertida que terminaba por detrás de los cimientos del campanario.

Ocultos a la mirada de los hombres durante quince largos siglos, los mosaicos mostraban unos colores más brillantes que los de la basílica. Las figuras parecían saltar ante los ojos de Teresa y Marini; gruñir, dar zarpazos. Era una historia enrevesada la que se desarrollaba bajo sus pies, no había nada de la narración fluida y lineal que habían admirado en el paraíso terrenal y en la historia de Jonás.

Marini se asomó desde la balaustrada.

—¿Qué significan? Son adornos un tanto extraños para una iglesia cristiana.

Teresa trató de desenterrar los recuerdos, las excursiones escolares que todos los naturales de la zona habían hecho a la basílica. No logró recobrar nada significativo. ¿Había pasado demasiado tiempo? ¿La enfermedad estaba progresando? A ambas preguntas, la respuesta era afirmativa, aunque el pasado parecía acercarse cada vez más, mientras que el futuro se deshacía como un espejismo ya agotado. Era más fácil recordar con abundancia de detalles un acontecimiento lejano que algo que había ocurrido el día anterior.

Pero de una cosa estaba segura.

—No son *solo* adornos. La ornamentación no exige un esfuerzo interpretativo. No se trata solo de mera decoración. No en un lugar sagrado. No tenemos en cuenta las enormes riquezas que requirieron. Míralos. Teselas de lapislázuli. Una verdadera fortuna en aquella época. No es una cuestión únicamente de color, sino también de factura: son mucho más elaboradas y refinadas que las anteriores. Hay algo que recuerdo a este respecto: es casi seguro que los artesanos eran de Oriente Medio. —Abarcó el subterráneo con la mirada—. En esta sala se celebraba algo muy importante y los mosaicos nos hablan de ello.

—Sí, pero ¿cómo?

Teresa señaló un macho cabrío rampante.

—Lleva las vestimentas episcopales.

—Usted sabe de eso, comisaria.

Y, de nuevo, un burro negro rampante, los córvidos negros, la estrella de ocho puntas, una langosta y otro macho cabrío sobre árboles que parecían palmeras, un rayo, por todas partes los nudos de Salomón que simbolizan la vida eterna, pero también la ortodoxia de la verdadera y única fe.

Habían llegado a la esquina de la torre. Marini señaló la imagen de un gallo y una tortuga en pleno combate.

—Me habría esperado más cruces y menos fauna.

—La tortuga es un símbolo arcaico, es el habitante de Tártaro, del inframundo. Vive en la oscuridad, mientras que el gallo anuncia la luz del nuevo día.

—¿Qué hay escrito en la imagen de al lado, encima del carnero?

Se asomaron para leer.

—CYRIACE VIBAS. Una especie de «larga vida a Cyriace».

Smoky ladró. Un único ladrido. Ambos se incorporaron de golpe, habían aprendido lo que significaba.

La chica se dio la vuelta en su dirección.

—Ha marcado algo.

El perro esperaba tumbado en el suelo. La postura hablaba por él, decía «lo que buscas está aquí, en el suelo».

Marini superó con cuidado el parapeto de la pasarela.

—¿Tenemos un seguro que cubra cualquier posible daño sobre el inestimable patrimonio arqueológico al que estoy a punto de saltar?

—No. No saltes.

—Ya me parecía a mí.

Se descolgó lentamente a la cripta. La chica esperaba a un lado, Marini se agachó para examinar la zona. Smoky era capaz de alcanzar una precisión desconcertante. Teresa, estirada hasta lo imposible sobre el vacío que la separaba de ellos, se preguntó si su olfato también resolvería el enigma esta vez.

Cuando Marini levantó la cara para buscarla, la forma en que la miró contenía la respuesta. En ese palmo de mosaico, en una mancha de luz blanca que atravesaba la sombra, habían encontrado lo que le habían arrebatado a la víctima.

—¡Tengo que verlo!

Teresa dejó caer su bolso y se deshizo de los zapatos, se quitó el chaquetón, como para sumergirse en la oscuridad de la mente de Giacomo. Él la había llevado hasta allí, había querido que estuviera allí. Teresa tenía que ser la primera en asomarse al mensaje dejado, en virtud de una regla aprendida y nunca olvidada: el testimonio de un cadáver, como de cada parte de él, responde a necesidades estrictamente personales del asesino, es un acto suyo muy íntimo.

—Pero ¿qué hace?

Marini saltó para atraparla mientras ella se lanzaba por la balaustrada, sin preocuparse por su dolor, por el peso de su cuerpo. Consiguió aferrarla, corriendo a su vez el riesgo de caerse.

—¿Se ha vuelto loca?

Tal vez lo estaba, la enfermedad la despojaba de la razón para hacer que la invadiera un salvaje arrebato.

Descalza, ahora ya sin vergüenza, Teresa se acercó a la mancha de luz, se arrodilló con dificultad.

Las teselas cinceladas con los huesos de la víctima estaban incrustadas en la figura de una liebre blanca de ojos rojizos, encerrada en un octógono perfecto, justo donde la maciza escalinata de la torre arrebataba el espacio al tejido del mosaico. En el hocico del animal se habían retirado parte de las piezas originales, los restos humanos las habían reemplazado, formando una Tau, como la que se encontraba en la frente del carnero.

Pero Giacomo no solo había dejado las siete teselas de hueso. En el centro de la Tau había un diente.

Teresa se sintió aturdida. Balbució algo que ni siquiera ella pudo entender. Volvió a contar, incrédula.

La firma del asesino había cambiado. Un detalle que podría parecer irrelevante a los ojos de los profanos.

—La firma sigue siendo la misma porque la personalidad no cambia. La firma sigue siendo la misma.

Sintió que Marini la cogía suavemente por los hombros.

—Vamos, comisaria.

Le temblaba la voz. Ella lo aferró por la americana, ignorando la llamada preocupada de Blanca y la alarma de la superintendente, que se había apresurado a ver qué estaba pasando.

—La firma ha cambiado. Ya no son siete teselas de hueso, sino ocho.

—Tenemos que salir de aquí y avisar a la Científica.

Teresa extendió una mano y él no tuvo tiempo de detenerla.

Un error de principiante del que ella solo fue vagamente consciente, empujada por una indefinible y resbaladiza urgencia que la hizo caer.

Rozó los fragmentos de hueso y el diente con sus dedos desnudos.

12. Hoy

Las manos de Giacomo modelaban con pericia tanto la belleza como la muerte. Se consideraba a sí mismo un artesano y en los mosaicos que ejecutaba reconocía su propio mundo imaginativo. Con su martellina asestaba golpes precisos a las teselas hasta darles una forma hexagonal, la que la naturaleza reconocía como la estructura más resistente. Ingenieros, arquitectos, constructores habían aprendido a copiarla en las grandes obras humanas.

—Las burbujas de jabón se agrupan en formas hexagonales.

El guardia que había pasado a ver cómo estaba no hizo ningún comentario.

Giacomo levantó la vista de su labor.

—Pero apuesto a que ahora mismo alguien está encontrando también interesante el octógono. —Se apenó. Lo sentía sinceramente por Teresa, pero ese era su lenguaje, el alfabeto natural de las criaturas como él.

—Estás loco.

El guardia parecía impasible, pero a esas alturas Giacomo era experto en captar el hilo de terror que agarrotaba a las personas, recorriéndolas de pies a cabeza, cuando estaban frente a él. Casi podía sentir en sus mejillas la respiración rápida y superficial de esas pequeñas vidas asustadas. Todos sus sentidos se ponían al acecho en busca de esas reacciones.

Suspendió su trabajo.

—¿Loco, yo? ¿Por lo que digo? ¿Por lo que soy capaz de hacer con estas manos y tú no?

Levantó las manos de golpe. Las abrazaderas que las aseguraban a la mesa tensaron su gesto, moviendo teselas y herramientas. El guardia dio un salto hacia atrás. Giacomo se calmó, le habló como a un viejo amigo, cuando en realidad lo que le habría gustado era abrirle el pecho y hacer lo que había que hacer.

—¿O crees que estoy loco porque he regresado? Estoy exactamente donde quiero estar. Mientras que a ti, *a ti*, en cambio, te gustaría huir lo más lejos posible de mí.

El guardia dio un paso adelante y escupió sobre el mosaico antes de alejarse, traicionando con las prisas y los movimientos torpes un miedo disfrazado de valor.

Giacomo cogió un trapo y secó el mosaico con movimientos circulares. La mitad era todavía papel desnudo, sin ningún dibujo que guiara su mano, el dibujo estaba en su cabeza, con los progresos que acomodarían la adherencia de las teselas en el cemento cola según la antigua técnica helenística y romana.

Inhaló el olor de la mezcla, cogió con devoción un pequeño trozo de travertino, tan pálido y hierático, y lo acercó con las pinzas a sus hermanos según la gradación. Habían llegado junto con los mármoles rojos de Pettery y las pastas de vidrio de la Escuela de Mosaicos de Spilimbergo, una realidad única en el mundo, que formaba a artistas artesanos como él. Pero Giacomo era autodidacta, instruido por la obsesión. También había pedido guijarros de río, recogidos en el cauce del Tagliamento. El agua dulce y helada daba a las piedras el tono de verde que Giacomo había buscado en vano entre otras piedras naturales. Sabía que la escuela las utilizaba y el director había accedido a su deseo.

Qué poder tenía Teresa sobre la gente. El poder de quien ve más allá, de quien comprende. Al resto no les quedaba más opción que seguirla.

Giacomo continuó trabajando, estimulado por el olor de la saliva en las baldosas.

—Nos encontraremos fuera de aquí, tarde o temprano —juró.

Mientras tanto, la retina captaba movimientos furtivos en el límite de su campo de visión. Había alguien en el pasillo. Alguien que no tenía el andar pesado de los guardias. Alguien que solo era una mancha gris proyectada en la pared.

Antes Giacomo era la bestia: ahora era la presa, ya enjaulada.

Con la martellina en una mano y las pinzas en la otra, empezó a golpear la mesa con los puños.

No dijo una palabra, solo hubo esa pulsión. Rítmica, arcaica, de una potencia agresiva. Ven, para que te arranque el corazón. Ven, que estas bridas no te mantendrán a salvo.

Miró a la sombra, la sombra siguió mirándolo a él. Luego desapareció.

13. Hoy

Parri hacía girar un hisopo en la boca de Teresa, frotándolo en el sentido de las agujas del reloj sobre la lengua, la mucosa y el paladar.

—Ya casi he terminado.

Era necesario aislar su ADN lo antes posible, para sustraerlo de las huellas biológicas en las teselas óseas y dentales recuperadas, ya catalogadas como pruebas. Iba a ser una tarea ardua e imprevista que desviaría innecesariamente tiempo y recursos del caso. Teresa se sintió arder de vergüenza. La cara, el pecho, las entrañas, cada parte se consumía por simpatía en una combustión sin llamas, nada gloriosa, nada heroica. Dando una voltereta hacia atrás, había vuelto a ser la principiante de treinta años antes, la que mete a sus compañeros en problemas, a la que siempre hay que vigilar para que no se produzcan desastres. Esa a la que hay que contener.

De manera que, con la boca abierta de par en par hacia el cielo, Teresa imaginaba estar gritando.

Sobre ella, el techo blanco, la acerada luz de neón, un dios lejano.

—Ya está. Voy a echarle un vistazo a tu bomba también. —Le levantó la camisa, trasteó durante unos segundos—. Hecho. Ya estás lista para el servicio.

La mirada de Teresa era un pájaro asustado que revoloteaba por encima de las cosas, de los rostros y que, al final, cayó sobre el suelo gris, sobre los zapatos con muchos pasos, sobre el lugar donde se encontraba un ser humano derrotado: ella.

Apenas podía escuchar las palabras de Parri. Se empeñaba en aturdirla con charlas frívolas e historias que tal vez ni siquiera fueran ciertas. Él *lo sabía* e intentaba ponerla de pie y mantenerla en un espacio seguro.

Marini estaba sentado contra la pared de enfrente. No la había dejado ni un momento, aunque Teresa había intentado sacárselo de encima. Ni siquiera le había pedido explicaciones ni había mencionado el incidente. Había actuado con eficacia al minimizar los daños, iniciando la cadena de custodia del ADN que habían activado sus compañeros de la policía científica y que al final los condujo hasta el Instituto de Medicina Forense. Había sido perfecto.

Teresa lo miró. Estaba observándola. Mírame, le habría gustado decirle, mírame de verdad, clava esa mirada tuya hasta el fondo.

Qué serio estaba. Era la primera vez que la seriedad no desentonaba en su rostro desde que lo conocía. Massimo había crecido, mientras que ella había vuelto a hacerse pequeña y frágil.

—Vosotros dos, ¿me estáis escuchando? —Parri se entrometió—. Mañana por la mañana tengo previsto completar la recogida de huellas dactilares y preparar las primeras muestras para las pruebas genéticas.

Teresa trató de mantenerse concentrada en el caso. Había consignas que esperaban ser llevadas a cabo.

Marini se le anticipó.

—Adelante, doctor Parri, sabemos que puede decirnos más cosas.

El médico se quitó la bata y empezó a apagar las lámparas.

—A partir de un primer examen visual, puedo confirmar que el hueso del que se extrajeron no pertenecía a un individuo joven. Es difícil decir más, que quede claro, aún no sé a qué hueso pertenecen, específicamente. Mejor dicho: de entrada, es prácticamente imposible, todavía tengo que quitar la mayor parte del cemento cola. Pero seguro que se trata de un material poroso y frágil. En una de las partes todavía hay fragmentos de cartílago adheridos. He de reconocer que tengo mis dudas sobre su origen, pero no puedo adelantar nada más. En cuanto al diente, necesito un examen con transiluminación y con calibrador.

Teresa miró los hallazgos sobre la mesa de autopsias. Se conservaban en una solución de cloruro de sodio y etanol, pálidos y rosados granos en el fondo de un recipiente sellado de cristal.

—Mucha gente piensa que Giacomo es un sádico, pero yo nunca he tenido esa impresión. —Llevaba un par de horas sin escuchar su propia voz, desde ese error tan torpe cometido en la cripta, un gesto revelador, como lo son todos los actos finales. Era una voz ronca, culpable. Carraspeó—. Las mutilaciones son siempre *post mortem*, el propósito nunca ha sido el de causar sufrimiento, sino arrebatarle la vida a quien, simbólicamente, no la merecía.

Marini se levantó.

—Excepto en este caso. El asesinato fue por encargo. Al menos eso es lo que afirma. Por mucho que el *modus operandi* sea el mismo y la dinámica idéntica, no podemos olvidarlo.

Teresa repitió la suposición, absorta.

—Excepto en este caso.

Unas palabras aparentemente banales, pero que abrían un vacío delante de ellos. Seguir las pistas ya examinadas no los llevaría muy lejos.

Buscó su bastón y se aferró a él para levantarse, sujetada por Parri. Seguiría siendo un misterio cómo, poco antes, casi había logrado superar el parapeto de la pasarela. Ahora era incapaz de moverse y los analgésicos le salían por las orejas.

—Tengo un libro en casa que podría serte de gran ayuda, Marini. —Se tocó la frente y se apartó el pelo que se había deslizado sobre sus ojos—. No me acuerdo del título; vaya, no hay manera.

—¿Un libro?

Parecía desorientado. Parri ayudó a Teresa a ponerse la rebeca. Antes de marcharse, volvió a mirar al inspector.

—*Serial Killer by Proxy*, ese es el título.

Marini se había puesto en guardia.

—No la entiendo, comisaria.

No *quería* entenderla, pero pronto se vería obligado. Teresa le entregó el bolso a Parri, se sentía agotada. Dio un paso hacia Marini, pero ni uno más. Con gran esfuerzo se mantuvo alejada de él.

—El asesino en serie por inducción no mata a las víctimas, inspector, sino que ejerce su influencia para que otros maten por él.

—¿Un asesino que utiliza a otro asesino para matar?

—Ya te pasaré el libro.

Marini se puso en pie de un brinco.

—¿*Me lo pasará?* ¿Se refiere usted a mañana, cuando vaya a recogerla? Porque no veo otra opción.

Seguía haciendo preguntas, pero siempre eran las equivocadas. Teresa le dio la respuesta que él no quería oír.

—No me reincorporaré tras la baja por enfermedad, inspector Marini. Lona pronto asignará un nuevo comisario al equipo, pero estoy segura de que para cuando llegue tú ya habrás avanzado con la investigación. De hecho, ¿cuándo te presentarás al examen para comisario?

Se dio la vuelta, él la obligó a mirarlo.

Había pánico en sus ojos, y no porque acabara de perder a su superior. Hasta hacía unos meses, Teresa nunca hubiera creído que ese adiós a las armas le causaría más pena por el *quién*, por las personas de las que tenía que despedirse, y no por el *qué*: una vocación.

—Teresa, ¿estás lista? —Parri acudió a su rescate. Acercó la silla de ruedas que había conseguido para ella en una de las secciones de lo que él llamaba «el mundo de arriba»—. Normas del hospital, hasta la salida.

—Aquí en tu zona solo tienes cadáveres, Antonio.

—Y una señora que intentó hacer salto de obstáculos.

Teresa miró de soslayo el artilugio, pero, si realmente tenía que hablarle a Marini con claridad, bien podía hacerlo con un gesto inequívoco.

—Por favor, Antonio, ayúdame.

Su amigo la sujetó, depositó pacientemente su peso en el asiento, se agachó para poner los pies en el reposapiés. Teresa lo dejó hacer, vencida por el cansancio. Le oyó intercambiar unas palabras con Marini, unas palabras tranquilizadoras que no iban a calmar al chico, que lo excluían. Fue breve.

—Saluda a Elena de mi parte.

El suelo de resina azul del pasillo fluía bajo las ruedas, pero era el tejido del corazón lo que Teresa sentía desenrollarse. El cabo del hilo que constituía su trama se había quedado atrapado en la habitación donde Marini la había visto salir con una expresión que ni siquiera el alzhéimer podría arrancarle de sus recuerdos.

Una curva cerrada, otra más. Parri, él también deseoso de dejar atrás el dolor que estaba presenciando, aceleró el paso. Le posó una mano en el hombro y Teresa se la estrechó, agradecida. No lo estaba haciendo sola.

La silla de ruedas se levantó, empujada con un vigor excesivo. El grito de sorpresa de Teresa se superpuso al improperio de Parri. Y a ella le pareció que la voz de su amigo se volvía cada vez más lejana.

Se dio la vuelta, aferrándose a los reposabrazos.

—¡Marini! ¿Qué coño estás haciendo?

—No se lo permitiré, comisaria. No puede dejarme así.

—¡No seas idiota! ¡Para!

—Pero ¿realmente pensaba librarse *así* de mí?

—¡Sí!

—¿Ah, sí? Entonces que tenga un buen viaje, comisaria Battaglia.

Soltó la silla de ruedas y la lanzó por el pasillo, para agarrar las empuñaduras justo antes de que chocara contra la pared.

Cuando el mundo finalmente se detuvo, Teresa se llevó una mano a la frente. Estaba temblando.

—Eres un imbécil, ¿lo sabías?

Él dobló una rodilla, delante de ella.

—Sí, un imbécil desesperado. Y cabreado, también. Pero ahora voy a llevarla hasta su casa y mañana iré a ver cómo se encuentra.

Teresa apenas se dio cuenta de la llegada de Parri.

—*No*, Marini.

—Comisaria, permítame que...

Teresa puso su mano sobre la de él. No recordaba haberlo hecho nunca antes de esa manera, con ese significado. Siempre habían estado muy unidos, pero teniendo mucho cuidado de no rozarse.

—¿Estás seguro de que quieres saber lo que está pasando?

Se lo preguntó clavando los ojos en los de él. *Mírame de verdad, hunde esa mirada enrojecida hasta el fondo.*

—No, no quieres, lo sé por la forma en que me miras. —Le soltó la mano—. Sabes que nada volvería a ser lo mismo. Y tienes razón, Massimo. Tienes razón.

14. Veintisiete años antes

La noche del 3 de junio mató de nuevo. El asesino se presentó a la cita que, pensaba Teresa, tenían ambos desde la primera gota de sangre derramada.

El nuevo asesinato cogió por sorpresa a los compañeros y descolocó a Albert, pero para Teresa fue solo la confirmación de sus teorías.

El cuerpo de la segunda víctima había sido captado por el objetivo de un helicóptero durante un vuelo para la obtención de ortofotografías que se iban a utilizar en el análisis de la expansión urbana. La baja altitud había permitido inmortalizar la X exangüe recortada contra el manto de hierba, justo en las afueras de la ciudad, donde los pueblos conservaban centros históricos de piedras antiguas y caserones de época ocultos tras muros derruidos.

Teresa sacudió las frondas cargadas de agua de un cedro azul llorón, el rocío y la lluvia remansada le gotearon por el cuello. El jardín rezumaba en un amanecer cargado de humores verdes, se pegaba a las suelas, provocando una succión a cada paso. El jazmín en flor que trepaba por la escalinata de la entrada emanaba aún su aroma nocturno.

La villa era un tesoro abandonado de principios del siglo xix y un sepulcro al aire libre. Había sido subastada en numerosas ocasiones y acabó siendo propiedad del ayuntamiento, a la espera de unas obras de reforma y restauración que quizá nunca llegarían a tiempo para salvarla.

La imponente verja corroída por el óxido se sostenía gracias a una cadena con candado, pero se había quedado entreabierta lo suficiente para poder pasar.

Encontraron las huellas de los neumáticos. Corrían por el barro del estrecho camino que ascendía por la colina, entre dos hileras de tilos, hasta la explanada delante de la verja, donde se habían bajado el asesino y la víctima. Las huellas indicaban dos personas. Y, de ahí, solo una se había marchado.

Teresa observó las huellas durante largo rato, mientras sus compañeros las fotografiaban y las medían. Había seguido las zancadas de las más grandes, tomando notas, estimando la altura de un cuerpo joven y vigoroso, según sus hipótesis. Las otras lo habían forzado a caminar más pausadamente. Eran los pasos inciertos de un cuerpo viejo y grácil, pero también eran los pasos confiados de quien se había entregado sin saberlo a su verdugo. El típico dibujo de las suelas de goma para el primero, el suave dibujo del cuero para el segundo. Zapatillas deportivas versus calzado clásico. No había señales de arrastre. Las dos presencias habían caminado una al lado de la otra hasta la barandilla, donde la más imponente se había apartado para dejar pasar a la segunda.

Había una historia grabada en el barro. Teresa la recorría con su mirada, maravillada, a su pesar.

No la había borrado. El asesino no la había borrado.

Teresa siguió esa senda de pasos interrumpidos. Recorrió el muro perimetral que encerraba la casa señorial en una tumba de frescos descoloridos. Las decoraciones reproducían las hazañas de los mitos griegos, bajo cascadas de hiedra carnosa que las hacían parcialmente inescrutables. La hiedra que en la mitología ceñía la cabeza de Dionisio y el abrazo de los amantes inmortales era allí una representación del olvido.

El jardín se extendía algo más de una hectárea, entre manchas violetas de gladiolos supervivientes. Liberada del látigo humano, la naturaleza asilvestrada seguía mostrando la belleza compuesta de la selección, pero se había apoderado de espacios antes prohibidos: arrastrándose, ceñía los senderos de gravilla y se comía con raíces accidentales las estatuas ennegrecidas por el moho.

En el extremo oeste del recinto, bañado por la primera luz del día, un ninfeo en ruinas reflejaba el cielo entre las hojas en forma de corazón y las corolas añiles de los nenúfares. El espejo de agua había sobrevivido al abandono, alimentándose de la lluvia y el rocío. Movido por el vuelo rasante de una pareja de libélulas, parpadeaba con los azules, los verdes y los rosas evanescentes de Monet. En un nicho absidal, entre columnas parcialmente derruidas, se encontraba la ninfa del estanque, a la que le faltaba un brazo. El mármol de la estatua se teñía con el sol naciente, una línea que ascendía a lo largo de sus costados y se extendía ya hacia el ombligo.

Teresa apartó la mirada para posarla en el lado opuesto del escenario.

El lugar donde se encontró el cadáver había sido acordonado a primeras horas de la noche, una vez recibida la denuncia de quien había revelado las fotografías aéreas.

Los expertos estaban trabajando, Parri estaba inclinado sobre el cuerpo. Ya lo habían identificado, gracias a la documentación hallada entre sus ropas. Era un hombre de setenta y dos años que, con respecto a la primera víctima, vivía al otro lado de la ciudad. Su nombre era Alberto Rupil. La desaparición había sido denunciada por su hija cuando el hombre no había regresado tras pasar la tarde en el club de aficionados a los bolos.

Yacía en posición supina, con los brazos y las piernas desnudos extendidos en el suelo para formar la X que se veía desde arriba, como un hombre de Vitrubio marchito y caído. La palidez de los muertos era un color que Teresa nunca sabría describir. Tenía consistencia, pertenecía al mundo del miedo y del misterio.

Aquella mañana no hubo ningún canto fúnebre para él, solo el gorjeo de los gorriones en la niebla que se desvanecía.

Teresa zigzagueó entre sus compañeros, algunos de ellos ocupados en tomar medidas y en buscar posibles hallazgos; otros, reunidos en pequeños grupos, perdidos en sus charlas. Evitó cuidadosamente a Albert y se acercó lo más posible a Parri, agachándose al pasar del otro lado de la cinta policial.

El forense se percató de su presencia con una mirada perdida.

—¿Preparada, inspectora?

Teresa buscó una página impoluta en el cuaderno alabeado por el uso.

—Preparada.

—La víctima no fue atada. No he encontrado signos de coacción.

Eso no era una buena noticia. El asesino no había sentido la necesidad de sujetarlo, como en el asesinato precedente. Se había sentido más capaz. A juzgar por el camino recorrido juntos, había utilizado otras técnicas para dejarlo indefenso —las palabras, su propia presencia— y esto debía de haber representado una fuente de excitación y de gratificación. Había personalizado la relación con la víctima.

—Esta vez mató con un corte limpio en la garganta, de oreja a oreja. —Parri señaló el ninfeo—. Lo hizo allí; luego trajo el cuerpo hasta aquí, lo desnudó y lo colocó como lo ves, con la ropa cuidadosamente doblada a sus pies. Entonces, le abrió el pecho.

El corte estaba ante los ojos de Teresa. Un abismo carmesí, obsceno, abierto sobre su cuerpo. La hacía sentirse asqueada y atraída al mismo tiempo. Tenía que mirar para entender.

—¿Lo arrastró?

—No. Lo cogió en brazos y lo dejó como lo ves.

Teresa sintió que se agitaba.

—*¿Lo cogió en brazos?*

—Entre los detalles que Lona trata de evitar que te lleguen están las huellas de una sola persona, más profundas por el peso que transportaban. Desde el estanque hasta aquí. —Teresa buscó a Albert entre la multitud. Aún no se había fijado en ella. Volvió a mirar a la víctima, con el mentón apoyado sobre una rodilla.

—Casi parece un gesto de compasión. También la ropa cuidadosamente doblada lo sugiere. Un intento de compensar lo hecho. Todavía no hemos encontrado el arma.

El médico señaló el corte justo por encima de la nuez de Adán.

—Esta vez también tienes que buscar dos. El arma homicida y el arma ritual utilizada para la extirpación no son la misma. Para matarlo, diría que utilizó una hoja de doble filo. De unos quince centímetros al menos. Desde luego, no es un cuchillo de cocina corriente, sino algo profesional.

—Lo trajo con él, lo eligió con cuidado.

—Pareces enojada.

—Lo estoy. Todo me hace pensar que el *modus operandi* está evolucionando demasiado rápido mientras nosotros a duras penas podemos seguir su ritmo. Han pasado dieciocho días desde el primer asesinato, un periodo de enfriamiento muy corto, y no hemos hecho nada, mientras que él —señaló el cuerpo, la escena de la deposición, con el cadáver desnudo y la ropa doblada y no tirada— ya ha llegado a *esto*. Un arma no ocasional significa que el asesino la seleccionó, reflexionó al respecto, *fantaseó*. La violencia ha aumentado, se siente más seguro y obtiene más placer con ello. A estas alturas las fantasías han ocupado un lugar central y, a partir de ahora, en su vida todo, y digo todo, girará en torno a esto.

—Por supuesto, faltan siete falanges, pero esta vez las ha extraído de los pies. La amputación es mucho más limpia, un solo tajo. Se tomó todo el tiempo necesario para hacerla a la perfección.

—¿Podría haberla hecho con un cuchillo?

—Un cuchillo de carnicero, sí, un bisturí o una sierra fina para amputar. Es un instrumento parecido a un bisturí, pequeño y manejable.

—Joder. Perdona.

A estas alturas ya estaba establecido: la extirpación de las falanges constituía la firma del asesino, pero el diferente origen de los huesos la turbaba. ¿Por qué esta vez no eran de las manos?

Para él representaban un símbolo lleno de significado, pero Teresa se sentía turbada por ellos. ¿Por qué la falange, un hueso carente de iconografía y ausente en la literatura semiótica? Un signo con el que cultural e históricamente no se asociaba ningún significado oculto. ¿Por qué había abierto el pecho de las víctimas sin tocar siquiera el corazón, que estaba disponible precisamente ahí abajo, todavía caliente, ese poderoso símbolo de la vida, omnipresente en la cosmología del imaginario común?

Pero él no era un delincuente común. La elección de la firma hacía pensar en una experiencia personal.

El enigma que Teresa intentaba desentrañar era un hilo anudado en torno a esos gramos de hueso que faltaban, un hilo del que el asesino había tirado hasta desligarlos de la vida a la que pertenecían para entregarlos a un poderoso simbolismo. Un hilo que, una vez desenrollado, la llevaría al significado oculto de esos sacrificios humanos.

Parri pasó a enumerar los datos objetivos del hallazgo. Bajó la voz cuando dos agentes pasaron cerca.

—La cartera estaba en el bolsillo del pantalón. Se ha llevado la fotografía del carnet de conducir.

Teresa fingió buscar algo en la hierba.

—Cuando lo cojamos, estoy segura de que la encontraremos junto con la alianza arrebatada de la primera víctima y una colección de recortes de prensa que hablan del caso.

—A primera vista, tampoco hay rastro de violencia sexual en esta ocasión.

—No es un delito sexual. No debemos buscar a un pervertido.

Parri se dio impulso con las manos sobre las rodillas y se puso en pie.

—¿Entonces qué es? ¿Qué horrible versión de un ser humano?

Teresa ofreció su rostro a los primeros rayos del sol. Un sol que cada mañana se presentaba invicto por las tinieblas. Y, sin embargo, la oscuridad se cernía sobre el parque de la villa. Solo se había vuelto a su escondrijo, pero estaba siempre presente, tiñendo el verde oscuro de la vegetación y el púrpura de los pétalos, volvía negra la sangre y la tierra que la había bebido.

¿Qué horrible versión de un ser humano? Alguien que luchó furiosamente en esa sangre para saciarse de una paz inalcanzable. Recordó las palabras pronunciadas por Lucifer en *El paraíso perdido* de Milton. «Perdido está el campo, que así sea. Entonces, ¿está todo perdido? No la voluntad invencible, el deseo de venganza, el odio inmortal y el valor que nunca cede, que nunca se rinde. ¿Qué más significa no ser vencido?».

Se incorporó.

—Una criatura caída, precipitada, pero no derrotada —respondió.

Perseguirla significaba descender con ella al abismo, el lugar más oscuro y profundo del infierno bíblico.

Teresa se dirigió al ninfeo, desandando los pasos del asesino. Sus compañeros habían terminado los reconocimientos, las placas numeradas marcaban las huellas, hasta los rastros de sangre de los que antes, desde la distancia, Teresa no se había percatado.

Lo había asesinado cerca del agua. La posición adoptada por la víctima y el asesino estaba indicada por los letreros. La hierba estaba sucia. Quién sabe si el asesino había mirado a los ojos a la víctima mientras moría. Si es que de verdad ya no sentía miedo, no sentía vergüenza y todo rastro de turbación humana había sido silenciado por la sensación de omnipotencia a la que aspiraba para borrar su falta de autoestima.

Teresa lo imaginó en su guarida en ese momento. Probablemente estaría repasando la muerte infligida y disfrutando mientras admiraba sus fetiches, los trofeos arrebatados. Pero pronto la euforia se desvanecería y regresaría, prepotente, la necesidad.

¿Cuál, Teresa?

Se respondió a sí misma.

—La necesidad de poder. El poder absoluto sobre otro ser humano.

Se agachó. El espejo de agua refulgía con reflejos. Los nenúfares cerúleos habían abierto sus corolas. La pareja de libélulas seguía trazando órbitas alrededor de la estatua, rozando el agua, levantando enjambres de mosquitos, nada intimidados por su presencia.

Teresa siguió el vuelo de la más pequeña, la vio posarse sobre un nenúfar aún en flor, justo donde el estanque rozaba unas piedras calizas cubiertas de musgo. En el fondo limoso, un brazo cortado a la altura del húmero se revelaba por su blancura. Era el fragmento que le faltaba a la estatua. El barro no lo había cubierto ni siquiera parcialmente, y mucho menos lo había ocultado. Llevaba allí unas pocas horas.

Teresa se inclinó hacia delante, con el corazón agitado. La libélula huyó. Algo brilló alrededor del dedo índice, tendido con gracia hacia la madeja de raíces acuáticas. Un destello metálico, no natural.

Teresa se arremangó y hundió la mano en el limo en suspensión.

Sintió que tiraban de ella violentamente de la capucha, perdió el equilibrio y cayó sobre su espalda.

Albert se alzaba sobre ella. La ayudó a ponerse en pie sin muchos miramientos.

—Te ordené que te mantuvieras fuera del perímetro de la villa.

Teresa jadeó de rabia.

—¿Me has ordenado que me quede *fuera*? Fuera del caso, querrás decir.

—Para que te ocuparas de las huellas.

—¿Las que ya han sido registradas hace horas?

—No me hagas repetírtelo, Teresa. No me desafíes.

Le dio la espalda.

Teresa se esforzó por recuperar la calma. Albert estaba tan furioso como ella, pero por una razón diferente: Teresa había demostrado que tenía razón en todo el caso, mientras que la sangre de una nueva víctima había lavado las teorías de él. Aun así, seguía siendo su superior, el comisario jefe encargado de la investigación.

—Albert, espera. Por favor.

El tono conciliador lo indujo a complacerla, pero su mirada no dejaba de ser furiosa.

Teresa dio un paso hacia él.

—¿Quieres resolver el caso? Escúchame.

—Qué arrogancia... Date prisa.

—Este tipo de asesinato no aparece en los manuales que estamos acostumbrados a estudiar. Las motivaciones son profundas, Albert. No tiene nada que ver con el dinero, ni con los celos, ni siquiera con un arrebato de ira. *Cada uno* de los detalles que nos rodean están contándonos la historia del asesino, solo tenemos que leerla.

Albert se quedó callado, eso era algo. Teresa continuó, con pasión.

—Nos habla a través de su alfabeto. Una especie de... —hizo un gesto en el aire, como para aferrar las palabras más adecuadas—, una tabla de güija. Letra a letra, nos muestra dónde buscar.

—Una güija.

—Es... Es solo una comparación.

—*Fuera.* Sal de aquí. Vuelve a donde te dije que fueras. Y quédate ahí.

Teresa abrió la palma de la mano. En la piel húmeda de limo brillaba una alianza. Se la tendió.

—Estaba en el ninfeo. Estoy segura de que es la que le quitó a la primera víctima. Es un mensaje, Albert. Él sabía que vendríamos aquí.

La aferró por la muñeca, el anillo se cayó.

—¿Has recogido una prueba con las manos?

Teresa se quedó sin aire. Lo había hecho, con la mente obnubilada por la caza. Pero no fue la constatación del error que había cometido lo que le oprimió el pecho hasta sentir que el corazón le estallaba.

Fue la violencia del gesto masculino, el recuerdo de lo que la esperaba cuando volviera a casa. La opresión del débil, el triunfo del fuerte, embriagado por el miedo.

—¿Te das cuenta de lo que has hecho?

Albert apretaba, apretaba el lazo alrededor de su presa.

Fue demasiado.

Teresa se soltó con un grito histérico.

—¡No me toques! ¡No vuelvas a tocarme!

Se liberó.

Albert la miraba desconcertado. Todo el mundo estaba mirándola. Todos aquellos hombres que no entendían, que nunca podrían entender. Ella, la única mujer.

Detrás de ella, alguien la guio con firmeza hacia la entrada del parque. En las dóciles manos que la acompañaban, Teresa reconoció las de Parri.

15. Hoy

Durante meses, las horas de oscuridad habían sido un tormento, pero esa noche el espectro de la soledad se apiadó de Teresa, la dejó descansar sin abrirle los ojos de par en par y acostarse sobre su pecho.

Teresa se despertó cuando el sol empezaba a calentar la habitación. Fuera, el cielo prometía el verano. Los músculos estaban sueltos, el dolor había disminuido por fin a un nivel soportable. La noche anterior no había sido capaz de subir las escaleras hasta el dormitorio y ahora, en cambio, tumbada en el sofá, se sentía invadida por una sensación de ligereza. No había imaginado que el peso de la máscara y de los subterfugios sería tan intolerable hasta que se libró de él.

Había dejado su trabajo y eso no la había matado. ¿Quién lo hubiera dicho?

¿Quién podría decir que el futuro sería solo desesperación? Tal vez olvidar fuera un ingrediente de la felicidad y ese era un viaje al final de la noche.

Tendió una mano hacia una mancha de luz, agitó el polvo suspendido en el aire. De niña, imaginaba que hacía trucos de magia.

Después de todo, esto quedaría. Una consciencia y un disfrute del mundo físicos, infantiles. El cuerpo encontraría una forma de evitar el cortocircuito de la mente y se instalaría en una zona de confort. Aunque ella nunca lo sabría. Solo podía tener esperanza y ya no estaba acostumbrada a hacerlo. Como tampoco estaba acostumbrada a los sonidos que animaban la casa aquella mañana ya avanzada. Un denso parloteo que permitía imaginar confidencias, carcajadas repentinas, tintineo de cubiertos, un perro que se sacudía.

Se incorporó para sentarse en el momento en que Smoky saltaba sobre los cojines y le rozaba la mejilla con su hocico húmedo, un pequeño beso. El perro ladró excitado, agitando la cola. Teresa le revolvió el pelo de la cabeza.

—Ya voy, calma.

Se levantó con prudencia —todo en ella, visible e invisible, parecía aguantar— y lo siguió hasta la cocina con pasos arrastrados. Empujó la puerta con suavidad y se quedó medio escondida.

Blanca y Antonio estaban cerrando recipientes de comida. Ella sellaba las tapas, él las etiquetaba, anotando el contenido con su caligrafía puntiaguda. Cuando se dieron cuenta de la presencia de Teresa, interrumpieron la charla y la acogieron atentamente.

Ven, siéntate, Teresa. ¿Te sientes mejor? ¿Tienes hambre? ¿Y estos manjares? Pues son para ti. No te canses cocinando. Pongámoslo todo en el congelador. Lo encontrarás listo.

Teresa los dejó seguir, un poco desconcertada.

Se habían quedado con ella toda la noche, habían llenado ese espacio, hasta entonces tan desangelado de presencias, con tanto afecto como para calmar sus ansiedades. Eran la razón de la paz que Teresa había sentido al despertar.

Almorzaron juntos, hablando una lengua de familia. A un lado de la mesa, con un trozo de pan entre los dedos, Teresa pensó que no había nada más sagrado que compartirlo con quienes insistían en permanecer junto a la cabecera de su cama.

Sin embargo, él no estaba y todo el mundo era consciente de ello. Nadie mencionaba a Massimo, pero estaba presente en la ausencia. El *porqué* era incluso obvio: se lo mantenía a salvo, lejos del corazón y de la decadencia, era el más querido.

Y nadie mencionó tampoco el desmán: la noche anterior, al abrir la puerta de casa, el olor a gas los había embestido. Teresa se había dejado abierta la perilla de la vieja cocina.

Pasaron la tarde en una inercia inusual en la que ella, pese a todo, sintió una especie de reparación que trabajaba en su interior. Abandonados sobre los cojines, escucharon música, se contaron cotilleos, Antonio hizo palomitas y vieron películas antiguas.

Hablaron poco de la enfermedad. Fue él quien la mencionó, al pasar frente a un espejo.

—Tienes que preparar la casa.

Teresa miró a su alrededor. Parecía que estaba organizando la resistencia a un asalto. Y así era, al fin y al cabo. Nadie había planteado la idea de una residencia especializada.

—Supongo que sí. Cambiarán muchas cosas. Ya están cambiando.

—Te ayudaremos.

Ay, ese plural.

Cuando llegó la noche, Antonio fue el primero en levantarse, desentumeciendo la espalda. El trabajo lo esperaba. Prometió volver en cuanto acabara su turno. Teresa le ajustó el cuello de la americana.

—Vete a casa, Antonio, y descansa.

—Voy donde me siento cómodo. Y *aquí* estoy en casa.

La besó en la mejilla. Cuando ella se dio cuenta, él ya había cerrado la puerta tras de sí y recorrido el sendero.

La chica se había quedado tumbada en el sofá.

—Dentro de poco vendrá mi padre. Quiere llevarme a comer pizza.

Lo dijo como para disculparse, o como para salvarse.

Teresa volvió a sentarse a su lado.

—¿Por qué no le dices que pase? Cinco minutos. Me gustaría conocerlo.

—La próxima vez, quizá.

—Quizá la próxima vez ya se me haya olvidado.

Blanca no respondió. Se escabullía con el misterio que Teresa había entendido que le era consustancial. Con ese silencio, la joven no quería contestarle con otro no y Teresa, por su parte, no quería forzarla a que lo hiciera. Ese padre presente, pero al que mantenía oculto, seguiría sin rostro durante un tiempo todavía, tal vez demasiado.

Teresa la observó mientras buscaba a tientas su bolso abandonado sobre la alfombra, del que sacó un cepillo con el que empezó a desenredarse los nudos entretejidos por la tarde de ocio. Las pulseras tintineaban, el *piercing* de la ceja brilló por un momento.

—¿Me dejas hacerlo a mí?

Cogió el cepillo y se lo pasó lentamente por el azul sedoso de las ondas.

—Siempre pensé que, de haber tenido un hijo, habría sido varón —murmuró—. Incluso ahora pienso en él de esa manera, pero no lo sé con seguridad. Nunca quise saberlo.

Y el origen de esa confesión también seguía siendo desconocido. Blanca le pasó una goma para el pelo y una horquilla.

—¿Le has dicho lo de tu enfermedad?

—¿A quién?

—A Massimo.

—Qué extraña asociación has hecho. No, todavía no se lo he dicho. Estaba demasiado nervioso. No se lo habría tomado bien.

—Teresa...

—Lo sé, lo sé. Le doy demasiadas vueltas, pero iba a tener que dejarlo de todos modos al llegar a la jubilación.

La chica se mordía los labios. Un tic nervioso que, últimamente, la estaba llevando a destrozárselos.

—¿De verdad crees que ya no vas a resolver más casos?

—Pronto el único caso en el que estaré implicada será el de cómo ponerme los pantalones y atarme los zapatos.

—No solo vas a dejar tu trabajo. Lo estás dejando a él.

—Tiene una pareja, pronto va a ser padre. No lo estoy dejando. Lo estoy liberando.

—Massimo probablemente tendría algo que decir.

—¿Cuándo no tiene Marini algo que decir?

—Siempre lo llamas por su apellido.

Lo intentaba, intentaba mantenerlo a distancia.

—Deberías confiar en él, Teresa.

—Confío.

—A mí me lo has dicho, y todavía estamos aquí.

Teresa la acarició.

—Con él es complicado.

—¿Qué?

—Todo.

—¿Te has preguntado por qué?

Teresa sujetó la trenza con la goma y le devolvió el cepillo.

—Eres una amiga y a los buenos amigos se les cuentan las penas.

—¿Y él? ¿Qué es él?

Teresa estaba demasiado cansada para seguir dándole más vueltas al tema. No tenía más tiempo que perder con mentiras.

—Un hijo. Pero no soy su madre. Ya tiene una madre. Un psicólogo tendría mucho trabajo conmigo.

—Me parece algo hermoso. Y una no va al psicólogo por querer a alguien.

—Debería hacerlo si la persona es la equivocada o el sentimiento resulta aniquilador.

Blanca sonrió, pero parecía triste.

—No creo que ese sea vuestro caso, Teresa.

Su teléfono móvil emitió un sonido. La voz sintética leyó el mensaje que acababa de llegar. Su padre estaba esperándola fuera.

—Tengo que irme. ¿Te importa que me marche?

—Claro que no. No te preocupes por mí.

—Volveré pronto.

—Vuelve cuando quieras, sin prisa.

—Pero no enciendas la cocina, por favor. Utiliza el microondas.

Teresa se rio. Se vio siendo capaz de reírse incluso de su propio drama. Era una muy buena señal.

—No pienses en mí, estaré bien. Disfruta de la velada con tu padre.

La joven la buscó para darle un abrazo que olía a acondicionador de pelo y a caramelos de menta. Cuando la soltó, Teresa la mantuvo abrazada un momento más.

—Sabes que puedes confiar en mí, ¿verdad?

Las sonrisas se apagaron. Sonó un bocinazo.

—Tengo que marcharme. Cuéntaselo a Massimo. No esperes más.

Teresa se acercó a la ventana, descorrió la cortina. La chica estaba subiendo al coche de su padre, un viejo utilitario al que le habían sacado brillo quizá para la ocasión, quizá por la dedicación que la escasez de medios hace dirigir hacia los objetos importantes. Él mantenía la puerta abierta para ella. La americana de tweed estaba desgastada por los hombros y los codos. Smoky ya se había sentado en el asiento trasero y miraba a Teresa, con su cabecita reclinada y los graciosos mechones de pelo que le asomaban de sus orejas respingonas.

Teresa los vio marcharse con una sensación de desconcierto que no había previsto.

La casa se vio de nuevo sumida en sus silencios. Llena de libros, de revistas profesionales, de objetos recogidos en el camino, de fotos en las que Teresa nunca aparecía, un alegre desorden de recuerdos.

Hojeó los manuales, las carpetas con anotaciones recopiladas durante décadas de trabajo. Había estudiado tanto, había aprendido de los mejores, había aprendido de las víctimas y de los verdugos, y ahora todo estaba destinado a desmoronarse con ella.

Sacó el diario de su bolso, lo sostuvo en sus manos durante largo rato antes de volver a guardarlo en el cajón del escritorio. Esa parte de su vida había terminado.

Tenía que empezar a replantearse la disposición de los muebles, la organización de los objetos. Las notas pegadas a los utensilios no eran suficiente. El «después» ya había llegado y ella ya no podía seguir andándose con rodeos. Tarde o temprano ya no sería capaz de prepararse una comida, de lavarse, de vestirse. Ya no sería una mujer, sino una niña sin recuerdos, sin corazón o quizá con un corazón demasiado grande, de nuevo desnuda de experiencias. Cuando se le cayera al suelo, ¿quién iba a recoger su dignidad para colocársela otra vez encima?

Se puso la mano en el pecho. A pesar de todo, el deseo de estar en el mundo seguía latiendo, y con qué ímpetu. Ya no había rabia ni compasión, sino puro apego a la vida. Miró el cielo oscuro fuera de la ventana.

¿Y ahora qué?

La confusión duró poco, superada por otras preguntas: ¿qué hacía?, ¿por qué estaban todos esos libros abiertos sobre la mesa? Viejas notas en páginas amarillentas. Y los faxes. ¿Quién era esa persona que los firmaba desde Chicago con una R? Qué desorden.

Corrió las cortinas sobre la noche, fue a la cocina y encendió el fogón.

16. Veintisiete años antes

Las náuseas la atormentaron toda la mañana. Teresa tuvo que posponer el almuerzo, pero luego lo compensó a última hora de la tarde con un menú chino para llevar que consumió con fervor en la oficina. Vomitó, sintió hambre de nuevo y se comió todo el paquete de galletas guardado en un cajón del archivador. Las náuseas se le pasaron, sustituidas por el ardor.

Se sentía abrumada, y eso era solo el principio.

Sobre el escritorio, las carpetas llenas con anotaciones sobre el caso del «asesino de los ancianos» ya eran dos, pero las investigaciones languidecían. Hasta ese momento, Albert no se había atrevido a dar un paso más y, sin embargo, el panorama estaba claro, aunque no fuera del todo explícito, aunque él se empeñara en dedicarse a analizar unos textos que no llevaban a ninguna parte.

Quizá era ella la que tenía que atreverse, pero ¿a qué precio?

No le asustaba la posibilidad de que el equipo se riera de ella o se pusiera en su contra una vez más, sino que la desmintiera la persona que representaba el único faro en el temporal que estaba atravesando. Un mentor que la había inspirado como ser humano y como profesional.

¿A qué precio?, pensó de nuevo.

Cogió una hoja de papel, la miró como si en la blancura pudiera vislumbrar el destino de mucha gente, incluida ella misma, y al final se decidió a escribir. Unas pocas frases en inglés. Las necesarias, que para él serían suficientes para identificar o no la presencia del mal.

Lo leyó varias veces, cambió algún detalle, arrugó el papel y escribió en uno nuevo.

Era «ahora o nunca».

Lo envió por fax a un número de Chicago, sin saber siquiera si seguía activo después de un año, si al otro lado alguien —él— aceptaría su petición de ayuda. No esperaba una respuesta rápida, sino una respuesta, nada más, solo para asegurarse de que no era una lunática.

La hoja fue tragada y devuelta por los rodillos, las señales acústicas hacían imaginar una transmisión invisible que iba a recorrer miles de kilómetros en unos instantes.

Teresa rechazó el ácido que ascendía desde su estómago. Ya estaba hecho, solo quedaba armarse de paciencia.

Abrió su cuaderno, repasó las anotaciones que había tomado hasta ese momento, anotó otras cosas. Ponerlas por escrito la ayudaba a reflexionar, a formularse nuevas preguntas.

Mordisqueaba el capuchón de su bolígrafo, preguntándose por el oscuro ritual que el asesino realizaba con cada muerte. Cada gesto, cada detalle eran poderosos símbolos que debían ser interpretados correctamente. Nada se hacía por azar, la mano que golpeaba, como otras miles antes de ella, se guiaba por el principio de economía. El asesino se inclina a utilizar el mismo *modus operandi* si este satisface sus necesidades emocionales.

Sus necesidades emocionales. ¿Cuáles eran en este caso? No bastaba con buscar huellas y rastros de sangre, improbables testigos presenciales y aún más improbables motivos simples. Había que preguntar a una sombra: «¿Qué te aporta la muerte de un inocente?».

La llegada de un fax la sorprendió. Teresa se puso en pie de un salto. Miró incrédula la máquina mientras esta le entregaba la respuesta, una línea tras otra. Casi arrancó el papel. Contenía conceptos claros que Teresa no tuvo dificultad en traducir.

Querida Teresa, ya lo he visto otras veces, con firmas diferentes.

Pregúntate: ¿qué tipo de riesgo representa la víctima? Es fundamental entender esto para entenderlo a él.

El asesino lo desnudó para no dejar que encontrarais fibras y otras huellas en la ropa. Conoce los procedimientos: ya ha estado en la cárcel o sigue las noticias sobre sucesos de la crónica negra. Tal vez lee novelas policiacas.

Cuando aseste un nuevo golpe, y lo hará, tienes que ser una *tabula rasa* en la escena del crimen: será una escena especialmente preparada para vosotros.

R.

Como era su costumbre, Robert no se había perdido en inútiles florituras. Pero allí estaba él, al otro lado del océano: la creía y le estaba diciendo cómo proceder. No había cuestionado en absoluto la solidez de sus suposiciones. Se sintió menos sola.

No podía quedarse quieta, a la espera de un acontecimiento casual que desbloqueara la situación y que quizá nunca llegara a tiempo.

Las luces del pasillo se apagaron. Los compañeros estaban saliendo de sus despachos, pero Teresa sabía que Albert no abandonaría el suyo. Estaba furioso debido el estancamiento del caso, se agitaba en la jaula que él mismo se había construido. Le tocaba a ella abrirla, arriesgándose a recibir un mordisco.

Llamar a la puerta de su despacho le costó una tajada de orgullo, y las palabras con las que se anunció, una aún mayor.

—Comisario, ¿puedo molestarte? Necesito hablar contigo.

Lo vio hacer un gesto para que entrara. Inclinado sobre documentos y carpetas, Albert la tuvo de pie a la espera durante varios minutos antes de dirigirle la palabra.

—¿Estás aquí para disculparte?

—¿Cómo?

—La escena histérica con la que has hecho el ridículo. Me has avergonzado delante del equipo.

Paternalismo. Un paternalismo tóxico que Teresa descubrió que emanaba por todas partes. No tenía que disculparse. Había sido él quien la había aferrado brutalmente, de una forma que ella nunca se habría permitido utilizar con nadie, quien la había tratado como si tuviera poder sobre ella, un poder que iba mucho más allá del poder profesional derivado de la jerarquía.

—No mc ha gustado, Teresa. No me ha gustado nada de nada.

A ella tampoco le gustaba que la marginaran siempre, que la ignoraran, que la menoscabaran profesionalmente. Él incluso se había atrevido a ponerle la mano encima, y eso no debería suceder de nuevo.

—No estoy aquí para disculparme, Albert.

Por fin se dignó a mirarla.

—No necesitamos mujercitas histéricas aquí. ¿Cómo crees que puedes ser mínimamente creíble ahora? ¿Sabes lo que van diciendo de ti?

—No, y tampoco me interesa.

—Que las investigaciones del equipo dependen de tus cambios hormonales. Qué autoridad, *inspectora* Battaglia. Dios mío, hasta la palabra suena ridícula.

Teresa sintió que se sonrojaba, como si fuera ella la que tuviera que avergonzarse y no él, no ellos. Se mordió el labio hasta sentir la dureza de sus dientes antes de hablar. Esa dureza tenía que convertirse en la suya si quería sobrevivir, en ese entorno y fuera de él.

—Albert, el asesino cubrió a la primera víctima con mordiscos y luego los borró con cortes para no proporcionar un registro dental.

—He leído, por supuesto, el nuevo informe de Parri. ¿Ahora ambos estáis convencidos de que vamos a la caza de un caníbal en ciernes?

—Te estoy mostrando cómo funciona su mente.

—Cómo crees *tú* que funciona.

—Se trata de estadísticas. El estudio de cientos de casos ha demostrado que los criminales con personalidades semejantes cometen delitos semejantes. Los mordiscos son típicos de una furia incontrolada. Quería literalmente alimentarse de la violencia que ejercía. Estaba hambriento, ávido. Pero el detalle importante es otro. En la segunda víctima no hay mordiscos.

—No sería de su gusto, quizá.

—¿Puedes hablar en serio, por favor?

—Quisiera pedirte que hicieras lo mismo, Teresa.

—Abandonó el cuerpo de la primera víctima donde era más visible; en cambio, ocultó el de la segunda. Es una señal de que el *modus operandi* se está perfeccionando. Está resultando ser organizado, Albert. Es capaz de querer y de actuar, y esa es una pésima noticia. Está aprendiendo, se controla y, al mismo tiempo, se ha vuelto más violento. Y también más peligroso, porque...

—¿Porque está matando y ya lo ha hecho dos veces? Gracias, una deducción muy sofisticada, absolutamente imprescindible para llevar a cabo la investigación.

Teresa apoyó las manos en la superficie repleta, haciendo caso omiso de las normas y de la educación. Por dentro vibraba, tenía que hacérselo sentir para convencerlo de que la siguiera.

—*No*. Es peligroso porque programa. Desde su punto de vista, dirige la agresión de forma más constructiva. Conoce los procedimientos, por lo que puede engañarnos y alejarnos de la verdad y de sí mismo.

Albert se levantó y rodeó el escritorio. El cansancio era una sombra gris en su rostro, pero también había una ira creciente que él, como le salía de forma natural, moldeaba alrededor de los demás para tenderles trampas.

—Puede engañarnos, dices, pero en realidad te estás refiriendo a mí. *Me* dejo engañar. ¿Es así? Estás cuestionando mi competencia y, por tanto, la autoridad con la que dirijo el equipo.

—No pretendía decir eso.

Albert levantó una mano para silenciarla. Quedó suspendida entre ambos por un momento, pero para Teresa fue como sentirla presionando sobre su boca. Cállate, cállate.

—Sí, eso es lo que pretendías. Pero pregúntate lo siguiente: ¿*tú* formas parte del equipo? ¿El equipo te necesita, te quiere? Eres una jugadora solitaria, todo el mundo se ha dado cuenta.

Ella jadeó.

—Eso no es cierto. Yo lo intento.

—Pero culminas poco. A nivel personal eres un fracaso. En el plano puramente profesional no aportas mucho. Veo que los perfiles psicológicos te apasionan. Bueno, pues te daré uno ahora mismo. El tuyo. —Se inclinó hacia ella, con los brazos cruzados. Tal vez, en vez de eso, habrían querido zarandearla—. Una mujer con claros problemas de autoestima, presa de sus propias debilidades y obsesiones, que necesita demostrar su valor, pero absolutamente incapaz de transformar su propósito en resultados concretos. Tus fantasías son los delirios de grandeza de alguien que ha leído demasiada novela negra y se ilusiona con ser la protagonista de la historia. Pero esta es *mi* investigación, Teresa. La dirijo *yo*. Si quieres el papel de protagonista, aprueba el examen de comisario y ponte al frente de tu propio equipo.

Teresa negó con la cabeza enérgicamente, como para librarse de pensamientos peligrosos. No debían echar raíces y profundizar.

—Es *él* quien ha leído esas novelas. ¡El asesino! Está informado. Sigue las noticias de sucesos, lee revistas especializadas. Sabe, por ejemplo, que las fibras de la ropa retienen pistas. Por eso se la quitó.

La mirada de Albert se volvió más atenta. El comisario sacó un pañuelo del bolsillo de su americana y se lo pasó a ella por la mejilla. Teresa retrocedió, pero ya era demasiado tarde.

La base de maquillaje había desaparecido, el nuevo hematoma afloraba. Esta vez no había sido una bofetada lo que lo provocó, sino un libro lanzado con rabia.

—Teresa... —Su voz sonaba casi dulce al pronunciar un nombre que en ese momento significaba otra cosa, frases enteras, y ella estuvo tentada de abandonarse como ser humano en otro ser humano—. Teresa, déjame que te ayude.

Ella temblaba. Él pasó un dedo por donde la piel mostraba ahora un color morado. La sensación de malestar se convirtió en náuseas.

—Ven conmigo y te prometo que te ayudaré.

Teresa levantó la mirada, confundida. La propuesta de rescate contenía un *si* que condicionaba cualquier propósito.

—¿Que me vaya contigo?

—Estás sorprendida.

—Esa no es la palabra que yo habría utilizado.

—Hay muchas maneras de amar, Teresa.

Ante esa aceptación, ella dio un paso atrás.

Albert se dio cuenta y pareció molesto.

—Pensé que te habías dado cuenta. O tal vez te has dado cuenta, pero te parece inaceptable. —Él se alteró—. Estoy cansado de ver desprecio cuando me miras.

Teresa no podía entender si estaba realmente convencido de lo que decía.

—Albert...

El comisario volvió a su asiento, aparentemente controlado y ya ajeno a lo que había ocurrido, pero Teresa podría haber jurado que sintió el calor ardiente de la ira que desprendía. Fingió volver a concentrarse en los papeles que estaba examinando cuando Teresa lo había interrumpido.

—Albert, el asesino volverá a atacar, y muy pronto, a juzgar por la forma en que se mueve, ¿quieres entenderlo o no?

Él le señaló la puerta.

—Podría decirte lo mismo de tu marido, inspectora Battaglia, pero no pareces dispuesta a impedírselo. Y ahora aléjate de mi vista.

17. Hoy

El ajo chisporroteaba, dorándose en el aceite de oliva que Parisi le había traído de Calabria. Teresa cortó los tomatitos y los echó a la sartén. Salpimentó y removió varias veces. Los salteó y los pochó lo justo para que soltaran el jugo. Sobre la mesa, el teléfono móvil anunció otro mensaje de Blanca. La chica seguía asegurándose de que Teresa se encontraba bien mientras ella estaba fuera con su padre. Tal vez su velada no estuviera siendo tan agradable.

Teresa añadió el orégano, la guindilla, las aceitunas de Taggia machacadas y apagó el fuego. Mientras tanto, en la olla de al lado, los espaguetis hervían despidiendo un vaho fragante que capturaba los vapores de las hierbas y de las especias.

El timbre anunció una visita. Teresa miró el reloj. Nadie iba a visitarla nunca a la hora de cenar. Se limpió las manos en el delantal y al pasar por el salón reordenó revistas y cojines.

Corrió la cortina y miró por la ventana. El hombre estaba de espaldas, agachado para atarse un zapato, pero ella habría reconocido en cualquier lugar ese trasero portador de problemas: le había echado más de un vistazo desde que llegó a la central, sintiéndose tentada de darle de patadas en un par de ocasiones.

Recostó la espalda en la pared. ¿Qué querría ahora?

En realidad, sabía, y muy bien, lo que quería: conocía la necesidad que lo había llevado hasta allí, pero ella no estaba preparada, nunca lo estaría, y él insistía en presionarla hasta llevarla al límite, en un momento de su vida en el que contener sus emociones y ponerlas en orden resultaba imposible. Teresa estallaba de ira cuando se sentía triste, y de tristeza cuando se desbordaba de afecto. La enfermedad jugaba con ella como el viento con una hoja seca; a esas alturas, arrancada del árbol, estaba a merced de los caprichos del tiempo, del cielo, de Dios.

Se quitó el delantal y abrió la puerta de par en par.

—¡Marini!

El inspector se puso en pie de un salto con una sonrisa de incomodidad.

—Comisaria.

Teresa lo examinó. Parecía preparado para una cita galante, con el pelo húmedo todavía, la camisa recién sacada del armario, el olor a lluvia y a cuero de su colonia, que Teresa había aprendido a reconocer y que lo describía a la perfección. Llenaba su despacho incluso cuando ella abría las ventanas de par en par, se lo encontraba sobre su ropa, por la noche, pegado a las prendas igual que su propietario a ella durante el día. Pronto sería el de un desconocido.

Marini llevaba un paquete en la mano.

—¿Alguna novedad sobre Giacomo?

Vio que se ponía tenso.

—No. No hay novedades.

—¿Entonces...?

Marini tropezó con sus palabras.

—Pensé que... que podríamos hablar sobre el caso. Esta noche. Usted... y yo.

Había aspirado las dos últimas palabras.

Teresa cada vez entendía menos.

—Te dije que no me voy a incorporar de nuevo al trabajo. Pensé que había sido clara.

Él se sonrojó.

—¿Me voy?

Eso la enterneció. Parecía haber vuelto a ser ese muchacho inseguro que, en un día de nieve y hielo, caminó hacia ella con barro hasta las rodillas, vestido de punta en blanco, pero con ropa completamente inadecuada para el lugar y el clima, y con retraso.

Qué amedrentado debía de estar y, sin embargo, no se amilanó.

Cuánto camino habían recorrido juntos en pocos meses.

Y ahora había hecho falta muy poco para ponerlo en crisis, porque el sentimiento nos hace frágiles, expone nuestro costado a los golpes inferidos por el otro. Y ella no tenía ningún deseo de hacerle daño.

—Te estás sonrojando, Marini. ¿Qué llevas ahí?

—Helado.

Le quitó el paquete de la mano.

—Entra.

Cuando Massimo cruzó el umbral, lo primero que pensó fue que aquella noche no tenía vuelta atrás. Teresa Battaglia se lo había advertido: nada volvería a ser lo mismo.

Había un ligero desorden, lo justo para que fuera una casa vivida, pero no descuidada. Era el desbarajuste de una personalidad creativa y receptiva, vivaz, necesitada de rodearse de cosas en perpetuo movimiento, al alcance de la mano, nunca inamovibles y almacenadas. Era una casa colorida y repleta de olores, de objetos exóticos, cuadros modernos en las paredes y alfombras con aspecto antiguo. Contó docenas de libros esparcidos por el salón. Algunos abiertos, otros con marcadores que sobresalían de las páginas arrugadas, leídas y releídas. Era la acogedora guarida de una criatura solitaria pero curiosa, abierta al mundo y a los descubrimientos.

La comisaria, en cambio, podía aparecer como la antítesis de aquel hogar para quienes no tuvieran la suerte de conocer sus aspectos más ocultos o, todo lo contrario, que tuvieran la desgracia de tenerla como adversaria. Massimo siempre se quedaba impresionado por el aura autoritaria que desprendía. Contrastaba con su aspecto suave, ancho, maternal. Solo por ese «ancho» ella podría haberlo aniquilado verbalmente, pero en ese cuerpo dilatado Massimo reconocía la capacidad de estar fuertemente en el mundo, con cada fibra y cada célula de su ser. Ese cuerpo era la materia del sentimiento.

—He metido el helado en el congelador. Todavía no he cenado.

Él permanecía atónito, mirando el mechón de pelo rojo que caía sobre su rostro desmaquillado hasta rozarle los ojos. Esos ojos que él había definido como «ojillos» en sus pensamientos la primera vez que la vio, creyendo que era una señora rara que estaba molestando en la investigación, y que en cambio un minuto después lo atravesaron con una fuerza brutal, revelándole la cazadora de asesinos que era.

A partir de ese momento, aprendió a no subestimarla. A partir de ese momento, la adoró y la detestó a partes iguales.

—Ah... No ha cenado.

La vio fruncir sus finas cejas. Una pésima señal, se puso a la defensiva.

—¿Qué te pasa, Marini? ¿Elena está bien?

—Sí, sí. Está bien, gracias. El embarazo está progresando maravillosamente bien.

El silencio que siguió le hizo desear no haber llamado al timbre nunca.

Massimo se pasó una mano por la cara y luego volvió a meterla en el bolsillo. Esa mujer conocía el lenguaje corporal. Podría haberlo diseccionado a él y sus inseguridades con consideraciones despiadadas, y solo Dios sabía cuánta razón habría tenido.

Decidió jugar la última carta que le quedaba.

—Yo tampoco he cenado.

Consiguió sorprenderla. Lo supo por su expresión, que ya no era aguerrida, sino alarmada.

—¿Te estás autoinvitando a cenar?

Marini esbozó una sonrisa, cuando en realidad lo que le hubiera gustado era desaparecer para siempre, quizá bajo tierra.

—Sí.

Ella se echó a reír.

—Si tuviera treinta años menos, pensaría que estás intentando ligar conmigo, inspector.

Había salido bien.

—¿Así que puedo quedarme?

—Pon algo de música y luego ven a echarme una mano.

Massimo obedeció. El CD en el reproductor era un álbum de Dire Straits. Se reunió con ella en la cocina, un espacio aireado con armarios lacados de color amarillo. Se fijó en que los frascos de las especias y los recipientes de pasta y de cereales estaban cuidadosamente etiquetados, al igual que se había hecho con cada cajón. En la cocina había una nota que le recordaba que debía cerrar el gas, estaba escrita en rojo y con tres signos de exclamación. Miró hacia otro lado.

Teresa escurrió la pasta y la echó en la sartén. El aroma hizo que Massimo se olvidara de su desasosiego por ser un invitado inesperado.

Ella parecía ausente.

—La verdad es que he hecho mucha —murmuró—. Has tenido suerte.

Él sintió que el corazón se le encogía.

—Sí, he tenido suerte.

—Saca platos y cubiertos de ese cajón. Los manteles individuales están en el de abajo. Ah..., bueno, como puedes ver, está escrito.

Marini no dio importancia a esas últimas palabras. Se dejó mandar con gusto, asombrado de lo poco que le costaba.

Cenaron en el salón, en una mesa apolillada que él calificó de vieja. Inmediatamente ella lo corrigió: *antigua*.

—Era una mesa de taberna. Han jugado a las cartas sobre ella durante un siglo, incluso durante las dos guerras. Mira, contaban los puntos con una navaja.

—¿Y cómo es que ha acabado aquí?

—La recuperé. La taberna era de mi abuelo y esos puntos también son los suyos.

Olía a madera, a cera de abeja y a tiempos pasados.

Acompañaron la pasta con un vino blanco joven, frío, a la temperatura justa, charlando de esto y aquello, nunca sobre ellos, menos aún sobre el caso en que estaban trabajando. Pocas veces habían podido hacerlo, siempre había una investigación de la que ocuparse, con Parisi y De Carli entre los dos, eso por no hablar de Lona. Se estaban apropiando de un espacio nuevo y él se sorprendió al encontrarlo tan cómodo de inmediato.

En un determinado momento, ella se quedó taciturna y Massimo se dio cuenta de que ya no lo escuchaba.

—Ya recojo yo, para saldar la deuda.

Lo dejó hacer.

—¿Postre? —le preguntó desde la cocina.

—Más tarde.

Massimo volvió al salón y la encontró tumbada en el sofá, con los pies metidos debajo del cuerpo. Lo observaba como si estuviera esperándolo para pasar al ataque.

—Sé que no debería preguntártelo, Marini, pero ¿has vuelto a ver a Giacomo?

Él movió una silla y se sentó frente a ella, con los codos sobre las rodillas.

—Puede preguntarme lo que quiera. No, no he vuelto a verlo, pero supongo que ocurrirá pronto.

Teresa lo miraba con los ojos entrecerrados, mordiendo las patillas de sus gafas de lectura.

—¿Te hace sentir incómodo?

—¿Que si me hace sentir incómodo? Es una bestia asesina. Claro que me hace sentir incómodo.

—Sabes que los juicios personales no te llevarán lejos si no los mantienes a raya, ¿verdad? —A Massimo aquello lo cogió con el pie cambiado.

—¿Por qué me está reprendiendo?

—Estás a punto de ser padre, no traslades pensamientos de muerte a tu vida y a la de Elena.

—¿Qué es lo que le preocupa?

—Dejarte solo.

Massimo abrió la boca, pero la volvió a cerrar sin ser capaz de encontrar nada que decir. Tragó con dificultad.

—Tendré cuidado.

—Nunca te quedes a solas con él, Marini.

—Así no me está tranquilizando.

Ella se pasó la mano por la frente.

—Aquí es donde no debes dejarle entrar. Pero si quieres entender lo que pasó, si quieres ver lo que él ve, *cómo* lo ve, entonces es eso lo que tienes que utilizar. —Apuntó con su dedo al corazón de él, y para Massimo fue como si le tocara justo ahí, en el pecho. Su voz baja, la intimidad construida con esfuerzo pero nunca tan profunda como en ese momento y la docilidad hicieron que resonaran en su interior.

—¿Conoces su historia, Marini?

—Me he puesto al día. He leído su expediente.

—No es suficiente. ¿Conoces su historia?

Massimo negó lentamente con la cabeza, un «no» dicho una y otra vez para sí mismo.

—No soy como usted, comisaria. Yo nunca entenderé a los que son como él. No puedo sentir nada por ellos. Ciertamente, ninguna compasión.

Teresa Battaglia, en cambio, aceptaba su naturaleza y al hacerlo así se arrancaba la sensación de repulsa. Era capaz de tomar todo lo de las personas que tenía delante, incluso el mayor de los horrores, como un hecho objetivo. Por eso era tan buena en su trabajo. No juzgaba, no se escandalizaba. Siempre trataba de entender. Pero eso tenía un precio. Sufría con ellos.

Se quedaron en silencio. De fondo, *Romeo and Juliet* hablaba de un amor romántico y desgraciado.

—Ahora sí que es el momento del helado —propuso Massimo, levantándose para romper el *impasse*.

Ella agarró un cojín y se lo colocó bajo la cabeza.

—Para mí no, gracias.

Massimo ya estaba en la cocina y trasteaba con tazas y cucharas.

—Vamos, comisaria. Lo he comprado sin azúcar, especial para diabéticos, como me pidió. He tenido que dar bastantes vueltas hasta encontrar la heladería de la que me habló. Por lo menos pruebe un poco.

Volvió al salón y se dio cuenta inmediatamente de que algo iba mal. Habría jurado que había miedo en los ojos de la comisaria.

Depositó las tazas sobre la mesa.

—¿Qué pasa?

Ella no respondió enseguida. Seguía mirándolo como si lo viera por primera vez esa noche.

—¿Cuándo te pedí que me trajeras helado?

La voz, habitualmente decidida, vibraba ahora con una inquietud que Massimo nunca había escuchado. Solo en ese momento se dio cuenta de que había metido la pata y de que difícilmente podría ponerle remedio.

—Me refería a que sabía que usted solo come este helado. Debe de habérmelo dicho...

—¿Cuándo?

—No lo recuerdo, hace mucho tiempo.

—Trolas.

Sí, le estaba mintiendo. Él lo sabía y ella también lo sabía.

Nunca olvidaría el aspecto de sus ojos en ese momento: dilatados en la nada, con las lágrimas fijas. Los vio correr hacia el fregadero de la cocina, que se entreveía a través de la puerta abierta. Ella se apartó el flequillo de los ojos, enderezó la espalda, quizá en un arranque de orgullo, de rechazo a lo que acababa de comprender, o de digna aceptación.

Carraspeó.

—¿Sabes lo que pienso, Marini?

Él no respondió, con el corazón en un puño.

—Que tal vez no soy tan buena como investigadora.

—Comisaria...

—¿No me preguntas por qué? Tú sigues llamándome comisaria, pero si fuera una buena investigadora me habría dado cuenta de que llevo puesto un quimono de seda, cuando normalmente ando por casa mucho peor vestida. Rara vez me preparo una cena que no sea congelada y menos aún cocino dos raciones de pasta si estoy sola. La única explicación que se me ocurre es que esperaba a un invitado para cenar, aunque no lo recuerdo.

No tuvo piedad consigo misma, pensó él. No se sustrajo de ese análisis feroz.

—La pasta era abundante porque la había calculado para dos personas. Y tú me has traído mi helado favorito no por una afortunada coincidencia, sino porque te lo pedí, hoy, como muy tarde. Incluso te dije dónde ir a comprarlo.

Lo miró directamente a los ojos y le asestó el golpe.

—Me he olvidado de que te había invitado a cenar y tú has sido tan amable de hacer como si no pasara nada y quedar como un idiota, ¿no es así?

Massimo nunca habría creído que una sola sílaba pudiera ser tan difícil de pronunciar. Consiguió escupirla, al final, y ese breve sonido tuvo el poder de aplastar a la mujer que tenía delante.

—Sí.

—¿Cuándo?

Ahora era a él a quien le costaba encontrar la voz.

—Cuando estábamos con Parri. Me pidió que viniera, porque yo no quería dejar que se marchara y entonces...

—Ah, la hora de la verdad. Yo quería explicártelo y, en cambio, te lo he enseñado.

La vio mirar a su alrededor desorientada, avergonzada. Se odiaba a sí misma por lo que le estaba haciendo.

—Bueno, Marini, ha salido un poco diferente respecto a lo que yo pensaba, pero a estas alturas aquí estamos, así que da igual...

Su rostro se deformó bajo la violencia del dolor y no fue capaz de continuar. Inmediatamente él fue junto a ella y la estrechó entre sus brazos.

Después de todo, era pequeña y delicada. Qué gruesa y dura debía ser la coraza que se ponía cada día para que pareciera ser la virago cuyo peso ahora él no sentía.

Ella se apartó, se escabulló acurrucándose lejos. Las manos le temblaban sobre el pecho.

—Vete a casa, Marini.

Había hablado sin abrir los ojos, como para mantenerlo alejado, como si bastara con ignorar su presencia para borrar el problema.

—No se lo diré a nadie, comisaria.

—Quizá ya lo sepan. Solo Dios sabe lo que hago y digo en esos momentos.

—No, no. Si alguien hubiera dicho algo del tema, yo ya me habría enterado.

Ella no respondió. Permanecía inmóvil, dándole la espalda, tal vez debido a la vergüenza.

Massimo se armó de valor y se atrevió a acercarse a ella. Temía que aquella mujer enérgica e independiente no aceptara su ayuda, pero estaba dispuesto a insistir, incluso a pelearse, porque no tenía la menor intención de marcharse de allí, y «allí» era a su lado.

La temía y la apreciaba. La quería y la detestaba. Recibía fuerzas de ella y quería ser su apoyo.

Siempre había sido así con ella, una continua búsqueda de equilibrio entre movimientos opuestos del alma.

Se mantuvo erguido y tenso. Lo cierto era que, de los dos, él era quien menos valor tenía.

Buscó algo que decir.

—También le pasó a mi abuela.

—Dios mío, Marini. ¿Aún sigues aquí? Márchate.

Massimo se calló. Y no se marchó. Extendió un brazo hasta ella. Le rozó el hombro, sintió que retrocedía. Tiró de ella un poco hacia sí y Teresa entonces se dejó caer sobre su pecho, dejó caer su miedo a mostrarse vulnerable.

Lloró, por fin, sacudida por sollozos entre los que a Massimo le pareció captar alguna palabrota entrecortada.

Le entraron ganas de sonreír, y de llorar, y de gritar, pero no lo hizo.

De fondo, la voz de Mark Knopfler y su guitarra se perseguían en la versión en vivo más increíble de *Brothers in Arms* que Massimo había escuchado en su vida.

Sin darse cuenta, empezó a seguir las notas en el brazo de ella, y esos amables toques se convirtieron en caricias. Poco a poco, fue calmando su llanto.

Los sollozos dieron paso a un solo escalofriante y a algo entre ellos que iba más allá de los roles, de la edad, de las máscaras cotidianas que llevaban.

Solo eran dos seres humanos. Falibles, confusos, tenazmente apegados a la vida y aferrados el uno al otro.

Las últimas notas se apagaron en el silencio. Ella había dejado de llorar.

—¿Te das cuenta, verdad, de que me has comparado con tu abuela?

Ella permanecía en el lugar al que Massimo la había llevado, con la cabeza sobre su pecho y el cuerpo relajado.

—Era una mujer muy hermosa, mi abuela.

Se rieron juntos y no dijeron nada más durante un largo rato, entonces Massimo hizo la promesa que le había quitado el sueño durante días.

—No estará sola, Teresa. No estará sola.

El cuerpo de ella se vio sacudido por una ligera agitación. Más risas.

—Llámame comisaria, mierdecilla.

Massimo le apartó el pelo de la oreja, se inclinó un poco.

—Puede decirme lo que quiera, pero no me voy a ir. Me quedo aquí.

Volvió el silencio, y un suspiro, pero esta vez fue de paz.

—Gracias.

Él siguió meciéndola.

18. Veintisiete años antes

A Parri no lo encontraban por ningún sitio. Compañeros y ayudantes lo habían buscado en todas las salas del Instituto de Medicina Forense, incluso en el sótano, antes de que todos fueran reclamados por sus propias tareas.

Y, sin embargo, esa mañana había llegado al trabajo. Un colaborador le enseñó a Albert la tarjeta de control fichada. Juró que lo había visto entrar en su despacho poco después de la hora indicada.

—¿Cómo estaba?

Una duda.

—Aún sobrio. —La dura mirada de Albert no se apartó del joven practicante, que capituló sin demasiados rodeos—. ¿Quién podría asegurarlo con el doctor Parri? En cierta ocasión, lo encontramos a la mañana del día siguiente, en un armario escobero. Y eso que habíamos mirado allí varias veces.

Se batió en retirada y a los pocos pasos era solo una bata que revoloteaba al final del pasillo.

Teresa no podía creer semejante desfachatez. Le habría gustado acercarse hasta él y sacudirle a base de palabras hasta que se le cayera al suelo la sensación de alivio por haber dejado tirado a su mentor a las primeras de cambio.

Albert se volvió hacia la fiscal. Abrió los brazos.

—La decisión es suya, doctora Pace.

Elvira Pace era una magistrada que tenía fama de ser dura y competente, pero también de saber cuándo era necesario llegar a un acuerdo. Siempre enfundada en trajes de chaqueta oscuros, con camisas de seda escotadas, un maquillaje recargado y el pelo moreno peinado con laca, se encontró con que le habían puesto el apodo de «la bruja Elvira». Se rumoreaba que no le hacía ascos al mote. Teresa se preguntaba cada vez que se encontraba con ella si no serían en realidad las hombreras de espuma de todos los trajes que llevaba las que le infundían la fuerza que requería ese mundo hecho de equilibrios musculares y no siempre explícitos.

Pace había convocado una reunión en el Instituto de Medicina Forense para discutir el marco circunstancial del caso junto con el doctor Parri. Quería *ver* las pruebas, no solo leer las descripciones. Era una mujer que no temía hundir sus manos relucientes por la manicura roja en la suciedad de un caso de asesinato. Sería capaz de arremangarse y hacer ella misma el trabajo más sucio.

Gracias a los resultados de los últimos análisis, habían confirmado que la sangre encontrada en el perro de la primera víctima coincidía con la de su propietario; en el barro recogido bajo las suelas se había aislado polvo de hormigón, lo que los había llevado a un edificio que estaban rehabilitando no muy lejos de donde se había hallado el cadáver. Las obras llevaban meses paralizadas por falta de fondos. Al hombre lo habían asesinado allí.

Se habían hecho progresos, pero Elvira Pace había dejado claro a todo el mundo que era necesario multiplicar los esfuerzos para no volver a encontrarse en una situación de parálisis.

Teresa la admiraba desde lejos. Le habría gustado tener la confianza y el valor de preguntarle cómo podía sujetar las riendas con firmeza y esquivar las inevitables trampas. Se llevaban diez años de diferencia. ¿Hasta dónde habría llegado Teresa a los cuarenta? Pensaba en el examen para comisario que debía preparar, en las reacciones de Sebastiano ante ese salto en su carrera que, de palabra, él decía que era necesario, pero al que se oponía con los hechos, como si del éxito de ella se derivara el eclipse del suyo.

Elvira Pace hizo girar el reloj en su muñeca, un tictac de uñas sobre el metal, un ramillete de notas dulces y especiadas que se elevaba.

—Es algo que no me entusiasma, pero no veo otra solución que posponer la reunión hasta que el doctor Parri decida dar señales de vida.

Teresa no se calló.

—El doctor Parri es una eminencia de este instituto.

Albert ahogó una carcajada, secundado por el ayudante de Pace. El problema que el médico tenía con el alcohol era de sobra conocido. El Instituto de Medicina Forense se encontraba en el semisótano del hospital de la ciudad: un microcosmos donde todo el mundo parecía saber todo de los demás, en el que durante las cenas interdepartamentales abundaban las bromas sobre las condiciones en las que a veces Parri se presentaba a trabajar, hasta el punto de que se habían extendido también por los despachos de la jefatura de policía y los pasillos del juzgado.

El magistrado la miró un momento.

—Nadie discute la competencia del doctor Parri, inspectora Battaglia. Por eso lo estamos esperando.

Las expresiones y los tonos se volvieron serios. La bruja Elvira había restablecido el orden sin tener que gritar. En el silencio autoritario por donde se movía solo resonaban sus tacones mientras enfilaba la salida.

Albert se detuvo un momento para observar a Teresa, antes de seguirla.

—Tienes un aspecto horrible. ¿Estás bien?

Ella asintió, con la boca llena de saliva.

Él también se marchó. Teresa miró a su alrededor, agitada. No recordaba dónde estaban los lavabos. Hacía unos interminables minutos que estaba conteniendo las náuseas, pero esta vez no era solo una sensación. Consiguió encontrar los servicios del personal y allí se precipitó justo antes de que las arcadas la hicieran doblegarse sobre la taza del váter.

La sensación no fue tan liberadora como esperaba. Los espasmos continuaban a pesar de que tenía el estómago vacío. Sensación de calor, de frío, el sudor en la piel, las piernas temblando. Habría caído de rodillas si una mano fría no le hubiera sujetado la frente. A su espalda, un cuerpo que olía a jabón de uso sanitario. El único aroma, de entre todos, que en ese momento pareció calmarla y no revolverla de arriba abajo.

—Respira profundamente. Se te está pasando.

Era un hombre. Teresa apoyó las manos en los muslos, encontró la posición para resistir.

Parecía que ya había pasado. Se irguió con cuidado.

Él le soltó la frente. Teresa le oyó arrancar el papel del rollo automático, abrir y cerrar un grifo.

Volvió junto a ella y le limpió la cara con los gestos típicos de quien está acostumbrado a cuidar del cuerpo de otras personas: asépticos, eficaces, lo más rápidos posible.

Tenía uno de esos rostros engañosos a los que es difícil asignar una edad, dorado, claro, con rasgos regulares. Nada que ver con la sombría belleza de Sebastiano. Podría tener tanto veinte como treinta años. El pelo rubio rojizo, húmedo de gel, los brazos glabros y pecosos que la bata del hospital dejaba al descubierto manifestaban el aspecto juvenil, pero la mirada y las proporciones eran las de un hombre.

Teresa se cogió la frente entre las manos. Había sentido un mareo. Había viajado en una montaña rusa infernal y ahora estaba de regreso. Cuando se le pasó, le sonrió.

—Gracias.

—No hay de qué. —Él sonrió también, tiró el papel al cubo de la basura—. ¿Eres nueva? No te he visto nunca por aquí.

—No, no trabajo en el instituto. He utilizado el lavabo de los empleados porque... Bueno, ya has visto por qué.

Él cruzó los brazos sobre el pecho.

—Son cosas que pasan. No me ha molestado.

Teresa se pasó una mano por el pelo, debía de estar revuelto. Se topó con su imagen en el espejo. Se le había corrido el maquillaje de los ojos, las luces de neón del techo hacían brillar las raíces claras del pelo. Rubio veneciano, como el del chico. Miró hacia otro lado.

—Estaba buscando al doctor Parri. Teníamos una cita, pero llega tarde. ¿Sabes dónde puedo encontrarlo?

—En el bar de siempre, supongo. —Indicó la ventanilla alta con el pulgar. Allí abajo la luz solo llegaba a través de los tragaluces—. Al otro lado de la calle.

Lo dijo sin juzgar, sin burlarse, como un dato incuestionable.

Teresa apreció instintivamente esa pulcritud en las palabras. Recogió el bolso, que se le había caído durante la emergencia.

—Me voy. Gracias de nuevo.

Él la llamó antes de que saliera. Había metido una mano en el bolsillo del pantalón. Le tendió un paquete de caramelos de fruta.

—Mi madre me decía que la ayudaban con las náuseas. Toma.

Teresa estaba a punto de rechazarlo y él debió de darse cuenta, porque respondió a la frase que ella aún no había pronunciado.

—Vamos, acéptalos. Soy enfermero, aunque aquí no curamos a nuestros pacientes. —Le cogió la mano para ponerle el paquete en ella—. A veces también se conoce a gente como Dios manda, ¿sabes?

19. Hoy

El helado se había derretido en las tazas. Ninguno de los dos había pensado más en ello.

Massimo seguía sosteniéndola entre sus brazos para impedir que se le escapara. Teresa Battaglia era una niña acurrucada contra su cuerpo, un corazón agitado que él percibía a través de la piel, como si esa piel en parte fuera la suya, un vínculo de sangre, una línea recta que recorría una imaginaria estirpe.

Le habría gustado decirle que a veces las personas no se acercan para herir y ensañarse, y le habría gustado preguntarle qué le había pasado para hacer que creyera lo contrario, pero permaneció en silencio todo el tiempo. No quería abrir heridas para mirar dentro.

Fue ella quien habló primero.

—¿Alguien se ha dado cuenta?

—No, lo juro. Lo habría sabido. —Massimo le hizo la pregunta que llevaba tiempo pensando—: ¿Quién lo sabe, aparte de mí?

—Parri y Blu.

Casi le entraron ganas de reír.

—Como siempre, soy el último. No sé de qué me sorprendo.

Ella le dio un golpecito en la rodilla.

—Esto no es una competición, Marini.

—Podría decirle lo mismo. No tiene por qué mostrarse indestructible.

—Debería haberme retirado hace meses, cuando te miraba y no tenía ni idea de quién eras. Y tú hablabas y hablabas... En cambio, llegué hasta el punto de tocar las pruebas. ¿Te habías dado cuenta?

Massimo sintió que se le hacía un nudo en la garganta.

—Lo sospechaba.

—¿Desde cuándo?

—Hace poco.

—¿Alguien más...?

—No, ya se lo he dicho. Solo yo.

Ella se incorporó para sentarse. Massimo abrió el brazo para darle el espacio que buscaba.

—Debes concentrarte en la investigación, Marini, no pierdas el tiempo conmigo.

—No estoy de acuerdo, comisaria.

—¿Cuándo vas a contestar «sí» sin añadir necesariamente nada más?

Cuando ella confiara plenamente en él. Entonces ese «sí» llegaría de manera incondicional, por ambas partes.

—Tengo algo que enseñarte, si me das un momento.

La vio desaparecer en la sala que servía de biblioteca.

Tenían todo el tiempo del mundo, pensó. Y, si el tiempo se mostraba caprichoso, intentando arrebatársela antes de lo previsto, ya encontraría él la forma de rebobinarlo. Se enjugó rápidamente los ojos.

Teresa Battaglia regresó hojeando un volumen.

—Hay algo que no me convence. Todo es demasiado perfecto en términos de tiempo. El hombre que ofreció la víctima a Giacomo, ¿cómo podía conocerlo, cómo pudo reunirse con él?

—Pero ¿de verdad quiere hablar del caso ahora?

Ella lo miró por encima de la montura de las gafas.

—Puede que mañana se me olvide, Marini.

—¿Es necesario recalcarlo?

Ella depositó el volumen sobre la mesa de café.

—Es liberador. Nunca lo hubiera dicho.

Massimo se inclinó para mirar la publicación.

—Sé que estoy a punto de decir una herejía, pero ¿y si Lona tuviera razón? ¿Y si las de Mainardi fueran solo invenciones de una mente perturbada? Tal vez no exista ningún inductor. La inductora es su psicosis.

Pasó unas páginas, ella volvió a abrirlas donde había colocado el marcapáginas.

—No, no, Marini. No lo has entendido.

—Obviamente, cómo no.

—El que eligió a la víctima para Giacomo lo estaba siguiendo. Estaba al tanto de lo que había hecho, sabía no solo quién es, sino *lo que* es. Sabía con exactitud de qué hilos tirar para obtener lo que pretendía de él. Pero esto no es suficiente. Creo que es importante preguntarse: ¿cuánta fuerza mental se necesita para ejercer la influencia suficiente para doblegar la voluntad de otra persona hasta ese punto? Sin coacciones. Pura y sutil persuasión. ¿Es eso lo que ocurrió?

—En teoría, todo es posible, pero ¿en la práctica? ¿Cuántos casos similares se conocen?

Teresa señaló con el dedo las páginas abiertas.

—Muy pocos, son raros. Y los encuentras aquí. El primero fue el de Sigvard Thurneman, un psiquiatra sueco. Utilizaba técnicas hipnóticas para inducir a sus pacientes a cometer asesinatos. Pero seguro que has oído hablar de otro caso: Charles Manson.

Massimo recorrió las líneas subrayadas, las notas escritas a lápiz en los márgenes.

—Mainardi es un asesino en serie confeso. No creo que se necesite mucha persuasión para convencerlo de que mate.

—Te equivocas. Giacomo es un asesino en serie, pero no es un sicario. A él no le interesa matar. Está interesado en matar a *una víctima específica de una manera específica*. Y, sin embargo, si tenemos en cuenta lo que dijo, solo hizo falta un encuentro para que decidiera acoger en su liturgia a un nuevo participante. Nunca he visto que esto ocurra. De todas formas, hay algo que no cuadra. Una mente tan aguda como la suya que resulta derrotada en su propio juego.

—¿Por qué Giacomo no sospechó que se trataba de una trampa? ¿Qué garantías le dio, o le dieron?

La vio reflexionar, con el ceño fruncido, con las infaltables patillas de las gafas en la boca. El plástico mostraba las marcas de los dientes.

—No creo que hubiera garantías en juego, Marini. No es el tipo de consideración que entra en el proceso mental de un asesino en serie. Al contrario, para los más experimentados, y Giacomo lo es, el riesgo aumenta la emoción.

—Mainardi, sin embargo, parecía asustado.

—Creo que solo es un peón en un juego más grande, creo que el inductor le ofreció algo a lo que, estaba seguro, Giacomo nunca iba a renunciar. Algo profundamente ajustado a su imaginación y que debió de abrirle las puertas a su fantasía más inconfesable y poderosa.

—Nos lo dijo: le ofreció la víctima perfecta.

—Pero podría haberla encontrado por sí mismo, ¿no? ¿Quizá era una víctima perfecta por razones que iban *más allá* de la mera correspondencia perfecta con su perfil? ¿Quizá había *otras* razones? Razones que ni siquiera Giacomo, hasta ese momento, había tomado en consideración.

Lo dijeron al unísono:

—Conocía a la víctima.

Teresa se levantó, dio unos pasos, retrocedió. No podía ocultar su nerviosismo.

—Dijo que no.

Massimo tuvo que corregirla.

—La pregunta, no obstante, fue otra: ¿puedes darme un nombre? Ella estaba aturdida.

—¿De verdad? ¿Se lo pregunté así?

—Lo recuerdo porque me pareció extraño. No es propio de usted.

—Mi *antiguo* yo. Tan torpe. Y la gente como Giacomo no espera otra cosa.

—En cualquier caso, ¿de verdad cree que puede descartar que le mienta abiertamente?

La respuesta llegó tras una pausa.

—No, pero, para un manipulador, estos jueguecitos y guardar silencio nunca son lo mismo que mentir. De esta forma se autoabsuelven.

—Entonces, ¿a qué estamos esperando? Vamos a hablar con él.

—No es tan fácil. El mal no coopera, hay que ir a atraparlo.

—¿No nos lo va a decir?

—No nos lo va a decir.

—Está jugando con nosotros.

—Es su fantasía y ahora formamos parte de ella.

—¿No le asusta?

—¿Giacomo?

—Sí.

—No lo sé, Marini. No, tal vez no. Resulta difícil de explicar, pero creo que nunca me haría daño.

—¿Cómo puede decir eso?

Ella abrió la boca, la cerró de golpe, como si se hubiera dado una bofetada para callarse.

—Me preocupa mucho más el inductor. Es peligroso, porque ha sido capaz de poner en marcha un proceso de condicionamiento encubierto, del que lo más probable es que Giacomo ni siquiera sea plenamente consciente. Significa tener un poder omnipresente. Mental y organizativo. Una visión global lúcida y racional. Y, si realmente se las arregló para entrar en la prisión y matar al compañero de celda de Giacomo, bueno, tenemos un problema más grande de lo que pensamos.

—Parece la descripción de un poder tentacular.

—Has de tenerlo en cuenta.

Se hizo el silencio. Teresa cerró el libro y se lo tendió. Massimo lo aceptó, pero antes quiso dejar claras sus condiciones.

—Lo estudiaré, comisaria, pero eso no significa que renuncie a su presencia en la investigación.

—Tendrás que rendirte, tarde o temprano. Ahora vete a casa, venga. Ambos necesitamos descansar.

Massimo la ayudó a recostarse. Le colocó un cojín bajo las piernas.

—Sabe muy bien que no me voy a ir.

—Dentro de unas horas Antonio estará de vuelta.

—Entonces dentro de unas horas me marcharé. Pero...

—Pero ¿qué?

—Hay otras dos personas a las que debería decírselo, ¿no cree? Siempre nos dice que somos sus chicos, así como su perdición. El afecto es ampliamente correspondido. ¿Le gustaría verlos?

Ella no respondió.

—Hágalo ahora, de inmediato. Todo saldrá mejor de lo que se imagina.

El pecho se le hinchó con un suspiro. Asintió.

Massimo envió un mensaje a Parisi y De Carli, escribió a Elena para tranquilizarla. Luego se ocupó de ella. La cubrió con una manta a cuadros, bajó las luces, puso otro CD en el reproductor. Volvió a sentarse entre los cojines.

—Son muy amigos, el doctor Parri y usted.

—¿Estás celoso?

—Aliviado. Me alegro de que en su vida esté también él. ¿Cómo se conocieron?

Ella se puso de lado, con una mano bajo la mejilla. Cerró los ojos.

—Como sucede con los mejores amigos. Ambos estábamos con la mierda hasta el cuello. Nos limpiamos mutuamente.

20. Veintisiete años antes

El bar estaba lleno. Los desayunos tardíos se mezclaban con los aperitivos, sobre las mesas encontraban su lugar los cruasanes recalentados y las pintas de cerveza que se iban entibiando delante del televisor. En la pantalla, un manto verde y hombres pequeños y agitados en el campo.

Teresa se abrió paso entre olores azucarados y otros más ácidos. Lo reconoció de inmediato, encorvado, apoyado en la barra. Aceleró el paso y le quitó el vaso de la mano.

Antonio Parri la miró fijamente, cabreado.

—¿Qué quieres ahora?

—Seguiré quitándotelo hasta que lo dejes.

—¿Por qué te tomas tantas molestias?

—Porque eres el mejor que está disponible y juntos podemos detenerlo.

Él intentó recuperar el vaso.

—¿Disponible? Vete a la mierda, inspectora.

—Creo que está refinando el método para llegar a... *algo*.

—Interesante. Absolutamente vacuo, pero interesante.

Teresa cogió un taburete y lo acercó al suyo. Trepó para sentarse, con los tejanos que le tiraban.

—Está aprendiendo.

—¿*Qué* está aprendiendo?

—Esto tenemos que descubrirlo juntos.

—Tú ya has llegado a tus conclusiones. Y sin contar conmigo. Tengo sed.

Volvió a intentar extender una mano, pero Teresa apartó de nuevo el vaso.

—El miedo de la primera vez ha desaparecido. Se ha dado cuenta de que puede salirse con la suya, el segundo intento le ha ido mucho mejor. Volverá a intentarlo pronto. Pero hay un detalle que no entiendo. El *modus operandi* al principio puede variar, poco a poco se asienta en rutinas más verificadas, pero la firma, eso es algo que no cambia. Va unida a la personalidad. ¿Por qué primero amputa las falanges de la mano y luego las del pie?

—Siguen siendo siete.

—Sí, pero...

—Quizá lo que importa es el número.

—Son *huesos*. El simbolismo, la iconografía..., venga, no pueden significar tan poca cosa.

Él se cogió la frente con una mano, agotado.

—Deberías hablar de ello con el comisario Lona, no conmigo.

—Tú me escuchas.

—¿Él no?

—Albert no escucha nada que no provenga de su propia voz.

—¿Te has dado cuenta de cómo te mira?

—De cómo me *trata*.

—Torpe, pero pasional.

—Misógino, en el mejor de los casos. —Teresa cogió un puñado de cacahuetes de un platillo—. He elaborado un perfil.

—¿Solo uno?

—Creo que tiene unos veinticinco años.

—Ahora tengo curiosidad. Me has dicho que crees que es joven, pero ¿cómo puedes ser tan precisa? Eso en el caso de que tenga algún sentido, claro.

—Claro que tiene sentido. Las fantasías violentas se manifiestan en la adolescencia. Las estadísticas nos dicen que pasan de media entre ocho y diez años antes de que se materialicen en un crimen. De ahí la regla general de que, cuanto mayor es la víctima, más joven es el asesino: siente la necesidad inicial de experimentar con los sujetos más frágiles y, por tanto, más indefensos y controlables.

—¿Otras máximas?

—Te voy a dar la satisfacción. Criminales diferentes con personalidades similares cometen delitos similares.

—Estoy impresionado, lo admito.

—Mira, ya sé que no me crees.

—¿En serio? Vamos, dame ese puto vaso.

—Creo que, en la actualidad, el asesino lleva sin trabajar desde hace meses. Está de excedencia, pidió vacaciones o lo despidieron.

Si, en cambio, es un estudiante universitario, va con retraso respecto a los planes de estudio. Asiste a las clases de forma irregular y tiene unas notas por debajo de la media.

Al final, él la miraba con interés.

—¿Por qué?

Teresa silabeó bien las palabras.

—Está completamente centrado en la caza, no hay espacio para más. *No quiere nada más.*

Parri golpeó la cabeza contra la barra y allí se quedó.

—La cinta que utilizó para la primera víctima es quirúrgica, iba a decíroslo en la reunión. —Pareció acordarse de algo, miró su reloj y se pasó una mano por la cara—. La reunión con Pace y Lona... Fue hace una hora.

—¿Dónde se puede conseguir ese tipo de cinta?

—Desgraciadamente, tenemos que esperar a los resultados para determinarlo.

Teresa sacó una tarjeta telefónica de su bolsillo y señaló la cabina que había fuera del baño.

—Llama a la oficina de la doctora Pace y discúlpate. Concierta otra reunión lo antes posible.

—¿Seguro que debo hacerlo?

—Debes hacerlo.

Teresa se metió los cacahuetes en la boca y reprimió una arcada. Los escupió en la servilleta.

Antonio Parri la miró como si por fin tuviera la confirmación de una teoría largamente meditada.

—Estás embarazada. Por eso has dejado de fumar.

21. Hoy

Los faros del coche que maniobraba en la calle iluminaron de lleno la ventana. Marini se convirtió en una figura negra recortada a contraluz.

—Han llegado.

Se quedó de espaldas hasta que los faros se apagaron y en el silencioso barrio se oyeron los fuertes golpes de los dos portazos, tantos como invitados estaban llegando. Entonces se volvió hacia Teresa.

—¿Está segura?

Había estado esperando esa pregunta, había podido palparla mientras iba tomando forma entre ellos, hasta ese punto era densa la atmósfera. Marini le ofrecía otra vía de escape más, estaba dispuesto a cubrirla y justificarla ante De Carli y Parisi, pero el tiempo de las mentiras se había terminado y ya nunca volvería, porque la enfermedad te despoja de muchas cosas, especialmente de la fuerza para escapar.

Teresa estaba a punto de exponerse en toda su fragilidad a la vista de unos jóvenes que sopesarían su autoridad residual, la credibilidad que siempre le habían reconocido, y que ahora no iba a servirle para recorrer el último tramo del camino. No era propio de ella abrir el círculo de la intimidad, eran los demás los que la acogían en el suyo, pero el hechizo, la ilusión de poder decidir siempre qué ser y cuánto descubrir, se había roto y no había forma de recomponerlo. Solo podía aceptar el riesgo que corren los que se muestran tal y como son.

—Hazlos pasar, Marini.

Teresa permaneció sentada, con su peso a cuestas y la espalda erguida, aunque dolorida; el bastón entre las manos, apoyado con firmeza en el suelo, dejando clara la situación. Antaño se lo habría imaginado como la espada de una vieja guerrera, ahora ya no era ni siquiera una mujer policía.

—Siempre quise que me llamaran por el nombre masculino, «comisario».*

Fue eso lo que susurró, Marini se agachó frente a ella.

—Soy de los que siempre la han llamado así. —Sonrió, quizá sin saber si debía disculparse o si le había hecho un favor.

Llamaron a la puerta, pero ninguno de los dos prestó demasiada atención.

—Nunca os he corregido. Ahora me pregunto, me entran dudas... Tal vez hubiera sido importante hacerlo.

—¿Importante para usted?

Teresa se encogió de hombros, miró a otra parte, más allá de las paredes, más allá de ese tiempo. Miró al pasado.

—Para las demás que iban a llegar. Yo fui una de las primeras. Estuve al frente de grupos de hombres que no siempre estaban contentos de formar parte de mis equipos. Supongo que sentía la necesidad de gritar: «Me he apoderado de lo que antes era solo vuestro». Un apelativo masculino explicaba mejor mi historia.

Él le rozó las manos, que aún aferraban el bastón.

—Está bien, entonces. Es lo justo.

—¿Justo para quién?

—Para usted misma.

—Mi tiempo ha terminado, Marini. Incluso estos detalles, que no son nimiedades, lo dicen.

Él se levantó.

—Oh, no, no empecemos de nuevo con eso.

—¡Suelta de una vez por todas algún improperio!

—¡Y una mierda esto se va a acabar aquí! —gritó.

Teresa se dejó caer sobre los cojines, con los brazos abiertos y una risa en el pecho.

—¡Por fin!

Llamaron de nuevo. Esta vez Marini fue a abrir.

—Intenta ser amable con ellos.

—Lo haré.

---

* Como ocurre en castellano con el uso de *el/la juez* (pese a existir *la jueza*), o *el/la médico* (cuando lo correcto es *la médica*), en italiano es muy frecuente el uso del género masculino referido a puestos o profesiones desempeñados por mujeres. En todas las novelas de la serie, a Teresa Battaglia se la designa como *il commisario*. *(N. del T.)*.

—De todos modos, no es la primera vez que suelto algo así.

—Esperemos que tampoco sea la última.

De Carli y Parisi entraron.

—¿Interrumpimos una pelea? Seguid, seguid, que parece divertido.

Teresa se apoyó en un codo.

—Marini intentaba soltar un juramento.

—¿Por qué siempre me pintáis como un don perfecto?

Contestaron a coro.

—Porque lo eres.

Teresa aferró ese momento de diversión.

—Chicos, sentaos.

Cada uno de ellos cogió una silla y lo hicieron, titubeantes.

—¿Se trata de la investigación? —preguntó De Carli.

—Se trata del equipo. De mí y de vosotros.

—Suena mal.

Ella no podía negarlo.

—Puede que haya hecho algún melodrama, pero nunca delante de los demás, así que seré breve. —Se puso de pie, murmurando la última frase—. Sufro de demencia.

Se quedaron mirando los unos a la otra, inmóviles, una quietud que insinuaba pensamientos cristalizados por el shock.

De Carli carraspeó.

—¿Ha dicho: «Sufro dependencia»?

—¡Tengo alzhéimer!

—¡Ah!

Bajaron la mirada, todos menos Marini. Estaba sosteniendo el peso junto con Teresa. Lo vio hacer una mueca, como si dijera: ¿es esta su idea de delicadeza? Tenía toda la razón.

—Es duro, ¿verdad? Siento decíroslo de esta forma, pero no conozco otra.

Parisi fue el primero en reaccionar.

—Yo entendí «sufro la decencia». No estaba mal. Tampoco «sufro decadencia», ahora que lo pienso.

Teresa se echó a reír, arrastrando a los demás. Marini se levantó.

—En todo caso, seguirían teniendo sentido, referidas al comisario. ¿O a la comisaria? Voy a preparar café.

Una forma tan buena como cualquier otra de dejarlos solos. A cada uno había que concederle el tiempo necesario para que se liara a golpes con la realidad.

No ocurrió nada de eso. Los chicos, *sus* chicos, la conmovieron con la fuerza que ella les había inculcado. No le preguntaron por la enfermedad. Habría sido inútil. Quizá ya lo sabían, quizá lo habían adivinado. A esas alturas, ¿qué importaba?

—¿Comisaria? ¿Qué novedad es esa?

—Un cambio de vocal, De Carli.

—No me digas, Parisi. No había caído.

Teresa los reunió a su lado con palabras.

—He pensado que, después de todo, los términos que elegimos pueden abrir brechas. Pero llego tarde, como sucede a menudo. Ya no soy comisario, y mucho menos comisaria.

Parisi se levantó. Tal vez, como a ella, le costaba quedarse quieto cuando todo se estaba desmoronando demasiado rápido.

—¿Significa eso que nos deja?

—Nunca os dejaré.

—¿Y qué pasa con el trabajo?

—No puedo continuar.

De Carli golpeó con fuerza las palmas de las manos sobre las rodillas.

—¡Entonces nos deja!

—No *os* voy a dejar. Voy a dejar el trabajo.

—Es lo mismo. Siempre estaremos a su lado. Permanezca usted en el nuestro.

Teresa dejó de lado todos los miedos. También tenía que dejar ir el amor, para liberarlos.

—Os pondría en peligro y también pondría en peligro a las víctimas a las que, se supone, debería proteger. Si quiero seguir estando lo más presente posible, no puedo seguir viviendo la misma vida que antes sabiendo que todo ha de cambiar.

Pronto florecerán las violetas en los muros en ruinas, escribió Georg Trakl. Lo deseaba para sí misma, si no para el presente, al menos para el futuro que entregaba a esos jóvenes. El equipo, ese equipo, era su familia. Una familia a veces problemática, ciertamente atípica, siempre compacta y solidaria. Y Teresa seguiría formando parte de ella: permanecería en los recuerdos, en las experiencias, en las enseñanzas.

—Chicos, esa fase de mi vida ha terminado. Cuanto antes lo aceptemos, antes podremos encontrarnos en otro lugar desde donde empezar de nuevo.

¿Realmente había dicho eso? ¿Realmente lo creía? Ni siquiera Teresa lo sabía. Todo lo que deseaba era calmar el dolor palpitante que sentía proceder de esos cuerpos, borrar la confusión de sus rostros ruborizados en su esfuerzo por reprimir las emociones. Estaban asustados. No sabía si era por ella o por ellos mismos, pero una vez más le tocaba a Teresa guiarlos. Se armó con el tono práctico tras el cual archivaba todas sus turbaciones.

—Escuchadme, porque esto es importante. Tenéis que profundizar en la investigación.

De Carli se sujetó la cara entre las manos.

—¡No me lo puedo creer! ¿Está pensando en la investigación en estos momentos?

—Sí. Y, si queréis que todo esto sea menos penoso para mí, si realmente queréis ayudarme, hacedlo vosotros también. ¿De acuerdo?

Nadie respondió. Todavía era demasiado pronto para reclamarlo. Aquella noche, en aquella casa, se estaba elaborando un duelo. Pese a todo, Teresa seguía respirando y continuaría haciendo lo que mejor sabía hacer hasta que le quedara el último pensamiento lúcido.

—En el cuadro ideal que un asesino en serie pinta con rituales y símbolos ha participado alguien más y, mira tú por dónde, la firma ha cambiado. ¿Por qué? ¿A qué viene ese diente? Por primera vez, Giacomo no se ha limitado a utilizar las teselas que había cincelado él. Debe significar algo. Algo ha cambiado en la historia que lleva escribiendo con sangre desde hace casi treinta años.

Marini trajo una bandeja con café para todos. No se había perdido la conversación.

—Ha cumplido veintisiete años de condena. Tal vez haya sido esto lo que lo ha cambiado.

—Una tranquilidad aparente, pero nunca dejó de matar en sus fantasías.

Teresa cogió su tacita y un sobrecito de edulcorante. De todos modos, le iba a resultar imposible dormir.

—Ya nos ha dicho todo lo que necesitamos saber, desde su punto de vista.

—Está jugando con nosotros, comisaria.

—Es cierto. Pero ha sido de gran ayuda. También podría haberse callado.

—¿Cuándo dejará de defenderlo?

—De vez en cuando es necesario defender a la bestia, Marini, y recordar al niño que todo monstruo ha sido. Os estoy ofreciendo una perspectiva diferente desde la que observar los hechos.

De Carli se terminó de un trago también el café que Parisi había rechazado con un movimiento de cabeza.

—¿Por qué nos proporcionó esa ayuda? ¿Qué idea se ha hecho usted?

Teresa se lo estaba preguntando desde que todo había vuelto a empezar.

—¿Un perverso sentido del azar? ¿Deseo de redención? ¿Un ego hipertrofiado? —Bajó la mirada hacia la tacita que sostenía entre las manos. Por un momento, la cucharilla tintineó—. Un intento de recomponer el pasado, quizá. Un pasado del que la abajo firmante también ha formado parte.

—¿Y nos deja así, con un rompecabezas que resolver?

—No me marcho a ninguna parte. Estaré aquí, siempre que me necesitéis.

—No es lo mismo.

Teresa depositó la taza.

—Me temo que tendremos que apañárnoslas así, De Carli.

Parisi fue el único que no dijo ni una palabra más, con la espalda apoyada contra la pared y los brazos cruzados sobre el pecho.

La pausa de silencio atrajo la mirada de Teresa hacia él, que no había dejado de observarla en ningún momento. Se entendieron al instante.

—¿Ahora se lo dirá también a los demás, comisaria?

Marini dio un brinco.

—¿Decirnos qué? Por esta noche yo ya me conformo con los anuncios.

Teresa se preparó para calmar su agitación. Con lo protector que era, no iba a recibir la noticia flemáticamente.

—Hace unos días le encargué unas investigaciones confidenciales a Parisi. Los resultados todavía tardarán un poco en llegar.

Esas pocas palabras fueron suficientes para hacer que cambiara su expresión.

—Por confidenciales quiere decir no oficiales, me imagino.

—Digamos que un mandato exploratorio.

—¿Sobre quién?

Teresa se apoyó en su bastón, se levantó y fue a observar la noche. La respuesta la quemó, la soltó como un soplo ardiente en las tinieblas.

—Blanca. La chica no es quien dice ser.

22. Veintisiete años antes

En las páginas de un calendario guardado en un cajón del despacho de casa, Teresa había marcado con un rotulador rojo los pasos de su futuro.

El calendario no había visto la luz desde hacía mucho tiempo, ella imaginaba que el rojo se desvanecería poco a poco.

Antaño las fechas cantaban su victoria, pero el himno de alabanza se había convertido en un lamento que la perseguía.

El examen para ser comisaria la apremiaba y Teresa aún no había presentado la solicitud. Si dejaba pasar otro año, perdería su oportunidad para siempre. Tenía casi treinta y dos años.

No se sentía preparada, nunca lo estaría. Las dudas siempre eran más numerosas que las certezas. No se veía capaz de dirigir un equipo, de estar al frente de una investigación. No se veía capaz de hacerse escuchar, de mostrar autoridad. Ella misma dudaba a veces de los métodos empíricos que experimentaba sobre el terreno.

Y ahora estaba el niño. La nueva vida iba rellenando espacios hasta ahora huecos, ya había empezado a transformarla, a redondear sus aristas, esas aristas que, en cambio, necesitaba más que nunca para abrirse paso en el mundo.

Cuánto miedo, cuánta sorpresa. La ansiedad la dejaba sin aire que respirar.

Tenía que proteger a su hijo y cuidar de él, tenía que decírselo al padre o tal vez negárselo para siempre. Tenía que huir o quedarse, intentar en vano —sabía que nada iba a cambiar— traer de vuelta a Sebastiano.

Pero tal vez nunca había existido un «antes» del que traerlo de vuelta. Era una ilusión y el mal había sido incubado en el calor de la cama, mientras ella imaginaba amaneceres que nunca llegarían.

Estaba a punto de ser madre y quería ser comisaria. Tenía que replantearse la vida cotidiana para dar la bienvenida a un niño y escribir el informe que pretendía presentar a Pace con o sin el apo-

yo de Albert, escribir sobre huesos extirpados mientras otros tomaban forma y empezaban a girar en la oscuridad de su cuerpo.

¿Y si ese hijo, al crecer, se pareciera a su padre, con esos ojos sin
luz? ¿Y si, al tocarlo, su piel hiciera aflorar los hematomas de los golpes, empujándola a mantenerlo alejado y a negarle el amor?

Teresa tenía que domar los pensamientos tanto como las náuseas, pero a veces se mezclaban en un mismo bolo.

Se rozó el vientre. Ahuecó la mano, como para sostener un
peso, o para acunar.

Pronto sería una mujer y una madre soltera, sin una familia
detrás. Tenía que hacer acopio de un valor nuevo.

Bastaba con dar un paso, salir por la puerta. Dos pasos, un pie
tras otro, y ya podría llamar a ese lugar «en otra parte» y a ese tiempo, «después».

Levantó el auricular y marcó el número de memoria. Lavinia
contestó tras unos pocos timbres. Teresa no le dio tiempo a la amiga para saludarla con cumplidos.

—Necesito verte, Lavinia. ¿Podrías venir, por favor?

—¿Ahora? ¿Qué ha pasado?

—Nada, pero ¿podrías venir? Necesito hablar contigo.

Lavinia era la única amiga que había sobrevivido al desierto de
relaciones humanas que Sebastiano había quemado meticulosa-
mente a su alrededor. Lavinia era su única amiga y también era su
cuñada. Fue ella quien le presentó a Sebastiano. Como todos los
miembros de la familia, había abrazado la profesión médica y, al
igual que su hermano gemelo, había optado por investigar la mente humana; él, como psiquiatra; ella, como psicóloga.

Teresa se había preguntado numerosas veces si Lavinia la ayudaría. No tenía respuesta, pero algo le decía que el tiempo del que
disponía se estaba acabando. Tenía que pedirle ayuda. Si no para
ella, al menos para Sebastiano.

—Al menos dime qué pasa, Teresa. No es propio de ti llamar
con ese tono. ¿Estás enferma?

—No es por mí.

—¿Por quién, entonces?

—Se trata de... Sebastiano.

—¿Sebastiano está enfermo?

Sí. Sí.

—¿Teresa?

Sebastiano estaba mirándola. Había llegado en silencio, como si moverse al margen de las percepciones ajenas se hubiera convertido para él no solo en algo habitual, sino imprescindible. Tenía algo de depredador, de nocturno.

Teresa sopló las palabras en el receptor.

—No es nada urgente. Te llamaré luego. —Ignoró las preguntas de Lavinia y colgó.

—¿Quién era?

—Lavinia.

—¿Ha llamado ella?

Con él, la verdad ya no era una virtud, sino una necesidad. ¿Quién podría saber lo que había oído?

—Yo. La he llamado yo.

—¿Por qué?

—Solo quería..., solo quería hablar con alguien.

Él le tendió los brazos.

—Aquí me tienes.

Teresa sintió un cosquilleo en el vientre. Una ligera vibración atravesando el útero y sacudiendo la piel.

—Entonces qué, ¿por qué no hablas?

—Me he dejado el cuaderno con mis anotaciones en la oficina. Tengo que ir a buscarlo, tengo que escribir una relación.

Sebastiano le bloqueó el paso.

—Claro que piensas que tienes una relación que reescribir. La nuestra. ¿Es esto lo que estabas a punto de decirle a Lavinia?

—¡No!

—¿No?

—Sebastiano, déjame pasar.

—¿Así es como me hablas ahora?

Levantó la mano de la manera que ella había aprendido a conocer tan bien, con esa sombra proyectada sobre ella, para degradarla incluso antes del golpe.

Teresa dijo las únicas palabras que pensó que podían salvarla en ese momento.

Las dijo y, en cuanto las pronunció, se dio cuenta de que había cometido un error que nunca se podría perdonar.

—Estoy esperando un hijo.

23. Hoy

Massimo volvió a su casa, intranquilo.

Regresaba al calor de un abrazo, a los planes de futuro, dejándola a ella atrás. Teresa Battaglia casi no lo había mirado cuando le ordenó que volviera con Elena, pero a estas alturas ya se había dado cuenta de que la dureza era su forma de mantenerse a salvo y de que la indiferencia de la que hacía gala solo era dolor. A pesar de todo, Massimo sabía que ya estaba en ese corazón, y a él se aferraba.

—Tengo que irme, pero volveré.

—Sé que volverás. Nunca me ha sido posible librarme de ti.

Una frase que podría aspirar a ser la mayor declaración de bondad del mundo. Reflejaba la superficie de su relación, el juego en el que se enzarzaban constantemente en un tira y afloja que podría poner de los nervios a otros, pero no a ellos. Era así como dos existencias aparentemente distantes se rozaban, se miraban en la sombra del otro, reconociéndose. Sin embargo, Massimo temía no ser capaz de mantener a su lado a esa mujer en su vida cotidiana compartida. Parisi y De Carli se habían quedado con ella, él no. Más tarde, Parri volvería. Él no.

La cadena de protección se había desplegado y Massimo no era su eslabón más fuerte.

Tenía que elegir y eligió, pero qué desgarro.

Y luego estaba Blanca, que no era Blanca. Una desconocida que se había ganado el afecto y la confianza de Teresa Battaglia y que los había traicionado. Un misterio dentro de un misterio, la buscadora de los últimos pasos, los de los desaparecidos. Ahora el pasado que se debía revelar era el suyo.

Y, sin embargo, una vez más, la comisaria había apagado el fuego. Decía que no le tenía miedo al engaño, a saber qué historia había vislumbrado ya en los datos falsos.

Massimo permanecía alerta ante la imposibilidad de hacer lo que su instinto le habría ordenado.

Elena voló hacia él, deslizándose con los pies sobre el parqué del pasillo.

Él no le dio ni tiempo de decir una palabra, la levantó y la besó.

No la depositó en el suelo, se la llevó al salón. La lámpara junto al sofá estaba encendida, esparcidos por la alfombra había libros de texto con los que ella seguía estudiando, a pesar de que había perdido su trabajo, la oportunidad de su vida. Llevaba el pelo recogido en un moño sujeto con un bolígrafo. El nudo se deshizo y se soltó una ola de pelo castaño.

La depositó sobre los cojines.

—¿No es arriesgado correr así?

Elena sacó de debajo de su cabeza un volumen titulado *Muerte y sepultura en el Egipto del Nuevo Reino*.

—Me paso todo el día sentada. Me convertiré en una momia, como ellos.

En cambio, su vientre se iba redondeando, sus mejillas estaban sonrojadas por el sol de ese verano anticipado y a Massimo nunca le había parecido más viva. Se recostó sobre ella, con sumo cuidado de no cargarla con su peso.

—Mejor los cadáveres bien envueltos que los frescos.

Ella abrió los ojos como platos, sin dejar de abrazarlo.

—Cuánta poesía, inspector.

—Echas en falta el trabajo.

—Te he echado de menos a ti.

—En serio. ¿Echas mucho de menos el museo?

—Ya encontraré otro trabajo.

—Hum, tal vez me equivoque, pero no creo que haya muchas momias por aquí.

—¿Aparte de ti, quieres dices?

Massimo se deslizó hacia abajo, colocó su rostro sobre el vientre y se puso a escuchar un latido palpitante en algún lugar de su interior.

Elena le acarició los hombros.

—¿Y qué? ¿Te lo ha dicho Teresa?

—Digamos que los hechos la han obligado a confesar.

—¡Confesar! Qué palabra más fea.

—No ha sido fácil, Elena. Dios mío..., es lo que yo pensaba. Tiene alzhéimer.

Los dedos de ella presionaron con más fuerza. La tensión no quería abandonar sus músculos.

—Lo siento, no sabes cuánto. Te gustaría estar a su lado.

—Me gustaría estar aquí y con ella, ese es el problema. —Levantó la cabeza para mirarla—. Lo siento.

—No te disculpes. Sé lo que significa para ti.

Massimo le besó la palma de la mano, se la pasó por la cara, respiró su perfume.

—Me salvó de mí mismo, Elena. Sin su ayuda, nunca me habría liberado del espectro de mi padre. Si hay un *nosotros*, es gracias a ella.

—Ahora te toca a ti ayudarla. Tienes que hacer algo concreto, no queda tiempo para dudas.

—Están los otros con ella.

—Os necesitará a todos, especialmente a ti.

Massimo lo esperaba.

—Resolver el caso que nos acaban de asignar ya significaría algo. Sé que le gustaría abandonar la escena sin dejar nada inconcluso.

—¡Entonces hazlo, resuélvelo!

Massimo rodó sobre su espalda y se rio, con la mano de Elena todavía en la suya.

—Ya lo intento, intento resolverlo. Sin prisa pero sin pausa.

Ella se incorporó sobre un codo.

—¿Cómo va la investigación? No te lo pregunté por teléfono y luego pasaste por aquí a toda prisa.

Se desabrochó la camisa, se quitó los zapatos. Sentía todo el cansancio acumulado encima de él. Se pasó una mano por la cara. Los arañazos que le había dejado el caso anterior todavía le marcaban el pómulo.

—Vamos progresando, pero solo porque él quiere que así sea. Me está volviendo loco.

—¿Con «él» te refieres al asesino?

—Sí. Nos dijo dónde encontrar algo que le arrebató a la víctima.

—Recuerda que una arqueóloga trabaja con cadáveres.

—Sí, pero las momias no impresionan.

—Venga, dímelo. ¿Qué habéis encontrado?

—Teselas de mosaico hechas con huesos humanos.

—Qué imaginación.

—Pues yo creo que te habría gustado. Hay una cripta increíble... —al oír la palabra «cripta», ella se sentó—, dentro de una iglesia, en Aquilea. Un pueblecito. No dirías nunca lo que hay en su interior...

—Pues el más extenso y antiguo suelo de mosaico paleocristiano de Europa, que permaneció bajo tierra durante mil quinientos años.

Casi se había quedado sin voz.

—Así es. ¿Y sabes dónde pensaba engastar las teselas? Imagina la cripta, oscura, con juegos de luz por todas partes, mosaicos y los enormes cimientos de un campanario como caídos del cielo para estropear la mitad de ellos.

—Nada de la mitad. Pon un tercio.

—Y justo en la esquina más alejada se encuentra este conejito blanco que se escapó de la piedra de los escalones. Allí, allí las colocó.

—¿Un *conejito*? —Parecía disgustada—. Una liebre, Massimo, una liebre.

—¿Hay alguna diferencia? En cualquier caso, resulta extraño. Todo es extraño. Que se entregue, que confiese, que confíe en la comisaria Battaglia y que la lleve justo hasta allí.

—¿Crees que el asesino estudió el cristianismo egipcio en Aquilea?

—¿El...?

—Quizá el camino no sea accidental. Que haya caminado por la senda de la gnosis. ¿Es esta tu hipótesis?

—¿Qué...?

—¡Tienes que llevarme allí!

—No, ni hablar. Debes...

Elena se encaramó a su espalda, lo agarró por la camisa.

—¿Quedarme en casa? ¿Solo porque estoy embarazada?

—No. *Claro que no,* pero tu estado es muy delicado.

Massimo se dio cuenta de que había levantado las manos, como en señal de rendición. Inmediatamente las bajó.

—Muy delicada y un huevo. ¡Estoy embarazada!

Vio que su expresión cambiaba. No, se corrigió, lo que había cambiado era la táctica. De repente, una mejor estaba a punto de llegar.

Elena descabalgó de sus caderas, recogió los libros como si no hubiera pasado nada.

—Apuesto a que la liebre aparece en el acto de comer un grano de uva. Por cierto, un acto que no se da en la naturaleza.

—¿Cómo puedes...? Sí.

—Y tiene los ojos rojos.

Esta vez Massimo no respondió. No era una pregunta.

Elena lo miró.

—Naturalmente, ya sabes que esa liebre no es otra cosa que el *Unnefer*, ¿verdad? —Se llevó una mano a la boca, en un estupor que no podía ser más falso—. Ah, no. No lo sabes. Qué lástima.

Massimo apenas podía creerlo.

—¿Me estás chantajeando?

—Sí.

24. Siglo IV

El manto del legionario se extendía por el suelo adornado con mosaicos policromados. Las letras Chi y Rho del Crismón eran los estandartes del nuevo, del único dios, pero el monograma de Cristo convivía con efigies de animales y monstruos legendarios que hablaban de un tiempo en el que los humos sagrados del incienso se elevaban hacia un cielo poblado por numerosos dioses con aspecto de animales.

A la luz de las antorchas, las representaciones hechas con teselas nacaradas parecían abrir sus fauces de par en par.

A la entrada de la segunda sala, Lusius encontró al siervo de Cyriace, un chiquillo de piel y pelo oscuros, firme sobre el cuerpo delgado y con el cuello fornido de la gente de Samnium.

—¿Dónde está tu amo?

—No tengo amo.

Cristianos. Eran gnósticos con los que Lusius buscaba un contacto pacífico. También ellos estaban preocupados por la intransigencia en la que cada vez más rayaba la actitud de algunos de sus hermanos, que profesaban una estricta adhesión al credo. Fanaticus que tarde o temprano arremeterían abiertamente contra cualquier otro culto.

—Cyriace me espera.

—El arma.

Lusius se la entregó. El joven encendió una lámpara y se la dio. Corrió la cortina y con un gesto le señaló el oscuro pasillo que conducía a la segunda sala. Eran ojos inquietos los que parecieron huir cuando se encontraron con el destello de la lorica.

—Tus manos están temblando, cristiano. ¿Te asusta Roma?

—Ofrecí mi manto a Cyriace. Teme el frío de esta tierra.

Lusius cogió la lámpara y se encaminó por el pasaje empedrado. El cuero endurecido de sus sandalias crujió sobre la arcilla cocida recubierta de cal. Las obras de pavimentación habían terminado recientemente y la arena restante aún no había sido barrida por completo.

Otra cortina de lana blanca lo separaba de la sala mística. Lusius sospechaba que había sido confeccionada con una toga romana. La blancura exigida por Roma requería frecuentes lavados que hacían que el tejido adquiriera un brillo casi lustroso. Reconoció ese brillo. Pronto, el sentido práctico se había impuesto al decoro y, como observó con aguda ironía Decio Junio Juvenal, ya nadie en el Imperio llevaba toga, excepto los muertos que eran sepultados con ella.

Sintió el instinto de arrancarla de ese lugar inapropiado, de echársela sobre los hombros y dejar que Roma se vengara de los tiempos en trágica mutación. En cambio, la apartó con una caricia de su mano, áspera por numerosas batallas.

La sala le dio la bienvenida con el parpadeo iridiscente de las llamas de la lámpara. A sus pies, el camino de la gnosis *que el perfecto creyente estaba llamado a desvelar lo golpeó una vez más con la fuerza del misterio que estaba allí para narrar.*

De nuevo se le concedió el acceso al lugar reservado a los elegidos. Cyriace confiaba en él y Lusius había aprendido a corresponder al sentimiento del cristiano. Confiaba en el diálogo que el hombre de Oriente había querido entablar con él y con aquellos a los que Lusius estaba llamado a representar, una legión consagrada a un culto que, como el cristianismo gnóstico de Cyriace, para entonces reunía a su alrededor a una comunidad menor que estaba en peligro.

La sala se encontraba vacía, los inciensos, apagados; las sombras se tragaban la mitad del espacio.

—¿Cyriace?

Un suave chapoteo agitó el agua de la pila bautismal en la que los cristianos se sumergían para renacer a la luz. El polycandelon *de bronce se balanceaba sobre la pila, un movimiento poco más que perceptible. Los doce brazos llevaban los símbolos del Alfa y del Omega, y del monograma de Cristo, pero las velas estaban apagadas, reinaba la oscuridad.*

Lusius se acercó, levantó la lámpara. Vio agua roja y ojos vidriosos. Oyó el último estertor de un moribundo.

Dejó caer la llama, aferró a Cyriace por los hombros y tiró de él hacia fuera. Lo habían degollado.

Era la noche de Ceres, pensó Lusius, una de los dies religiosi *en los que se abría la tumba de la diosa para las celebraciones, el temi-*

ble Mundus Cereris, *que era la puerta entre el mundo de los vivos y el de los muertos y a través de la cual estos últimos podían arrastrar hacia abajo a los primeros, a su reino subterráneo. Ceres, entonces, se convertía en Madre de los Espectros, como Isis lo era de la Noche.*

Cyriace no iba a resucitar.

—*Se acabó.*

Lusius se dio la vuelta.

Conocía al hombre que había hablado y que estaba frente a él, entre las antorchas que sostenían dos centuriones. La lorica de bronce cincelado refulgía poder y el manto púrpura indicaba linaje senatorial. Y también conocía al personaje que esperaba a su espalda, más en las sombras que en la luz. Era un sacerdote cristiano perteneciente a la Iglesia de Clemente. Se decía que había llamado «sacrílegos» a Cyriace y a los suyos, vástagos iluminados de María Magdalena, y «traidores a Cristo» a los judíos.

El tribuno que parecía protegerlo volvió a hablar.

—*Entrégame lo que estás ocultando, Lusius, y se te permitirá regresar con tus compañeros.*

Lusius depositó la cabeza de Cyriace en el suelo. Su nuevo amigo se había marchado. Rezó para que el dios al que adoraba existiera realmente y se apiadara de él.

Se levantó, por detrás de él la piedra de Istria de la pila le rozó los muslos, recordándole que no había escapatoria, aunque escapar era algo que nunca hubiera entrado en sus planes.

—*¿Hablas en nombre del Senado o en el tuyo propio? —preguntó.*

—*No voy a repetir mi oferta.*

—*¿Desde cuándo Roma opta por matar a sus hijos para satisfacer las aspiraciones de otros?*

El tribuno sonrió.

—*Ahora todos somos hijos de un mismo dios. ¿No te has enterado?*

—*Yo soy un hijo de Roma.*

El tribuno extendió los brazos.

—*Y Roma te da la bienvenida en mi persona, que la representa. Si me das lo que quiero.*

—*¿Lo que tú quieres o lo que te ordena quien está detrás de ti?*

La sonrisa se desvaneció.

—*No estoy aquí para negociar, Lusius.*

Lusius había esperado hasta el final que los temores de Calida Lupa y de otros muchos paganos resultaran infundados, pero esa esperanza se pudría en las aguas del bautismo junto con la sangre de Cyriace.

Había tenido esa esperanza, pero no se había presentado desprevenido a su cita con el destino. Era un soldado del Imperio y de la diosa de las alas fuertes.

El paquete secreto estaba bajo su lorica, en contacto con su pecho. Lo cogió, abrió los dedos y lo expuso. Era del más fino lino, hilos de oro impalpables.

A un gesto del tribuno, uno de los soldados se hizo con él y desató el nudo que lo sujetaba.

Las antorchas iluminaron un trocito de madera sin forma.

La carcajada de Lusius resonó a través de las piedras y los mármoles de la sala, resonó hasta en la garganta de un hombre muerto y en las asustadas entrañas de quien lo había querido sacrificar.

El tribuno desenfundó su gladius.

—*Morirás.*

—*Que así sea.*

Lusius iba a morir, pero su muerte revelaría el verdadero rostro de los enemigos. Otros se beneficiarían de esa revelación.

El tribuno colocó la hoja en su garganta. Los centuriones desataron los cordones de la lorica, dejándola caer al suelo.

—*¿Dónde está la estatuilla?*

Con la mirada Lusius lo dejó clavado en la responsabilidad del acto que iba a realizar.

—*La que tiene muchos nombres también se llama Amenti, la oculta. Te estábamos esperando y no vas a encontrarla.*

La hoja se insertó en el costado desnudo y fue extraída con un impulso que liberó chorros de sangre.

Lusius cayó de rodillas, puso los ojos en blanco bajo la oscura bóveda, contemplando constelaciones arcanas y designios divinos que el hombre sencillo aún no podía comprender. Los mosaicos acogieron su cálida vida y se encendieron de bermejo.

Aferrándose con las uñas a las misteriosas figuras, se arrastró hasta alcanzar el octógono que contenía la imagen que había comprendido de inmediato e interpretado correctamente.

Acercó la frente hacia el animal blanco de ojos rojos, se entregó a la muerte y al dios que lo observaba a través de la pupila dilatada, no sin antes lanzar una advertencia a los hombres que habían provocado su agonía.

—*El poder de Salomón no puede hacer nada contra la Liebre.* Vosotros, *nada podéis.*

25. Veintisiete años antes

Aquella noche, tras el anuncio de su embarazo, más sola que nunca entre los brazos de Sebastiano, Teresa comprendió que no había nada más que hacer por él. A esas alturas, estaba hecho de oscuridad. Ella se había dado cuenta por su reacción: había visto una luz de victoria en él. Ninguna alegría, ninguna emoción. Solo la venganza y una frase que la había dejado helada: «Tendrás que saltarte el examen y dedicarte por completo a tu nueva vida».

¿Qué nueva vida podría concebir para ella, salvo una de cautiverio y de sumisión? Y para el niño no iba a ser diferente.

Control. Eso es lo que quería. Tan frágil, Sebastiano se había hecho añicos cuando ella inició su propio camino, abriendo espacios de autonomía cada vez más amplios.

Teresa ya no era la chica encantadora del principio. Había aprendido a verlo más allá del refinamiento de sus modales, de la cultura exquisita que exhibía para no revelar lo que se depositaba en el fondo, y esto era insoportable para él.

Ahora más que nunca, cada paso exigía prudencia. Sebastiano lanzaría dentelladas con tal de no dejarla marchar y admitir su fracaso.

Al amanecer, Teresa apartó cuidadosamente el cuerpo de Sebastiano del suyo, poniendo atención en no despertar a la bestia.

Pasó bien pronto por la comisaría para recuperar su cuaderno de notas y preparar un informe resumido en el que había estado pensando durante la noche, cuando Sebastiano por fin se durmió y dejó de programarle su futuro.

Teresa grapó las hojas aún calientes de la fotocopiadora. Por esta vez renunció a presentarlas como era su costumbre, encuadernadas y con una portada. Las metió en un sobre que guardó en su bolso. En el pasillo casi se chocó con un compañero.

—¿El comisario Lona?

—No lo he visto.

Teresa se asomó al despacho de Albert. Estaba vacío y muy ordenado, pero sobre el escritorio estaban las llaves de su coche.

Detuvo a otro agente.

—¿Lona?

—Siempre llegas tarde, Battaglia. Ya ha salido.

Teresa miró la hora. No eran ni las nueve y ella había llegado a las siete y media. Su compañero pareció adivinar el razonamiento.

—Mientras tú dormías, él ha estado aquí trabajando toda la noche en la relación que hay que presentar a la Pace.

—La reunión es dentro de una hora. Teníamos que ir juntos.

No le gustó la sonrisa del otro.

—Despierta, inspectora.

Teresa tuvo un presentimiento. Corrió hacia el ascensor, que encontró ocupado, y luego bajó las escaleras, perseguida por las risas.

Otra trampa, otra zancadilla. ¿Podría sacarse de encima algún día la sensación de que no podía fiarse de esos hombres, de todos los hombres? La rabia que sentía golpear fieramente en su pecho, ¿iba a convertirla en una mujer diferente, peor?

En el puesto de guardia pidió un coche. El agente no levantó la vista del registro que estaba rellenando.

—El comisario Lona se lo llevó.

—Pues yo pido otro.

Le entregó una hoja de papel a través de la ventanilla administrativa.

—Se había reservado solo uno. Tienes que rellenar el formulario.

—¡A la mierda el puto formulario! ¡Necesito un coche!

Teresa no podía creer que hubiera gritado eso. Jadeaba, más aturdida que los que la observaban. Arrugó el papel y salió corriendo a la calle, perseguida por las náuseas. Buscó los caramelos en su bolsillo, se metió dos en la boca. La acidez de la fruta cumplió con su misión.

Tenía ganas de llorar y de despotricar, de gritar de nuevo. Podría llamar a un taxi, pero habría tenido que volver tras sus pasos y regresar a la oficina, donde la recibiría la ironía de sus compañeros; eso quedaba completamente descartado.

Se subió al primer autobús que abrió las puertas resoplando sobre la acera. Hizo trasbordo dos veces antes de llegar al juzgado, con el estómago cada vez más revuelto por los olores, por las paradas y los arranques constantes.

Llegó a la oficina de la fiscal acalorada y hecha un desastre. Cuando abrió el despacho de par en par, se dio cuenta de que no había llamado a la puerta. La doctora Pace, Albert y el doctor Parri la miraban. Inescrutable, ella. Fingiendo calma, él. Parri, preocupado.

—Discúlpenme.

La bruja Elvira estaba más elegante que de costumbre detrás del escritorio.

—¿Se disculpa usted por su retraso o por su impetuosidad, inspectora?

El tono de la fiscal era apremiante, pero a Teresa le pareció captar una sonrisa.

Dio un paso adelante.

—Por ambas cosas, doctora.

—El comisario Lona ayer solicitó, y se le concedió, anticipar la reunión. ¿No la habían avisado?

Albert tomó la palabra.

—Anoche intenté ponerme en contacto con la inspectora Battaglia varias veces, pero no lo logré. Le habría dejado un mensaje, pero el contestador automático estaba desconectado.

Pace buscó confirmación con una mirada interrogante y Teresa asintió.

Había oído sonar el teléfono mientras estaba entre los brazos de Sebastiano. Albert la llamó nueve veces antes de que su marido desconectara la línea. Teresa gritó pidiendo ayuda en silencio, como si el miedo hubiera podido vibrar a través del cable telefónico y alertar a quien estuviera al otro lado.

Sebastiano no la había ni rozado, pero esa calma, posiblemente, era más aterradora que cualquier forma de violencia, porque le hacía imaginar sus ideas en funcionamiento.

—Es cierto, doctora.

Pace le indicó con un gesto que tomara asiento en la silla que la esperaba.

—Doctor Lona, la próxima vez sería buena idea ir a casa de una compañera para avisarla de un cambio de planes con la fiscal, ¿no cree?

Albert se sonrojó.

—Sí, doctora.

Elvira miró a Teresa durante un instante.

—Por supuesto, todos esperamos que tal cosa no sea necesaria.

En ese instante, Teresa vio que los ojos de la mujer se detenían en su mejilla, donde el hematoma no tenía intención alguna de desaparecer y se hacía cada vez más morado, más evidente. No quería ocultarse, ya no quería permanecer oculto.

Elvira lo había entendido. Le decía a Albert que podía haberla ayudado. Le decía a Teresa que podía ser salvada.

La vio cerrar la carpeta con el expediente de la investigación.

—Eso es todo, supongo. Se levanta la sesión. Doctor Lona, le aconsejo que le explique a la doctora Battaglia lo que hemos hablado durante esta reunión.

Teresa se armó de valor, sacó la carpeta de su bandolera, ignorando el gesto negativo que hizo Parri.

—Doctora Pace, me gustaría presentarle una relación.

—Ya me han presentado una relación.

—Acabo de escribirla, doctora. Algunas reflexiones sobre datos objetivos, pero mediante el uso de nuevas técnicas de investigación. Psicológicas, pero también estadísticas. Verá...

—¿Es suya?

—Sí.

Elvira tendió una mano. Teresa le entregó las hojas de papel grapadas y se imaginó el olor de aquellos dedos ágiles y anillados marcándolas durante las siguientes horas. La fiscal no pareció percatarse de la forma desnuda en que Teresa se las había presentado. O quizá sí, pero no le importaba. Las examinó con rapidez eficiente y el ceño fruncido.

—Doctora Battaglia.

—¿Sí?

Pace levantó la mirada, pero no era a Teresa a quien estaba escrutando. Era a Albert. Y siguió mirándolo fijamente mientras hablaba.

—Doctora Battaglia, en términos de contenido, su relación es idéntica a la que me ha presentado el doctor Lona. Contenidos que he recibido con entusiasmo y que espero ver aplicados sobre el terreno.

Teresa también miró a Albert. La confusión se transformó en desprecio. Había cogido sus notas, haciéndolas pasar por suyas.

Con la espalda contra la pared, en el *impasse* de un caso difícil, Albert la había traicionado, la había sacrificado profesionalmente.

Teresa no dijo ni una palabra. Siguió mirándolo incluso cuando Pace le devolvió la relación, cuando se levantó seguida por los demás. Parri se inclinó sobre ella.

—Te espero fuera —le susurró.

La fiscal no volvió a sacar el tema. Cogió su bolso, dijo algo sobre su segundo cigarrillo del día y se despidió de ellos con las frases de rigor.

Teresa se quedó sentada en el despacho vacío.

Se dio cuenta de que ya no estaba sola, porque el perfume se adelantaba a Elvira en cada movimiento. Había vuelto tras sus pasos.

La mujer apoyó las caderas en el escritorio, delante de ella. Golpeó tres veces el cigarrillo apagado sobre su pequeño bolso.

—Hoy has perdido, Teresa, pero eso no significa que tenga que gustarte. Acuérdate de esta ira: te ayudará a borrar la sensación de culpa cuando seas tú quien tenga el poder. Y no tengo ninguna duda de que eso sucederá.

Teresa levantó la vista.

Elvira rebuscó en su bolso y le entregó una base de maquillaje.

—El que te has puesto no es el tono adecuado. Destaca el tono morado. —Se lo puso en la mano—. Prueba este y luego líbrate de ese hijo de puta.

26. Hoy

De nuevo la cripta de la basílica se abrió de par en par ante Massimo, pero ahora no estaba Teresa Battaglia a su lado. Elena le apretó la mano.

—¡Es una locura!

Había intentado susurrarlo, pero su voz salió tan aguda que el guarda se volvió para mirarla. El hombre se sentó cerca de la entrada y se dedicó a su smartphone. Al fin y al cabo, no había nada que controlar, esta vez no bajarían a la urdimbre del mosaico.

Elena temblaba bajo el pequeño vestido de algodón blanco que le rozaba los tobillos, con los pies casi encima uno de otro.

—¿Tienes frío?

—No es por el frío.

Lo había dicho de una manera determinada. Aquello era amor por el pasado, por la gente que había cantado a su dios allí, por cada tesela que manos laboriosas habían colocado una al lado de la otra y por cada pigmento de color que se había adherido al yeso con tenacidad durante siglos. Massimo la animó a seguir adelante.

—Toda tuya.

Elena extendió los brazos.

—¿Sientes este viento? Viento bajo tierra. Para la conservación de los restos.

—Entiendo poco del tema, lo siento. Aparte de que es bonito, poco más puedo decir.

Ella se dio la vuelta.

—Porque nadie te lo ha explicado.

—Hazlo tú.

Elena estaba bajo un foco, su pelo color canela era un velo dorado que le llegaba hasta la cintura.

Extendió un brazo.

—A ese lado está Oriente, el sol naciente. La primera luz del amanecer se filtraba por las ventanas y hería a los fieles. Imagínate el asombro, el poder del rito, esos destellos del agua de la pila bautismal elíptica.

La fuente ahora solo eran piedras.

Elena avanzó unos pasos.

—Pero el verdadero tesoro, Massimo, está bajo nuestros pies. Un camino iniciático que sigue siendo misterioso.

—¿Camino iniciático?

—Cada figura está relacionada con otra y participa en la composición de una grandiosa visión. Estos mosaicos son en parte la representación iconográfica de la *Pistis Sophia*, un texto gnóstico en lengua copta que se remonta al siglo III. Los seguidores del gnosticismo eran cristianos disidentes que habían llegado aquí, probablemente desde Alejandría, para huir de la censura de los Padres de la Iglesia. Los cuatro libros de la *Pistis Sophia* se convirtieron en una biblioteca gnóstica mucho más amplia cuando en 1945 se añadieron los trece códices de Nag Hammadi, encontrados por dos hermanos pastores en una tinaja.

—¿Qué contienen esos códices?

—Revelaciones. Las palabras que Jesucristo dejó a los apóstoles en los once años que pasó con ellos después de la resurrección.

—¿*Después* de la resurrección? Esa premisa me inquieta.

—También inquietó a los cristianos ortodoxos. En el siglo IV, la religión cristiana era *religio licita*, legalizada gracias a los edictos de Galerio y Constantino. Antes de los distintos concilios, las doctrinas internas, a menudo contradictorias, eran diferentes. Había quienes profesaban la sencillez de la fe, por temor a que los sofismas pudieran conducir a fáciles herejías. Otros, en cambio, preferían mantener las bases filosóficas y mistéricas que encontraron de nuevo en el helenismo de Alejandría y en los cultos egipcios de matriz esotérica y astrológica. De ahí que los cristianos ortodoxos, partidarios de la Gran Iglesia, comenzaran a perseguir no solo a los paganos, sino también a sus propios hermanos gnósticos, a los que llamaron «herejes».

—¿Los consideraban peligrosos para la fe?

—Los gnósticos eran cristianos que fomentaban el estudio de la filosofía, pero también de la sabiduría esotérica. Era la *gnosis*, el conocimiento, lo que conducía a Dios, no el conformismo pasivo con un dogma. No confiaban en la fe ciega, sino que investigaban sus misterios. Y nosotros, bajo nuestros pies, tenemos ese camino de conocimiento.

—No lo veo.

—La *gnosis* era exploración de los misterios. Requería el estudio, el acercamiento al camino iniciático de la iluminación. Se requería un largo periodo de catecumenado antes de poder ser admitido *aquí* dentro, en *esta* sala.

Massimo se asomó sobre la balaustrada, buscó en las imágenes una dirección que pudieran seguir sus pensamientos, pero no la encontró, se sintió perdido de inmediato.

—Continúa.

—La Alejandría egipcia había sido la cuna de la cultura helenística de la época, pero la ciudad acabó también en llamas. Los cristianos ortodoxos devolvieron lo que habían recibido en términos de persecución. Varios intelectuales de la época fueron excomulgados. A finales del siglo IV, la biblioteca fue destruida. Unos años más tarde, la filósofa, astrónoma y matemática pagana Hipatia fue asesinada y descuartizada. Arrastraron sus restos por las calles. Los gnósticos ya se habían dispersado en el siglo II. Cruzaron el Mediterráneo y llegaron al puerto de Aquilea. Tenían la esperanza de un nuevo inicio. La comunidad cristiana de la ciudad imperial se declaraba hija de Alejandría, por lo que se respiraba una increíble libertad intelectual. Era un crisol de personas y profesiones de fe.

—Las cosas no salieron como se esperaba, supongo.

—No lo sabemos, pero de ellos, aparte de esta sala, no hay ningún rastro más.

—Borrados.

—Convertidos o sacrificados.

Elena se arrodilló y puso las manos sobre el suelo transparente.

—El *gnóstico* es el cristiano perfecto, el que a través del camino del conocimiento se transfigura en Cristo y se convierte en Luz. *Se reconvierte* en Luz de nuevo, religándose con su origen. Y esto no ocurre en el más allá, sino aquí, en la tierra, en este plano dimensional. El hombre *es* Cristo. El camino iniciático que hay que recorrer para redescubrir la pertenencia de los seres humanos a la estirpe divina y su conversión en «hombres de luz», dioses en Dios, está aquí, delante de nuestros ojos.

Massimo se acercó.

—¿En estos animales?

—Símbolos. Se trata de un culto iniciático. Nada es lo que parece. Los cristianos ortodoxos de la Gran Iglesia no podían aceptarlo. Un texto gnóstico como la *Pistis Sophia* gravitaba sobre componentes mágicos de derivación egipcia, sin olvidar que para los gnósticos era María Magdalena, la que busca, la apóstol perfecta, y Judas, el único que había consumado la voluntad de Jesús para ayudarlo a regresar al Pleroma, la dimensión de la Plenitud divina. Predicaban la igualdad del hombre y la mujer, la inutilidad del martirio y la posibilidad de que el alma se reencarnara para volver a completar un viaje inacabado. El dios del Antiguo Testamento, colérico, egoísta y vengativo, era un dios menor, ligado al mundo material: el Demiurgo creador que impide a Adán el acceso al conocimiento y, por tanto, a la transfiguración. Son Eva y la Serpiente quienes lo liberan del engaño, convirtiéndose en personajes salvíficos. Eva es la que acoge en su seno a Zoe, la Vida.

Massimo se asomó sobre el universo que Elena estaba pintando, pero aún no era capaz de vislumbrarlo.

Ella se inclinó hacia delante.

—En la esfera más externa está el Hebdomas. El Demiurgo y sus trescientos sesenta arcontes supervisan un mundo de sombras en el que mantienen a las almas e impiden su ascenso a la Iluminación. Su campo de batalla son las esferas planetarias que separan el mundo visible del Pleroma. Por encima de ellos hay otros cinco grandes arcontes, cuya tarea es cerrar el paso a las almas. Mira, están representados justamente aquí, en el tercer tramo, en las «esferas de los Caminos del Medio» que Jesús resucitado le describe a María Magdalena.

Debajo de la pasarela, la sucesión de mosaicos representaba un caballo alado de color rojo refulgente, un asno negro rampante y un macho cabrío oscuro con cetro, cuerno y manto rojo, que simbolizaba a Júpiter. Otras figuras se veían interrumpidas por los cimientos del campanario.

—¿Quién es el asno?

—Typhon. Igual que al dios egipcio Seth, se le representaba con una cabeza de asno.

—¿Simbología egipcia en una iglesia cristiana?

—¡Ya te lo dije!

—¿Y esos pájaros?

Cada arconte estaba flanqueado por una pareja de aves, el alma y su doble oscuro.

—Para los antiguos egipcios, la parte del alma llamada *Ba* también tenía la apariencia de un pájaro. Las almas deben liberarse de los engaños de los arcontes y del mundo material para continuar su ascenso al Pleroma. Aquí comienza el cuarto tramo, con la «esfera de las estrellas fijas».

De nuevo animales, colocados esta vez encima de lo que podrían ser palmeras: un macho cabrío gris y un crustáceo sobre el que parecía nadar un pez torpedo.

—Simbolizan las constelaciones de Capricornio y Cáncer. El poder paralizante del torpedo representa la aparente inmovilidad del sol durante el solsticio. Estamos en el Tesoro de la Luz, en el umbral del Primer Misterio, el nivel más alto de la realidad. Aquí habita Jeu, dueño del umbral, padre del padre de Cristo.

Elena se arrastró sobre las rodillas hasta el fondo de la pasarela. Seguía con su cuerpo el vuelo iniciático que estaba en el fondo de piedra.

—Según los evangelios maniqueos y apócrifos, los cinco árboles corresponden a los cinco aspectos del alma despierta, ya no sometida a las reencarnaciones. Pero mira ese pequeño macho cabrío, Massimo.

Él siguió su mirada.

—Les salió mal.

A diferencia de las otras figuras, aparecía desgarbado, en una posición poco natural, con las proporciones equivocadas.

—No, no les salió mal, los artesanos que crearon estos tesoros nunca se habrían equivocado de forma tan vulgar. Tal vez fue retocado en una fecha posterior. Lo que vemos no es lo que había originalmente.

—¿Y qué era?

—Nos lo sugiere la cesta con los panes al lado. Los gnósticos ofitas y los naasenos adoraban a la serpiente portadora del conocimiento durante los ritos, tenían una serpiente enroscada en la cesta de los panes benditos. El cuerpo retorcido que ves es el de una serpiente: Aberamento.

—¿Abera qué?

—Aberamento, señor del Amento. Amento era un lugar correspondiente a la quinta hora de la Noche descrita en el Libro del Inframundo de los antiguos egipcios, el territorio que Ra atravesaba para resucitar. También era un epíteto de Isis la Oculta. Aberamento, la serpiente perfecta que se enrosca alrededor del eje del mundo, la constelación Dragón, es una de las encarnaciones de Jesús.

Era cierto. El cuerpo del macho cabrío parecía retorcido en espiral. Tal vez alguien había intentado realmente borrar la figura original. Massimo no podía entenderlo.

—Figuras paganas.

—Mágicas. Estamos hablando de un culto mistérico, de un culto mistérico cristiano con raíces egipcias.

Elena fue más allá, suspendida sobre las últimas figuras de la sala, por detrás de la torre del campanario.

—El carnero, símbolo del Hombre Original, el Adamas. El gallo y la tortuga, animales sagrados para Hermes, que luego se convirtió en Cristo. Las figuras están encerradas en octógonos, porque el ocho es el número que simboliza el ultracielo.

Habían llegado al final del recorrido. Se levantó.

—El iniciado debía caminar sobre estos mosaicos y saber interpretarlos correctamente para desembocar en la luz como la flor de loto de la que surgió Atum Ra, padre de los dioses. Por último, aquí está el símbolo que más te interesa.

La liebre blanca.

—La liebre blanca está presente en el cartucho de Osiris: el *Unnefer*, el victorioso sobre la muerte. Un epíteto del dios resucitado, que con el salto de una liebre va más allá de la muerte.

—¿Jesús es Osiris para los gnósticos?

—Quién es quién, en el transcurso de los milenios, no siempre es fácil de descifrar.

—Antes has dicho algo con respecto a Isis. La llamaste «la Oculta».

—Amenti, sí.

—Seguro que se trata de una casualidad.

—¿De qué estás hablando?

Massimo sonrió. Se sentía un tonto.

—Ya me topé con ella, con Isis, en una investigación. ¿Por qué es la Oculta?

—La persecución de los paganos ya había comenzado alrededor del año 100, pero luego se intensificó. En Roma se intentó acabar con el culto a Isis. La diosa era demasiado querida, y sus sacerdotes, demasiado poderosos. Arrojaron las estatuas al Tíber, masacraron a los sacerdotes. Muchos seguidores, para seguir adorándola, la llamaron con los nombres de otras diosas, como Ceres.

Massimo no podía apartar la mirada de las teselas que faltaban en la figura de la liebre.

—Es como si Giacomo lo supiera —murmuró—. Todo lo que me has contado me lleva a este símbolo. Me parece imposible que el asesino lo haya elegido al azar.

Elena le hizo darse la vuelta.

—Si eligió la liebre, más escondida que cualquier otra representación, sin duda hay una razón. Deberías preguntárselo.

—Nunca me lo diría.

—Pues tú insiste. Él es el único que puede darte las respuestas.

—¿Y qué me dices de la letra Tau?

—¿Qué Tau?

—Las teselas que quitó y sustituyó por huesos forman una Tau sobre el hocico de la liebre, como en el del carnero.

—La letra en la frente del carnero no es una Tau. Se cree que puede ser la letra hebrea Kaph, la inicial de la palabra «Keter», corona. El Cristo coronado, victorioso. Es coherente con la historia que se desarrolla en estos octógonos. También podría referirse al término griego *kyriakos*, consagrado al Señor.

—Me estás diciendo que la del carnero no es una Tau.

—No es una Tau.

—Eso es lo que nosotros pensamos, y que por lo tanto la letra dibujada con los huesos en el hocico de la liebre también lo era, por analogía.

Elena la miró.

—La del hocico de la liebre me parece una simple T.

Se miraron el uno a la otra.

—¿*Una T?*

—Oh.

27. Hoy

Massimo había dejado a Elena en casa y había corrido a la prisión. Había decidido hacer lo que Teresa Battaglia y el protocolo no le habrían permitido: reunirse con Giacomo Mainardi a solas. Había decidido arriesgarse todo lo posible.

El asesino accedió a verlo. Quería jugar, sin duda había previsto ese encuentro.

Massimo lo encontró en la sala donde trabajaba. Mainardi había extendido un paño blanco, quizá una sábana, sobre el mosaico. Lo esperaba con las manos entre las rodillas, las muñecas sujetas con bridas.

—Buenos días, inspector.

Mantenía la cabeza agachada.

—Estoy cansado de tu juego sádico, Mainardi.

—Si me dices eso, me entristeces.

—Me importa bien poco cómo estés.

—Ahora eres incluso malo. ¿Dónde está Teresa?

—Lo que haga la comisaria Battaglia no es asunto tuyo.

—Teresa está agotada.

—¡Deja de hablar de ella como si fuera tu amiga!

—Lo es.

—*No.* Es una comisaria de policía y tú eres un asesino múltiple confeso. Nunca estaréis al mismo nivel, y mucho menos seréis amigos.

La mirada del asesino se posó fulminante sobre él. Massimo sintió un escalofrío, como si el contacto hubiera sido real, como si Giacomo lo hubiera rozado con las palmas de las manos sucias de polvo de mármol.

—Tal vez lo estábamos, al mismo nivel. Tal vez todavía lo estemos. ¿Tú qué sabes de eso? Con tus trajes caros. Desde luego, no te los compras con tu miserable sueldo de inspector. Con el de papá, tal vez. Ah, he acertado, a juzgar por la expresión de tu cara.

Hay algo sin resolver que está a punto de germinar. Puedo sentir cómo empuja. Quizá brote, tarde o temprano, ¿verdad?

Massimo se dio cuenta en ese momento de que se había hecho realidad lo que Teresa Battaglia temía: Giacomo se había interesado por él, por su emotividad, con unas cuantas miradas y unas cuantas frases lo había sopesado, lo había *comprendido*. Ahora sabía dónde asestar el golpe. Lo estaba manipulando, pero era demasiado tarde para ponerse a salvo. La respuesta que buscaba estaba allí, donde todo podía desmoronarse sobre él.

—¿Por qué la basílica? ¿Por qué la liebre? ¿Por qué la T? ¿Significa Teresa?

—Eres tú el detective capaz de encontrar todas las respuestas. ¿O no?

—¿La T significa Teresa, sí o no? —gritó.

Giacomo levantó las manos, acercó el pulgar y el índice.

—Te falta solo esto, inspector. Una pequeña y fundamental pieza que colocar en su sitio. Y entonces, *tal vez*, lo entiendas.

Massimo puso las manos sobre el paño que cubría el mosaico. Sintió que las teselas recién colocadas resbalaban bajo sus palmas. Tenía la esperanza de que la bestia se soltara, que diera un salto hacia él. Entonces podría golpearlo como había soñado hacer desde el momento en que entró.

—Hazlo, Giacomo.

La mirada del asesino se iluminó, pero, en lugar de estallar de ira, se echó a reír.

—No lo sabes. ¡No te lo ha dicho!

—¿Qué es lo que no me ha dicho?

Giacomo siguió riendo hasta llorar.

—¡Dímelo!

El asesino se enjugó las pestañas con un dedo. Dejó de burlarse de él, lo miraba con compasión, como si realmente pudiera sentir su pena, su miedo, su incomodidad, y apropiarse de ellos. Massimo estaba impresionado. Qué camaleón, qué perfecto imitador de las emociones humanas. Pero él ya no era humano, no del todo.

—Lo que no sabes, inspector, y lo que no te gustaría oír, es que Teresa en todos estos años nunca me ha abandonado. Nunca ha dejado de venir aquí. Lo que ocurrió nos une y lo hará para siempre. Y, si ahora te estás preguntando si miento, bueno, comprueba los registros de visitas y sácate esa duda de encima. Si, por el contrario, te preguntas por qué no te lo ha contado, me temo que ya conoces las dos posibles respuestas: o no quería que tú formaras parte de nuestra historia o se le ha olvidado. Teresa no está agotada, ¿verdad? Está enferma —habló con dureza—. Te he dado la oportunidad de decírmelo antes y no la has aprovechado. Y ahora me exiges que sea yo quien responda a tus preguntas.

Massimo deseaba que fueran mentiras, pero sentía el filo de la verdad raspándole el corazón.

Tenía que salir de allí y lo hizo, perseguido por aquellos ojos que sentía en su espalda incluso después de cerrar la puerta tras él. Preguntó al funcionario que esperaba en el pasillo por el director y este lo acompañó a su despacho. Lo que descubrió lo aturdió.

—¿Ha visitado la comisaria Battaglia a Mainardi recientemente?

—Tenían entrevistas mensuales.

—¿De qué tipo?

—De carácter personal. El primer sábado del mes.

—¿Desde hace cuánto tiempo?

—Soy el director desde hace catorce años y, que yo recuerde, siempre se han producido.

—¿Puedo consultar los registros?

Los verificaron juntos. En los últimos seis meses, ella no se había presentado a dos visitas. En una ocasión, se equivocó de día. Y Giacomo entendió lo que le estaba pasando.

Había algo entre esos dos que Massimo no era capaz de definir. Percibía sus contornos, pero eso era muy poco. No era solo la compasión lo que la movía y no podía ser solo la soledad lo que la hacía escucharlo. Se estaban buscando mutuamente.

Volvió donde estaba Giacomo, pero él ya no se encontraba allí.

Un funcionario de prisiones comprobaba las herramientas y marcaba el contenido de una lista.

—¿Dónde está?

El hombre apenas levantó la vista.

—El detenido ha pedido regresar a su celda.

—Necesito hablar con él.

—Tendrá que presentar una solicitud, pero Mainardi ya ha hecho saber que hoy no tiene intención de ver a nadie más.

—¿Deja mensajes? ¿Acaso somos sus secretarios? Necesito hablar con él ahora.

El hombre negó con la cabeza, cerró la carpeta.

—Usted conoce el procedimiento, inspector. No es pidiéndomelo a mí como podrá conseguir algo. Presente la solicitud y espere a que este loco quiera volver a verlo. No podemos obligarlo.

El agente lo dejó solo en la habitación, que apestaba a cemento y a cosas medio dichas para atormentar, para avivar las dudas.

¿Teresa no le había contado todo porque no se fiaba de él, porque no le interesaba implicarlo o porque no recordaba lo que había hecho?

Se percató de un pequeño cubo de travertino traslúcido colocado en el centro de la sábana.

Era el pálido sustituto de un fragmento de hueso, en el imaginario de Mainardi.

Una pequeña pieza fundamental que colocar en su sitio, le había dicho. Una tesela.

La cogió entre los dedos, levantó la tela y al ver la obra de Giacomo se sintió morir.

28. Veintisiete años antes

Teresa encontró por casualidad sobre la mesa de un compañero ausente por enfermedad el memorándum que Albert había escrito para el jefe de policía, y que habían fotocopiado y entregado a los miembros del equipo. A la suya no había llegado.

Se apoderó de él con esa necesidad de destrucción que milagrosamente quedaba confinada en el recinto de los impulsos. La rabia desapareció cuando lo leyó. Las actualizaciones eran desalentadoras: no había ninguna coincidencia con las huellas dactilares encontradas en la escena del crimen; la lista de clínicas que utilizaban la cinta quirúrgica encontrada en la primera víctima era infinita. Además, también podía ser adquirida por particulares en algunas farmacias.

La segunda parte no la cogió por sorpresa, Parri se lo había anticipado, pero verlo plasmado en un documento oficial, aunque fuera de uso interno, le provocó el efecto de una declaración de derrota.

Teresa fue a sentarse en su sitio. Estaba cansada, agotada por las náuseas, solo quería cerrar los ojos y acostarse.

Masticó otro caramelo más —a ese ritmo, sospechaba que se convertiría en un vicio—, apoyó la cabeza entre los brazos y se acurrucó en su silla. Solo un momento de descanso, el tiempo para relajar los músculos de la espalda y de las piernas.

El sonido de un fax la sobresaltó.

Me estaba preguntando: ¿desempeña la oportunidad un papel más importante que la motivación psicológica profunda en este caso? ¿O no?

Tal vez el asesino haya aceptado un compromiso. Deben hacerlo, y no pocas veces. La respuesta aclararía muchos aspectos.

R.

Teresa leyó y releyó esas pocas palabras.

Principio de oportunidad. No había pensado en ello, no lo suficiente.

¿Por qué el asesino elegía a ancianos? ¿Porque formaban parte de una fantasía específica, con un valor simbólico preciso, o eran presas al alcance de la mano? Quizá la segunda consideración desempeñaba un papel más importante de lo que Teresa había conjeturado hasta ese momento.

Se había centrado en el móvil psicológico, pero quizá no era el único impulso que motivaba al asesino. Había tenido que adaptarse, incluso renunciar a algo de sus propias fantasías ideales, con tal de poder llevarlas a cabo.

Debía de haber algún punto en común entre las víctimas, un detalle práctico, aunque no lo hubieran vislumbrado aún en las dinámicas.

Él los había observado, los había elegido y al final había ido a por ellos. Era necesario entender dónde empezaba todo.

Se asomó al pasillo y detuvo a un compañero. Esta vez no preguntó por Albert. Era una inspectora. Se comportó como tal.

—Lorenzi, ¿estás libre?

Su voz salió seca, la pregunta se volvió perentoria.

El agente se sobresaltó, miró a su alrededor.

—Sí.

—Tenemos que hacer unas verificaciones más profundas. Las víctimas deben de haberse cruzado de alguna manera. El asesino puede haberse aprovechado de una contingencia específica en la que estaban involucrados.

—Comprobamos que no se conocían.

—No hemos comprobado nada. No hablo de relaciones personales, sino de costumbres. Centros de mayores, asociaciones deportivas de aficionados, clases de baile o de atletismo a las que llevaban a sus nietos...

—Ya hemos puesto sus vidas patas arriba...

—Y lo haremos de nuevo. *Encuentra* algo. ¿Entendido?

Él pareció sopesar la nueva situación, completamente inesperada. Al final, asintió, mirándola como si la viera por primera vez.

—A la orden.

29. Hoy

Massimo sintió que el teléfono móvil le vibraba en el bolsillo de la chaqueta, mientras conducía el coche a toda velocidad por las calles del barrio residencial. Quienquiera que fuese tendría que esperar.

Frenó hasta detenerse frente a la pequeña villa *art nouveau* de Teresa Battaglia. La verja estaba abierta.

Se lanzó hacia el sendero de entrada. Giacomo Mainardi estaba encerrado en su celda y no podía hacer más daño, Massimo había insistido en comprobarlo por sí mismo antes de marcharse —como un loco, como un desesperado—, pero, después de lo que había visto, su instinto le sugería lo contrario. Teresa no estaba a salvo.

Pulsó con furia el timbre y la puerta se abrió de golpe. Era Parri.

—Te estaba llamando, inspector.

Massimo entró.

—¿Dónde está ella?

—En la biblioteca. Quería veros a los dos porque tengo algo importante que deciros.

—Yo también, y no os va a gustar.

La inquietud no lo abandonó ni siquiera cuando la vio sentada en una butaca, con un libro en las manos y las patillas de las gafas entre los labios, como siempre que reflexionaba. Su rostro estaba sereno, fatigado, envejecido, quizá un poco feliz de volver a verlo, aunque eso nunca se lo diría.

—¿Massimo?

—¿Elena?

Elena había aparecido detrás de él, con una bandeja de pastas en las manos.

—¿Qué estás haciendo aquí?

Elena la colocó sobre el escritorio.

—Le he traído a Teresa mis libros sobre cristianismo egipcio. Le he explicado nuestra visita a la basílica. No te preocupes, las pastas son para mí.

Teresa Battaglia cerró el volumen. Lo dejó sobre una pila con otros libros.

—Estás despeinado, inspector. Entre tú y Parri, no sé quién va con más prisas hoy. —Cuando lo observó mejor, frunció el ceño—. ¿Qué ha pasado?

Los libros se cayeron, y a Massimo le hubiera gustado hacer como ellos, caer de rodillas al suelo.

—He visto el mosaico que Mainardi está completando. Es su retrato. La ha retratado a usted, comisaria.

Teresa Battaglia se levantó, Elena inmediatamente se puso a su lado para ayudarla.

—¿Que has ido a hablar con él? ¿Solo?

Parecía enfadada.

—¿Me ha oído? La está retratando *a usted.*

—No te das cuenta. No deberías haber hecho eso.

—¿Porque iba a descubrir demasiadas cosas?

Elena lo miró sorprendida.

—¡Massimo!

Teresa le señaló con el dedo.

—Porque ahora crees que has ganado, mientras que él te ha mostrado exactamente lo que quería y nada más.

—¿Eso es todo lo que tiene que decir?

—Bueno, estoy sorprendida, pero no tanto como para estar impactada. Giacomo me tiene cariño, o al menos eso cree él.

—Con razón, dado que lo visita regularmente desde hace años.

—¿Me estás investigando, Marini?

—Estoy tratando de entender. No es un retrato cualquiera, comisaria. A la figura... A la figura le falta un diente.

Esta vez el golpe sí que impactó en ella. La vio cerrar los ojos, apretarlos con fuerza, como en el acto de encajarlo. Massimo no podía darle tiempo para procesar la noticia y por eso se odió. Tenía que entender, para poder ponerla a salvo.

—Teresa, ese hombre ha imaginado ejercer su violencia sobre usted y probablemente lo ha hecho hasta tal punto que ha sentido la necesidad de plasmarlo en un mosaico.

—Marini...

—Escúcheme.

—No, escúchame tú.

Parri los interrumpió. Parecía estar temblando.

—Ahora es absolutamente necesario que os lo diga, aunque no sé cómo hacerlo.

Pero no prosiguió. Su boca parecía masticar palabras que no querían salir. Su inusual vacilación proporcionaba a Massimo un arma lista para disparar.

—Doctor, así no nos ayuda.

—Hemos aislado el ADN del diente encontrado en la basílica. Es un diente viejo, pero empezamos por ahí y no por las teselas porque esperábamos que fuera más fácil extraer el material. Y, en efecto, así fue. Todavía se necesitan algunos días para obtener la secuencia completa, pero estamos seguros de que ya tenemos una coincidencia.

Massimo apenas podía creerlo.

—¿Tenemos una coincidencia?

—Sí. Un ADN «externo» que no pertenece a Mainardi. También puedo descartar con absoluta certeza que las otras teselas se hayan obtenido de huesos pertenecientes a ese mismo individuo.

—¿Hay que esperar dos cadáveres?

—No. Dos cuerpos. Uno de ellos está vivo. —Respiró profundamente—. El diente pertenece a Teresa.

Massimo le pidió que lo repitiera.

—El diente te pertenece a ti, Teresa.

Ninguno de ellos respiró.

—El ADN coincide perfectamente con el que yo mismo obtuve de ti para aislar la contaminación de las muestras.

Estaba petrificada. Massimo le rozó un brazo, la invitó a mirarlo. Le parecía que tenía la cabeza y las orejas acolchadas. Un zumbido de fondo confundía cada pensamiento, cada gesto.

—¿Hay alguna maldita y verosímil razón por la que ese asesino múltiple haya estado en posesión de uno de sus dientes?

Los ojos de Teresa Battaglia estaban enrojecidos, pero no derramó ni una sola lágrima.

—Sí.

—¿Sí? ¿Eso es todo?

—Es una larga historia, Marini.

Puede que fuera larga, pero estaba claro que no tenía la más mínima intención de empezar a referirla. A Massimo no le sentó nada bien.

—Tenemos que hablar con Mainardi. Tenemos que convencerlo para que se reúna con nosotros y entender qué ha querido decirnos.

Ella les dio la espalda, se acercó a la ventana. Sus pasos se habían vuelto irregulares; su cuerpo, encorvado.

—También puedes obligarlo a verte, si te empeñas. Pero no puedes obligarlo a hablar contigo. No te contará nada más de lo que ya ha dicho.

—¿Y usted? ¿Tiene usted intención de decirme algo más?

La respuesta quedó suspendida en un arco sobre sus cabezas, para luego caer en picado.

—No.

—¡Comisario!

—No me llames más así.

—Déjeme que la ayude.

Se dio la vuelta. Intentaba sonreír.

—Contarte esa parte de la historia no serviría de nada. Ni a ti, ni a mí. Sin lugar a dudas, no para resolver el caso. Confía en mí.

Massimo miró a Elena y la vio llorando. Miró a Parri en busca de apoyo, pero el médico le hizo un gesto para que no siguiera por ahí.

Y entonces lo entendió. El pasado de Teresa era una tumba y no debía abrirse.

30. Veintisiete años antes

Teresa abrió los ojos de par en par en la oscuridad. En la planta baja, sonaba el teléfono. Al otro lado de la cama, Sebastiano era una silueta silenciosa, una curva que no se podía rozar. Apartó con cuidado las mantas, evitó buscar sus zapatillas en el suelo. Se movió a cámara lenta, solo en el pasillo empezó a correr, bajó las escaleras descalza y reprimió un improperio cuando se golpeó el dedo meñique con una esquina y el dolor se disparó a ráfagas. Fue brincando hasta el teléfono.

—¿Hola?

—Ha asesinado a otro.

Era Albert. Teresa se concentró en la hora de la esfera del reloj. Ni siquiera había amanecido.

—Voy para allá.

—Ya te recojo yo. Te estoy llamando desde una cabina a cien metros de tu casa. Date prisa.

Colgó y Teresa se quedó con el auricular en la mano los ojos clavados en el techo, como si pudieran traspasarlo y controlar el sueño de un marido que se había convertido en su verdugo.

Una vez más, tuvo que elegir entre seguir siendo fiel a sí misma o ceder a la amenaza.

Salir de casa era una provocación.

Trabajar era una provocación.

Tener aspiraciones era una provocación.

Muy pronto, para Sebastiano, también lo sería su respiración. Teresa ya podía sentir la falta de aire.

Colgó el auricular, pergeñó una explicación en el bloc de notas que había junto al teléfono. Añadió con esfuerzo palabras de afecto y de contrariedad como ofrenda para aplacar su ira de dios caído.

Para no volver a su habitación, eligió alguna prenda del montón de ropa que aún estaba por planchar. Cerró la puerta de casa y se prometió, temblorosa, que no iba a tener miedo durante mucho tiempo más.

Cuando Albert detuvo el coche delante de ella, Teresa había desterrado el sueño y la inquietud de su rostro.

Permanecieron en silencio durante largo rato, luego él se armó de valor.

—Pensemos en detenerlo. Pensemos solo en eso. ¿De acuerdo?

Le estaba diciendo que no importaba cómo la había tratado, que no importaba que hubiera hurgado entre sus cosas y robado las ideas de Teresa para luego hacerlas pasar por suyas. No le reconocía nada ni lo haría nunca.

Ella se volvió para mirar la noche.

—Lo detendremos.

—¿En serio?

Cuánta esperanza.

—Sí. Pero tú no cambiarás.

—¿Qué quieres decir?

—Eres y seguirás siendo un miserable.

Albert no replicó. Se tomó el insulto como un precio no demasiado alto para volver a utilizarla.

Una suave lluvia comenzó a repiquetear. Lavaba el asfalto y elevaba los olores de los jardines, que pronto se convirtieron en prados campestres.

La muerte se había levantado como una niebla enrarecida en un pequeño bosque de acacias en flor, en la humedad aromática de una hondonada verdosa atravesada por un canal. Había trepado humeante desde el fondo fangoso, lejos de las luces de la ciudad. En el amanecer azul, entre el goteo que lustraba el follaje y el croar de las ranas, la tierra bulbosa estaba empapada de sangre.

Teresa se levantó la capucha sobre la cabeza, su largo pelo pegado como algas oscuras a las mejillas y al pecho. Se cerró el chaquetón sobre el vientre para mantener a su niño en calor.

Le sentaba bien dejar de sentirse sola. Adondequiera que fuera, eran dos, nunca más volvería a ser una. Se puso en camino, musitando una canción para arrullarlo. Se lo llevaba al infierno cantándole amor.

—Te protejo.

Se lo prometería durante el resto de su vida, entre besos y caricias, que a nadie más le habría dado tan fuertes.

La escena del crimen ya había sido acordonada. Los agentes estaban trabajando en el terreno en busca de indicios. Teresa alcanzó a ver al jefe de policía y a la doctora Pace hablando bajo un paraguas, negro como ellos, y más allá a Parri, también protegido por una capucha y agachado sobre una silueta de la que Teresa no logró ver mucho.

Se arrebujó de nuevo con su chaquetón, pero no por el frío, sino por esa sensación de abandono melancólico que le producía la visión de un cadáver.

Albert no había hecho ademán de reunirse con el jefe de policía. Permanecía a su lado, probablemente para recoger cualquier observación que se desprendiera de sus labios. Iba a tientas en la oscuridad, estaba desesperado. Buscaba un chivo expiatorio que fuera lo suficientemente ingenuo como para atreverse con una sugerencia.

Teresa no era ingenua, pero no tenía mucho que perder. Una vez anunciado el embarazo, ese caso ya no sería suyo.

—¿Dinámica de la agresión? —le preguntó.

—Idéntica a la anterior. No hay señales de constricción, lo ha degollado. Parri aún sigue examinando el cuerpo, pero la herida parece limpia. Le ha cortado la carótida.

—Ha aprendido. ¿Qué se ha llevado?

Un titubeo.

—Tiene el costado desgarrado, hacia la cadera. Una costilla. La punta de una costilla.

—¿Cuál?

—¿Cuál? No sé cuál.

Teresa se volvió para mirarlo.

—Tú ya has estado aquí. ¿Cuántas horas hace que lo sabéis?

—Ahora no te pongas nerviosa.

—¿Qué excusa utilizarás esta vez? ¿La de siempre? Sin embargo, mi teléfono no ha sonado hasta hace media hora.

Albert permaneció impasible, lo que para él significaba ostentar una expresión gélida que convertía sus rasgos regulares en mármol. Los labios apretados, las gotas de lluvia que corrían desde las pestañas hasta la barbilla, a lo largo de los pómulos.

—Eres una mujer, Teresa, a ver si lo aceptas. ¿Realmente quieres ver escenas como esta durante los próximos treinta años?

Su mano señaló la silueta que yacía en el suelo embarrado, no muy lejos. Teresa no la siguió con la mirada.

—No lo sé, *Albert*. Pero creo que puedo decidir por mí misma lo que quiero o no quiero hacer.

Empezó a caminar, mientras él la seguía.

—Me has llamado porque estás totalmente perdido.

—Si yo salto, tú saltas.

—Lo estás haciendo tentador.

La cogió del brazo y la hizo girar.

—¡Es a tu marido al que deberías tratar como el culo, no a mí...!

Ella le miró la mano. Albert la soltó.

—¿Comisario Lona?

Era Lorenzi.

—El coche de la víctima fue abandonado en la pista sin asfaltar.

Teresa se sobresaltó.

—¿Dónde?

—Justo a la vuelta de la esquina, por allí. Hay rastros de sangre.

Teresa ya se apresuraba hacia el vehículo. Pidió que le pasaran unos guantes y cubrezapatos para la inspección.

Las puertas delanteras estaban abiertas de par en par y el Volvo azul metalizado parecía un escarabajo muerto en el acto de abrir las alas.

Teresa se acercó por el lado del pasajero. El asiento estaba cubierto de sangre. Un charco espeso que el terciopelo y la gomaespuma no habían podido absorber.

—Condujo el asesino.

Teresa lo había susurrado. Se dio cuenta de cómo estaba mirándola todo el mundo. La habían seguido, la habían rodeado. Quizá no entendían su fascinación, su pasión por lo que hacía, quizá la encontraban fuera de lugar.

En vez de ponerla en su sitio, esta vez Albert le dio vía libre.

—Continúa.

—He leído sobre un caso similar. El asesino conducía los coches de las víctimas durante horas después de haberlas matado. Más tarde explicó que esto lo ayudaba a crear un vínculo aún más profundo con ellas.

—El cuerpo fue encontrado por una parejita que buscaba intimidad. Declararon que vieron llegar el coche y que una figura sacó algo de él, lo miró fijamente y luego se marchó.

—¿A pie?

—Sí.

Había algo más, algo vomitivo. Teresa lo percibió en su voz. Y, en efecto, así era.

—Por las pruebas que tenemos, el asesino debió de pasar por un control de los *carabinieri* en la autopista, no muy lejos de aquí.

Era eso la nota grave en su tono. Miedo. Teresa no dejó que se lo contagiara.

—¿La foto del carnet de conducir? —preguntó.

—Se la llevó.

Otro fetiche. Teresa pensaba a menudo en la alianza que habían encontrado en el ninfeo. Era un detalle que no lograba colocar en el cuadro. ¿Por qué quitárselo a la primera víctima para luego abandonarlo?

Pidió que le dieran un mapa. Marcó con un bolígrafo la ubicación de los tres hallazgos.

Albert la observaba por encima de su hombro.

—¿En qué estás pensando?

—En la teoría del punto medio geográfico, pero harían falta cinco escenarios del crimen para contar con un mínimo de fiabilidad.

—No podemos permitirnos el lujo de que haya cinco muertos.

Teresa llenaba sus ojos con líneas y nombres de lugares. Aquel era el coto de caza del asesino, se lo imaginaba marcándolo como lo habría hecho un gran depredador. Y, como un depredador, disponía de una guarida a la que se retiraba para disfrutar, para fantasear, para planear. Tenían que encontrarla.

—Cuando hay varios asesinatos con características similares, es probable que el asesino viva o tenga su centro de interés principal cerca de la primera escena del crimen, porque progresivamente tiende a desplazarse, para llevarse a las víctimas o cuerpos aún vivos más lejos.

—¿Qué quieres decir con lo de «centro de interés principal»?

—Su lugar de trabajo, por ejemplo, o cualquier otra actividad que le ocupe gran parte de su tiempo, aunque sigo pensando que ahora ha abandonado su rutina diaria para dedicarse por completo a sus fantasías.

Albert no menospreció sus teorías. Llamó a los hombres que estaban cerca.

—Hay que reducir el perímetro de búsqueda, no tenemos recursos suficientes sobre el terreno.

Teresa respondió sin pensar.

—Debemos ir con cuidado para que no se asuste.

Se puso en cuclillas, quería examinar más de cerca la mancha de sangre sobre el asiento, esperando echar un vistazo también al cadáver.

El olor le llegó a las fosas nasales, aturdió sus pensamientos y le removió los jugos gástricos.

Había algo en el coágulo. Sacó unas pinzas del bolsillo y lo extrajo con cuidado.

Albert se percató de ello.

—¿Qué es?

Teresa lo puso delante de sus ojos.

Lanceolado, azul, carnoso. Ya lo había visto antes.

—Un pétalo. Los nenúfares de la segunda escena del crimen. Volvió allí.

—¿Es normal que haya hecho eso?

—Es de manual. Aunque no entiendo el significado. ¿Por qué un pétalo?

Y no era el único. Había otros.

Teresa llamó a Lorenzi a su lado y le pasó las pinzas.

—Encárgate tú de esto.

Se alejó rápidamente, con la boca llena de saliva. Estaba a punto de vomitar y no tenía intención de hacerlo encima de las pruebas.

Se escondió detrás de la ambulancia, con las rodillas dobladas y un pañuelo de papel en una mano, sacado del paquete en el último momento.

Respiró profundamente, el olor del limo se mezclaba con el dulce aroma de las flores de acacia. Mantuvo la mirada fija en el borde de la zanja, en una alfombra de violetas silvestres.

Las náuseas retrocedieron en su garganta, volvieron a meterse en el estómago.

—¿Todo bien?

Teresa negó con la cabeza, todavía reacia a aventurarse a hablar. La voz no era la de uno de sus compañeros, ni tampoco la de Albert. Al menos eso era algo.

Una mano le masajeó la espalda, desde los riñones hasta los hombros. Ella se estremeció, pero el contacto liberó la tensión, la ayudó a recuperar el control.

—Te dije que siempre comieras un caramelo de fruta cuando las notaras venir.

Teresa sonrió, con los ojos cerrados. Lo había reconocido.

—Me los acabé.

—Qué suerte que me hayas encontrado. Resulta que siempre llevo un paquete de repuesto.

La ayudó a incorporarse.

Llevaba un uniforme de enfermero bajo una chaqueta impermeable.

—¿Qué estás haciendo aquí?

Él se metió las manos en los bolsillos, hizo un gesto hacia la escena del crimen.

—Estoy con el doctor Parri, pero, por lo que parece, prefiere ir solo.

—¿Está sobrio?

Él hizo una mueca.

—Bastante.

Teresa reprimió un improperio, pero sintió que le asomaba una sonrisa. Él le ofreció un paquete de caramelos sin abrir.

—Caramelos de un desconocido.

Él se agachó para coger una violeta, le abrió la mano, le colocó caramelos y corola en la palma y le cerró los dedos, demorándose por un instante que podía significar tanto todo como nada.

Teresa dijo la primera tontería que se le pasó por la cabeza.

—¿Y tú, cómo te las apañarás?

Se miraron, con la lluvia cayendo sobre sus rostros.

—Esperaré a verte de nuevo. Guárdame uno para mí. Mejor dicho, espera. Te dejaré mi número. —Le cogió el cuaderno que asomaba de su bolsillo, sacó un bolígrafo del suyo y buscó una página en blanco.

—¡Oye! ¿Qué estás haciendo?

Él se rio, escribiendo rápidamente.

—¿A qué viene tanto miedo? —Se lo devolvió. Se puso serio nuevamente—. Me miras como si fuera el número del diablo.

Teresa temblaba. Si Sebastiano se enterara de esas gentilezas, de las miradas y de las palabras intercambiadas, se lo haría pagar. Ella bajó los ojos, sintiendo cómo los suyos buscaban en su rostro.

—Estoy casada. Y estoy embarazada.

—Lo sé.

Un trueno rompió aquella intimidad inesperada. Él miró por detrás de ella.

—Parri me hace señas para que vaya. Hasta la próxima, inspectora.

Teresa se quedó de espaldas. Escuchó sus pasos alejándose. Oyó cómo la tormenta la alcanzaba y convertía la suave lluvia en un estruendoso chaparrón. Recordó cuando era una niña y bailaba bajo los aguaceros. Sentía el mismo deseo de levantar la cara y beber.

Solo se giró cuando oyó que Albert la llamaba. En el frenesí que siguió, ya no pudo vislumbrar al muchacho que la había socorrido.

Ni siquiera le había preguntado su nombre.

31. Hoy

El ruido blanco aumentó en la jaula. El silencio que había acompañado el regreso de la bestia que encarnaba se había desvanecido. La prisión había digerido el miedo, un organismo en perpetua mutación que observaba, percibía, asimilaba todos los estímulos y respondía con mil ojos, cientos de epidermis, gargantas siempre hambrientas.

Giacomo podía oír el zumbido a su alrededor. En el idioma que había aprendido a hablar desde niño, significaba que un nuevo depredador merodeaba por los pasillos, se detenía delante de las celdas, buscándolo.

El guardia que vigilaba cada uno de sus movimientos no lo protegería. Estaba allí para evitar que se matara, no para arriesgar su vida salvándolo de los demás.

Cada golpe de martellina era un trueno de su corazón salvaje. Golpeó una vez sobre el mármol y la siguiente sobre las pinzas, de manera que el metal se fue afilando hasta ser cortante.

¿Estaba uno dispuesto a morir con tal de sobrevivir?

Sí.

Como también a dejarse encerrar, para siempre, entre barrotes de acero. Pero no había servido de nada.

Golpeaba y contaba el tiempo. Decidir cuándo suicidarse podía resultar desalentador para muchos, pero él medía los segundos para no sucumbir al pánico, para dar forma a la oportunidad y renacer en otro lugar.

Y, cuando llegó el momento, cuando el guardia bajó los ojos hacia la pantalla del móvil, embelesado y reconfortado por una rutina que le había embotado los sentidos, entonces lo hizo.

Los bordes afilados de las tenazas sajaron la carne de las muñecas en heridas abiertas.

En silencio, Giacomo contempló cómo el retrato de Teresa se iba tiñendo de rojo oscuro.

Se inclinó para besar aquellos labios. Sabían a sangre, como tantos años antes.

32. Hoy

Las oficinas de la jefatura de policía se estaban vaciando para la pausa del almuerzo. Massimo había tirado a la papelera el sándwich de la máquina expendedora. Sabía a plástico y no tenía tanta hambre como para hacer de tripas corazón y comérselo.

Escudriñaba con lupa cada línea del informe elaborado sobre el caso de Giacomo Mainardi veintisiete años atrás y aún no había encontrado lo que buscaba desesperadamente: una pieza fundamental de la historia de Teresa Battaglia, la piedra angular que explicara el vínculo que esa mujer sentía que tenía con el asesino.

Sus vidas no solo debían de haberse rozado. Debían de haber estado entrelazadas.

Massimo había encontrado las palabras de ella entre las hojas, había reconocido su firma a pie de página en las actas. Una presencia constante, tenaz en el tono, pero equilibrada en las premisas y en las conclusiones. Ni un solo desliz, ni una sola ligereza. Ya era la cazadora decidida que él conocía.

Pero en un momento determinado esa presencia había desaparecido y solo quedaba el rastro superficial de Albert Lona, que ya entonces parecía alimentarse de la fuerza de Teresa. Fue él, el entonces comisario, quien cerró el caso. La inspectora Battaglia había desaparecido.

—¿Marini? Necesito hablar contigo.

Massimo levantó la cabeza de los archivos. Era Lona, silencioso, amenazante y preciso en su aparición, igual que el diablo al ser invocado. El comisario jefe echó un vistazo al informe en manos de Massimo y cambió su expresión.

—¿Hay algo que pueda hacer por usted, doctor Lona?

El comisario jefe se sentó en el borde de la mesa.

—Quería saber si has tenido noticias de la comisaria Battaglia.

Massimo se recostó contra el respaldo. Esa actitud era una novedad interesante.

—Sí. He tenido noticias de la comisaria Battaglia.

—¿Cómo está?

—Se está recuperando.

—He oído que estabas con ella cuando le dieron la noticia.

—Lo confirmo.

—¿Te dijo algo?

Massimo cruzó las piernas, sopesando a esa esquiva y humeante criatura.

—¿De su diente? ¿Usted qué cree?

La mirada de Lona se posó en el informe.

—No. Es evidente. De lo contrario, ¿qué sentido tendría que te pusieras a buscar en el pasado?

Más que empeñado en retorcidas estrategias, Lona parecía cansado.

Massimo se aprovechó de ello. Tal vez podría obtener alguna información.

—Puedo suponer que tiene algo que ver con el rastro de muertes que dejó Giacomo Mainardi. ¿Hubo un altercado? ¿Fue así?

—No fue una buena época para ella.

—Sé lo de su marido abusivo, y lo del hijo que perdió.

—¡Bien!

—¿Bien?

—Sí, así podrás... No encuentro la palabra. Manejarla, eso quería decir.

—Manejarla.

—¿He dicho algo inapropiado?

—¿Qué fue del marido?

Lona bajó los ojos. Se quitaba pelusas inexistentes de la tela de los pantalones.

—Ella lo denunció, naturalmente. En cuanto fue capaz de hacerlo. Fue detenido y posteriormente condenado, pero no cumplió la totalidad de la pena. Lo soltaron por buen comportamiento.

Massimo imprecó. Incluso Lona parecía incómodo por cómo habían ido las cosas.

—Si lo piensas, Marini, solo habían pasado doce años desde la derogación del crimen de honor. La mentalidad no había cambiado todavía.

—Tampoco es que las cosas sean tan diferentes ahora. En cualquier caso, salen demasiado pronto de la cárcel y a menudo vuelven a perseguirlas.

—Este no fue el caso. El marido cumplió la orden de alejamiento que le impedía acercarse a ella. Desapareció de su vida. —El comisario de policía miró su reloj—. La ayudante del fiscal ha convocado una reunión para esta tarde.

—Recibí la notificación.

—La hemos adelantado. Tenemos que estar en su oficina en menos de una hora. Ah, parece que los técnicos han encontrado la grabación de una cámara que podría sernos de utilidad. Inmortalizaría el paso en coche de Mainardi y la última víctima. Están rastreando la matrícula para dar con el propietario. Hablaremos de ello en la reunión. —Buscó su teléfono en los bolsillos. Lo sacó y empezó a desplazarse por el menú—. Quiero que participe también la comisaria Battaglia. Ya he enviado una patrulla a recogerla. —Levantó una mano, como si quisiera atajar la discusión de raíz. Tenía que ser una confrontación unilateral, que eran las que mejor se le daban—. En cualquier caso, habrá que escucharla, teniendo en cuenta el hallazgo de su diente.

—Podría ir yo a su casa, ver lo que tiene que decir y...

—No. Vamos a saltarnos un paso. Mejor hacerlo con todo el mundo presente y la información actualizada. Tengo prisa.

Massimo empezaba a entender hacia dónde quería llegar y aquello no le gustó.

—Y se supone que yo debo *manejar* a la comisaria, actuar como un pararrayos.

—Puede que no sea... fácil para Teresa.

—Pero eso no le impedirá llamarla a declarar, ¿verdad? No va a permitirle que recorra el camino más fácil.

—Obviamente, no.

—¿A qué viene tanta acritud, doctor Lona?

—Pregúntaselo a ella, inspector. Pero, si quieres saber mi versión de los hechos, bueno, le dije una frase desafortunada y desde entonces juró vengarse de mí.

—¿Teresa Battaglia le juró venganza? Está bromeando.

—Depende del punto de vista desde el que observes la situación. Puedes verlo desde el mío o desde el de ella.

—Solo hay un plano en el que se mueve esa mujer, y es el de la justicia.

—Justicia. —Sonrió, como si Massimo hubiera contado un chiste—. ¿Crees que puedes convencerla de que se incorpore antes del alta médica?

Hasta ese momento, Massimo lo había deseado con todo su corazón.

—No. Tendrá que apañárselas usted solo, doctor Lona.

—No, inspector Marini. *Tú* tendrás que apañártelas por tu cuenta. Yo siempre caigo de pie.

—Encima de los demás.

—Para eso están las jerarquías.

—¿Sabe lo que pienso? Pienso en los hombres violentos. Algunos hombres violentos pueden ser asesinos, de hecho, pero todos ellos lo son emocional y psicológicamente. Se puede matar con palabras, con una actitud intimidatoria. Usted ha intentado anularla. No lo ha conseguido. Ahora también puede empezar a ir a por mí.

—¿Ir a por ti? He oído cosas peores, Marini. Si fuera susceptible, no habría llegado hasta aquí.

—A mí me parece susceptible.

Lona hizo una mueca, como para quitarle hierro al asunto.

—No. Solo soy vengativo. Es una actitud diferente. Mucho más lúcida.

—¿De qué quiere vengarse, después de casi treinta años?

—Puedes imaginarlo.

—Quiero escucharlo.

—Estás yendo demasiado lejos.

—¿A estas alturas importa algo el límite?

Lona se encogió de hombros.

—No. Supongo que no. Hace rato que lo hemos superado.

Massimo quedó a la espera.

—Le ofrecí mi ayuda. Ella la rechazó. Supongo que me quedé... molesto.

—Herido. Rechazado.

—Tú sabes de qué estamos hablando. Te lo ha dicho.

—En efecto.

Lona suspiró.

—Todo el mundo hace lo que puede, ¿no? Yo no pude hacer más. Por desgracia, no fue suficiente.

—Parece disgustado.

—¿De verdad crees que puedo no estarlo? Perdió al niño.

No, Massimo no lo creía. Vislumbraba, si no exactamente dolor, al menos una ligera sensación de congoja, que no quería llamar «culpa».

—Entonces, ¿por qué tanta cólera hacia Teresa?

Lona se levantó, molesto.

—Por qué, por qué. Porque no soy una persona fácil, porque me equivoqué, porque no puedo arreglarlo. Cuando alguien te ve como un monstruo, al final es más fácil convertirse en uno que desperdiciar una vida convenciéndolo de lo contrario, ¿no?

Massimo guardó silencio.

El comisario jefe señaló la carpeta.

—Estás buscando en el lugar equivocado, no encontrarás las respuestas a tus preguntas ahí.

—¿Dónde entonces?

Le respondió desde la puerta, de espaldas a él.

—Acabo de enviarte un archivo adjunto por correo electrónico. Tendrás para quedarte bien satisfecho.

—¿Por qué lo hace?

—Te preparo.

Massimo permaneció inmóvil frente a la pantalla. Lo único que debía hacer era abrir su correo y el secreto sería revelado.

¿Realmente lo quería?

¿Realmente *ella* habría querido eso?

Hay cosas de las personas a quienes amamos a las que nunca deberíamos tener acceso. El ser humano está hecho más de misterio que de materia transparente y esa proporción forma parte de su naturaleza más íntima.

No le correspondía a Massimo, ni a Albert Lona, la decisión de iluminar esa zona que Teresa Battaglia había decidido apagar para siempre. Pero lo hizo. Clicó en la carpeta adjunta.

Lo primero que apareció fueron las fotografías.

33. Veintisiete años antes

Teresa tiró de la cremallera, la deslizó hasta cerrar parte de su vida en una maleta. No había sido difícil elegir qué poner dentro. Todo podía ser de utilidad, pero nada era realmente necesario. En esa vida, todos los objetos le recordaban el fracaso. Llevarlos a la nueva, aún por empezar, era como pronunciar un conjuro funesto.

Volver a empezar. Parecía un propósito demasiado audaz y, a pesar de todo, estaba a punto de dar ese salto. En el vacío, en la oscuridad, sola.

Porque Teresa *estaba* sola, aunque había tenido la esperanza de que fuera todo lo contrario y se había engañado a sí misma.

Mientras guardaba los cuadernos en la maleta, había sacado el más reciente del bolso y buscado en él ese número de teléfono escrito a toda prisa, bajo la lluvia, por una mano que por un momento le había rozado el costado. De entre las páginas, la violeta cayó al suelo.

Marcó ese número, sintiéndose como una idiota. ¿Qué iba a decirle? ¿Qué iba a pensar de ella?

Un mensaje automático despejó todas las dudas de inmediato: el número al que ha llamado ya no está en servicio.

Entonces sí que se sintió completamente ingenua, rayando en la idiotez.

El número de un usuario desconectado. Qué maravillosa imagen de su esperanza.

Oyó cómo se abría la puerta de casa, se apresuró a esconder la maleta en el armario.

Se sentó en la cama, cogió un libro de la mesita de noche.

Sebastiano la llamó desde abajo.

Lo oyó subir las escaleras, con pasos rápidos y pesados. Se lo imaginó subiendo los peldaños de dos en dos.

Apareció sonriente y despeinado en el marco de la puerta.

—El decano me ha asignado una nueva tarea.

Se tendió en la cama, entre las almohadas. El colchón se bamboleó por debajo de ellos.

—Esta vez, se trata de un encargo de prestigio. Mis compañeros han pasado por mi despacho para felicitarme. Una caravana de sonrisas falsas y apretones de manos grasientas. Dios, cómo lo he disfrutado.

Teresa permaneció en silencio.

—¿No vas a decir nada?

Ella escogió sus palabras con cuidado. Eligió el único bálsamo que surtía efecto con él, y que no era el amor, ni el afecto de una compañera orgullosa.

—Esta noche tus compañeros no van a dormir de la envidia. Enhorabuena.

Sebastiano se echó a reír, la arrastró hasta su lado, con el brazo alrededor de su cuello.

—Esos idiotas no van a dormir durante *semanas*.

Apretaba, le robaba el aire. Parecía eufórico, pero con él siempre era difícil saber hasta qué punto lo que manifestaba era ímpetu sincero o ficción, y la euforia asustaba a Teresa tanto como la ira.

Intentó levantarse.

—Tenemos que celebrarlo.

La retuvo.

—¿Tienes prisa por irte?

Él no la había soltado, ella se había encontrado empujando el cuello contra el músculo de su brazo. La presión le llegó hasta los ojos, que, en ese momento, abiertos como platos, se fijaron en la puerta del armario que se había quedado entreabierta con las prisas.

¿La había visto él también, con esos ojos suyos de depredador?

—¿Qué dices? No tengo prisa.

La presión disminuyó. Teresa se recostó y apoyó la cabeza sobre su abdomen. El de Sebastiano era un cuerpo duro, enjuto. Teresa se preguntó qué existencia podría encontrar refugio allí, acurrucándose en las afiladas puntas, tanto por dentro como por fuera. No era fácil tocarlo y no era fácil habitarlo.

Sebastiano había dejado de acariciarla.

—Ayer me di cuenta de que en el armario faltaban algunas prendas tuyas.

Teresa tragó bilis.

—Las he llevado a la lavandería. Pronto cambiaré de talla y a saber cuándo la recuperaré. Quería tenerlas lavadas y planchadas antes de guardarlas.

—¿En serio?

—Sí.

—¿A qué lavandería?

—La que está en el cruce, cerca de los jardincitos.

Teresa anotó mentalmente que debía llevar allí algo de ropa al día siguiente.

Las caricias se reanudaron después de un momento gélido y se revelaron como lo que realmente eran a través de las reacciones instintivas de su cuerpo. El cerebro reptiliano desplegó todas las posibles respuestas físicas a la agresión. Pero Teresa permaneció inmóvil. Se hizo la muerta para no morir.

Sebastiano no estaba acariciándola. Estaba acariciando las cadenas que día tras día había enroscado a su alrededor y que, día tras día, cada vez más, disfrutaba apretando.

En ese momento de aparente calma, Teresa tuvo la certeza de que él nunca aflojaría las cadenas ni le permitiría a ella romperlas.

La única maleta con la que podría salir de ese matrimonio sería aquella hecha con su propia piel.

34. Hoy

Cuando alguien llamó al timbre de la casa de Teresa, fue Elena quien salió a abrir. Las dos habían encontrado un terreno de intereses comunes bastante amplio; entre ellos, la historia antigua. Teresa podría haberla escuchado disertar sobre arqueología durante horas sin cansarse nunca. Elena le había traído nuevos libros sobre el antiguo Egipto, textos acompañados de fascinantes fotografías. Sin embargo, sospechaba que la visita de la joven se debía, al menos en parte, también a la necesidad de no dejarla sola. Marini encontraba la manera de estar presente, aunque estuviera ocupado en otra parte. Teresa se sintió conmovida por ello.

Elena regresó con cara preocupada.

—Hay dos policías. Preguntan por ti.

Teresa fue a la entrada. Creyó reconocer a los dos agentes. Hacía poco que habían llegado a la comisaría, por lo que no había tenido muchas oportunidades de trabajar con ellos. El coche, con las luces intermitentes encendidas, estaba aparcado frente a la puerta y había llamado la atención de algunos transeúntes y vecinos, que se asomaban detrás de las ventanas o desde las terrazas. ¿Qué era esa novedad? Teresa no pudo encontrar las palabras para preguntar cómo se les había ocurrido. Balbució una frase inconexa, se dio cuenta de que había invertido las palabras. Tal vez incluso había soltado alguna incongruencia.

Los dos se miraron, como si se preguntaran si aquella mujer perdida era realmente la comisaria Battaglia.

Teresa sintió que la inquietud aumentaba. A su espalda, Elena le preguntó qué estaba pasando. No tenía ni idea.

—Comisaria Battaglia, tendría que acompañarnos.

—¿Dónde?

—La llevaremos a la oficina del fiscal. Se ha adelantado la reunión con el doctor Gardini.

Sin previo aviso, sin ninguna preparación ante la idea de una reunión formal que sacaría a la luz aspectos del pasado que ella nunca querría revivir, Teresa sintió que iba a colapsar. ¿O tal vez la reunión estaba prevista y ella no lo recordaba?

—No lo recuerdo.

Elena la abrazó.

—¿Todo bien?

—No.

Desprevenida, clavada en la puerta por unos ojos desconocidos, Teresa sintió que su agitación iba creciendo. Se miró, preguntándose si llevaba la ropa en el orden correcto, si se había peinado de forma extraña, infantil, o si se había maquillado como una veinteañera lista para una noche de locura.

Podría haber ocurrido, probablemente habría ocurrido. Había notado que los imprevistos le provocaban taquicardia y ataques de ansiedad. Cada cambio de costumbres la alteraba de forma irracional, exagerada.

Elena la apartó suavemente y se interpuso entre ella y los dos agentes.

—¿El inspector Marini está al corriente de esto?

—Recibimos el encargo del comisario jefe.

—Ahora aviso al inspector. Por favor, esperen en el coche. Lo mejor sería apagar las luces intermitentes. Han asustado a los vecinos.

—Señora, no hay tiempo. El comisario jefe...

Elena sonrió.

—Disculpen, pero ese no es nuestro problema.

Estaba a punto de cerrar la puerta cuando un coche apareció por la esquina al final de la calle. Se detuvo con un chirrido junto a la patrulla de policía. El conductor tiró del freno de mano con tanta fuerza que el ruido se oyó hasta allí. Parecía que había querido arrancarlo. Era Marini y no iba solo.

Parisi y De Carli se bajaron y se ocuparon de los dos agentes, devolviéndolos al remitente.

Elena fue a reunirse con Massimo.

—Estaba a punto de llamarte.

La tomó de la mano. Miró a Teresa y negó con la cabeza.

—Tarde o temprano, a Lona lo voy a pillar en la calle.

Las hizo entrar, cerró la puerta, restableciendo la intimidad y la calma mental de Teresa.

Ella se dio cuenta de que estaba temblando.

—Me han dicho lo de la reunión, pero no la recuerdo, en absoluto.

—Lona decidió anticiparla e incluirla a usted en el último momento. No podía recordarla porque no estaba programada.

—Pero ahora tengo que ir y no estoy preparada.

—Tenemos todo el tiempo del mundo, comisaria.

Esa voz tan tranquila, firme pero protectora, tenía el poder de hacer que respirara mejor.

—Pero has dicho que la reunión se ha adelantado.

—Esperarán.

Teresa se miró de nuevo, se pasó una mano por encima de la ropa para alisar arrugas que solo eran internas.

—¿Llevo la ropa adecuada?

Marini sonrió. Una de sus sonrisas maliciosas, que hizo brillar sus ojos.

—¿Lleva ropa interior?

Teresa se palpó.

—Yo diría que sí.

—Yo también. Entonces vamos bien.

—¿De verdad?

—De verdad.

Estaban hablando de otra cosa. Ambos lo sabían.

Marini le dio un beso a Elena y luego le tendió el bastón a Teresa.

—¿Listos?

—Hagamos como si lo estuviéramos.

La guio hasta el coche, la hizo sentarse delante. Parisi y De Carli ya habían tomado asiento. Se despidió de Elena, de pie en la puerta, con la mano. Si no hubiera estado allí para contener su ansiedad, Teresa habría dado un espectáculo.

—Otra broma del comisario jefe, ¿no, comisaria?

—De Carli, a estas alturas ya ni las cuento.

Teresa colocó su bastón y su bolso entre las piernas.

—Menos mal que tenía que mantenerme al margen de la investigación. ¿Cuántas veces nos hemos despedido?

Marini se rio y metió la marcha atrás.

—Algunas. Pero, espere... ¿Era una pregunta retórica o realmente no se acuerda?

Teresa le dio un pequeño golpe. Pensó que era típico de ambos encontrar el lado trágicamente cómico de las cosas en la vida. Entendían del tema y habían adoptado una actitud que los había salvado.

Sin embargo, ese día el rostro de Marini estaba enrojecido, y los ojos, un poco hinchados.

Teresa desvió la mirada, la dejó vagar por la ciudad, que fluía en fotogramas fuera de la ventana.

—Y ahora aparece mi diente. Solo nos faltaba eso.

A su espalda, De Carli apoyó la barbilla en su asiento.

—¿De eso sí se acuerda?

Parisi aferró a su colega por el hombro y lo puso en su sitio mientras le soltaba un puñetazo en el costado.

—¿Te parece una pregunta que puedas hacer?

Teresa se dio la vuelta. No era una pregunta inoportuna, teniendo en cuenta las circunstancias, pero ella no se sentía con ganas de desnudarse. Optó por una verdad a medias que no afectara a la investigación ni a sus sentimientos.

—Hubo un... altercado —lo dijo buscando el perfil de Marini, que permanecía inmóvil, incluso demasiado como para no delatar una actitud antinatural. Se controlaba, se notaba el esfuerzo en su rigidez, pero lo del maltrato y el aborto ya lo sabía, había sido ella la que se lo había explicado, entonces, ¿qué (*qué*) lo preocupaba?

Teresa volvió a mirar la carretera.

—Sinceramente, solo hice el recuento de los daños en el hospital, cuando me dieron la medicación, y desde luego no volví a buscar lo que me faltaba.

Que no era una única cosa, sino cien mil. Y no se trataba de la medicación, sino de algo muy distinto.

De Carli pareció quedar satisfecho.

—Lo recuerda.

Fue Marini quien se dio la vuelta y le golpeó en la rodilla.

—¡Ay!

—Gilipollas.

Teresa se puso las gafas de sol y los llamó al orden.

—Portaos bien. *Demencia* en este equipo hay de sobra con una. Las vuestras no están justificadas.

35. Hoy

Teresa entró en el despacho del ayudante del fiscal del brazo de Marini. Tendría que acostumbrarse a las miradas de la gente, ignorar la vergüenza que le provocaba necesitar un apoyo, no poder poner un pie delante del otro sin dificultades. No creía que volviera a ser la de antes, ni siquiera físicamente. Aquello solo era el principio.

Gardini se levantó de un brinco, rodeó el escritorio para ofrecerle una silla.

—Buenas tardes, Teresa. Gracias por venir. —Teresa saludó levantando los dedos del bastón y se dejó caer sobre la silla. La ciática había empezado a atormentarla de nuevo. Marini tomó asiento detrás de ella.

—Con un trozo de mí metido en la escena del crimen, supongo que era inevitable. Saludos a ti también, doctor Lona.

Albert le correspondió con un movimiento de cabeza.

—¿Estás mejor? —le preguntó.

—No.

—¿Prolongarás la baja por enfermedad?

—Por desgracia, creo que es inevitable.

Antonio Parri llegó jadeante.

—Perdón por el retraso.

Gardini volvió a su escritorio.

—Todavía no hemos empezado.

El forense se sentó en un taburete, con papeles y carpetas en desorden sobre las rodillas.

—Entonces me perdonaréis la pregunta polémica, pero a mi edad creo que puedo permitírmela. ¿Quién ha pedido adelantar la reunión? Se necesita tiempo para incluir las actualizaciones en un informe oficial.

Todo el mundo miró a Lona, pero nadie respondió.

—Una pregunta inútil, la mía.

Gardini abrió los archivos del caso en el ordenador. Estaba previsto incluso el uso de un proyector y transparencias. Había mucho que recapitular y en lo que profundizar y Teresa se sentía ya agotada. Uno de los aspectos de su enfermedad era que disminuía su capacidad de resistencia a todos los niveles, físico y psicológico. Nerviosismo, impaciencia e inquietud podían llegar a ser difíciles de controlar. Por su propia naturaleza, Teresa ya estaba en desventaja.

Gardini pidió a su ayudante que bajara las luces.

—Comencemos, pues.

La primera noticia fue que Giacomo había dicho al menos una verdad: él no había matado a su compañero de celda. Todavía no se había identificado al responsable, pero no podía ser Giacomo. El ADN encontrado bajo las uñas de la víctima no coincidía con el suyo.

Albert no se mostró entusiasmado.

—Esto no lo exonera por completo.

La respuesta de Teresa no se hizo esperar.

—En tal caso, tampoco lo incrimina. Qué lástima, ¿verdad?

El ayudante del fiscal pasó a exponer los antecedentes y los hechos de la investigación de Mainardi, detallando las últimas conclusiones. Los convocados empezaron a hablar sobre el diente de Teresa como si ella no fuera su propietaria, teniendo mucho cuidado de no sacar a relucir su pasado, a no ser que fuera estrictamente necesario, ni mencionar los antecedentes salvo con frases generales, sin atribuir la paternidad de las acciones. Se procedía mediante sobreentendidos.

—En ese momento se produjo la agresión a la comisaria Battaglia.

Gardini dijo exactamente eso. Y también dijo: «Prueba recogida por el asesino».

Giacomo solo podría haberlo cogido en aquella ocasión. Cuándo y dónde nadie lo hizo explícito. Como nadie se aventuró tampoco a decir quién había llevado a cabo la agresión.

Eso era todo lo que Gardini estaba dispuesto a poner sobre la mesa y todo lo que importaba. El resto resultaba irrelevante y no era tema de discusión. Teresa se lo agradeció.

Parri reordenó sus peritajes después de exponerlos.

—Un trofeo, sin duda.

Teresa no había hablado hasta ese momento.

—Atípico, pero no imposible.

Todos la miraron.

—¿Por qué atípico?

Fue Marini quien hizo la pregunta, todavía a su espalda, no para quedar apartado, sino como apoyo. Él también hablaba por primera vez. Nunca había pedido explicaciones, ni siquiera cuando las exposiciones se habían vuelto más brumosas para alguien que, como él, no conocía toda la historia.

Teresa se giró apenas, pero no lo suficiente como para encontrarse con su mirada, cuando le respondió.

—Porque un asesino en serie arrebata trofeos a sus víctimas, inspector. Yo era quien lo perseguía a él.

Marini no objetó que, al contrario, si su diente había quedado en manos del asesino, debía de serlo. No dio el paso que Teresa le había instado a dar para ponerlo a prueba. No se traicionó a sí mismo.

Albert mostró en el proyector las imágenes de la cámara de vigilancia de un banco que se remontaban a la noche anterior al último asesinato, el de la víctima aún desconocida.

—Verificamos la matrícula. Se comprobó que el coche era robado.

También reprodujo a cámara lenta los fotogramas ampliados.

—Aquí está.

Giacomo Mainardi miraba directamente a la cámara. Sabía que estaba ahí, inmortalizándolo. Junto a él había una figura sentada. Era solo una sombra oscura, pero estaba bastante claro que se trataba de una persona.

Gardini se puso las gafas, se inclinó para captar todos los detalles.

—¿Estaba viva la víctima?

Teresa respondió sin dudarlo.

—Estaba muerta.

Albert rebatió inmediatamente la afirmación.

—¿Cómo puedes estar segura?

—Ya sabes por qué. Ya lo hizo. Tú estabas allí. Ya condujo con un cadáver aún caliente en el asiento del copiloto. Condujo y pasó por delante de un control de carretera. Es su *modus operandi*, el único entre muchos que le hace experimentar las emociones que anhela. Él *ya* ha hecho todo esto.

En ese momento Gardini pidió un descanso.

—Muy bien. Todos necesitamos café. Continuaremos en media hora.

Las luces volvieron a encenderse. Teresa fue la única que permaneció sentada.

—Si no hay nada más, yo prefiero irme a casa.

El ayudante del fiscal no vio ningún obstáculo para ello y le dio su consentimiento.

—Te mantendremos informada. Tú céntrate ahora en ponerte bien.

Si hubiera sabido que nunca volvería... Teresa los miró mientras salían, estrechó la mano de Parri cuando él rozó la suya para despedirse y solo entonces se levantó con gran esfuerzo, apretando los dientes. Marini la ayudó a encontrar la posición más cómoda, que cada vez era más encorvada y menos útil para mantener el dolor a raya.

—Ve con ellos, Marini, tienes que estar siempre presente.

Él ni siquiera hizo amago de dar un paso fuera de la habitación.

—Cuando ha dicho que Giacomo ya ha hecho estas cosas, se refería también a otra cosa, ¿no?

Teresa no respondió. Se preguntaba si su curiosidad estaba más que justificada o si en cambio le estaba dando la oportunidad de sincerarse con él.

Marini no esperó.

—Giacomo Mainardi ha ido mucho más allá de estos... —hizo un vago gesto hacia el proyector apagado—, más allá de estos juegos. El momento de la detención no fue el único contacto que tuvo usted con él, y me refiero a *antes* de las visitas a la cárcel.

Teresa le pidió que le pasara el bastón.

—Ve con ellos, Marini. Puedo llegar yo sola hasta el ascensor y abajo me esperan Parisi y De Carli.

—¿No quiere responder?

Teresa se rio, por desesperación.

—La tuya no era una pregunta.

Se alejó de él con pequeños pasos, que se esforzaba en que no fueran inciertos.

Marini no le estaba pidiendo que le respondiera. Le estaba pidiendo que confirmara lo que ya sabía.

La captura no había sido el único contacto entre ella y el asesino.

Teresa se había convencido en un momento dado de que le pisaba los talones, tan decidida a darle alcance que hasta podía sentir que lo rozaba.

En cambio, él no iba por delante de ella, sino a su lado. Y si había guardado un trocito suyo durante todo ese tiempo no era para fantasear con ello, sino porque lo que había sucedido los uniría para siempre.

Las puertas del ascensor se abrieron.

—Teresa, espere.

Ella entró, pulsó el botón y vio como Marini desaparecía tras las puertas de acero.

36. Veintisiete años antes

Cuando alguien muere y lo hace de forma violenta, el diálogo con quien él o ella haya dejado en el mundo de los vivos es una cuchilla sobre la que los investigadores deben caminar con pasos bien calculados.

Los que se quedan están convencidos de que quieren saber, pero los detalles no los ayudan a aceptar la muerte, sino que seguirán atormentándolos durante mucho tiempo.

Los que se quedan están convencidos de su lucidez; en cambio, vivirán durante meses, o años, en un limbo de dolor que puede desembocar en rabia y afectar incluso a los que intentan dilucidar lo sucedido.

La esposa de la tercera víctima no escapaba a esta estadística. La noche anterior no habían podido interrogarla porque el personal médico tuvo que administrarle un sedante que la dejó catatónica.

A la mañana siguiente, era un torrente desbordado de preguntas y palabras, de recuerdos probablemente inútiles para la investigación, que Teresa escuchó con paciencia, pero que pronto empezaron a irritar a Albert.

Teresa no culpó de ello al comisario. La muerte galopaba y estaba dejándolos atrás. Tenían que dar un golpe de timón a la búsqueda o pronto el tres se convertiría en un cuatro dibujado con sangre por el asesino.

Una exclamación irritada de la viuda tuvo como efecto una respuesta igualmente dura de Albert. Y brotaron las primeras lágrimas.

La mujer recordaba el pasado con tristeza, rememoraba una vida junto al hombre que le había sido arrebatado de golpe, con ferocidad. Eran una pareja de costumbres, sin hijos, sin pasiones que los llevaran a visitar un lugar concreto de forma continuada. Les gustaba viajar, ese era su único interés, pero para la investigación aquello no parecía, por el momento, una pista viable.

Había que tener paciencia, pero Teresa y Albert la habían raspado hasta llegar al hueso. Ahora él iba a morder ese hueso.

—Si no quieren escucharme, ¿cómo pueden pensar en atraparlo?

—Señora, inundándonos con recuerdos de los últimos cincuenta años como llegaremos a la solución del caso.

—Solución... —Más lágrimas sobre su rostro maquillado, hinchado por el esfuerzo de contener lo que necesitaba salir a borbotones—. Habla de ello como si se tratara de un juego, de un rompecabezas. *Yo he perdido a mi marido.*

—Créame, lo entiendo.

—No. Usted no puede.

Albert escribió algo en su cuaderno, arrancó la hoja y se la entregó a Teresa.

Aquí no vamos a conseguir nada. Vayamos concluyendo.

Teresa asintió, la dobló con cuidado, como si fuera una disposición fundamental para la investigación, y se la guardó en el bolsillo mientras él tranquilizaba a la mujer con tonos y palabras que no habrían convencido a nadie, y menos a un corazón sangrante, tan sensible a cada ráfaga de viento. Y el viento de Albert era gélido.

—Acabo de encomendarle a la inspectora Battaglia una comprobación que considero fundamental. Nos pondremos en contacto con usted para ponerla al día. Confío en que sea pronto.

—Teníamos que disfrutar de nuestra jubilación. Gracias a Dios estábamos bien. Mi marido nunca tuvo nada, ni siquiera un resfriado.

Albert se levantó. Teresa hizo lo mismo.

—Señora, lamentablemente, así es la vida.

—¡Y una mierda así es la vida!

El brinco de la mujer derribó el envase de zumo de frutas que Teresa había aceptado en vez de un café. El líquido azucarado inundó el mantelito bordado y la libreta que Teresa aún no había recogido.

Una mujer de la familia se colocó de inmediato a su lado en el sofá, dispuesta a recibir su torrente de lágrimas. Otro pariente protestó sin convicción a Albert, pidiéndole un poco más de tacto, si fuera posible.

Teresa se apresuró a limpiar el cuadernito con pañuelos de papel. Contempló con compasión a aquella mujer que había juzgado anónima, pero que era capaz de llenarse la boca de violencia si se sentía pisoteada.

No era anónima. Era valiente, aunque no supiera que lo era.

¿Qué era lo que había llamado la atención del asesino en esas tranquilas existencias?

La oportunidad. La sugerencia de Robert resonó en su cabeza. El asesino había aprovechado una oportunidad.

—¿Qué clase de bestia puede haberle hecho esto a Filippo? Estábamos pensando en el próximo viaje. Era tan feliz. La cadera estaba por fin arreglada. La prótesis no le daba problemas. Filippo habría podido viajar sin molestias.

Algo se disparó dentro de Teresa. Era el peso de una pierna fría en sus brazos y la advertencia de Parri. No la gires.

—¿Su marido se operó recientemente de la cadera?

—Hace seis meses. Le habían dicho que tenía huesos sanos y fuertes. Los de un hombre joven, a los setenta y dos años. Solo había que arreglar la cadera y volvería a ser el de antes.

—¿Quién? ¿Quién se lo dijo?

La mujer la miró como si la lunática fuera Teresa.

—Los médicos que lo atendieron en el servicio de ortopedia, evidentemente.

—Señora, necesito utilizar su teléfono.

—Sí, sí, usted misma.

Teresa ya estaba marcando el número de un despacho del Instituto de Medicina Forense. Parri respondió casi de inmediato.

—Soy Battaglia. La tercera víctima también tiene una prótesis de cadera, ¿verdad?

—Estaba escribiendo el informe. Terminé con él hace un rato. Sí, así es.

Teresa apretó el auricular.

—Exactamente igual que las otras víctimas.

—La cadera, en la primera, y la rodilla, en la segunda. Teniendo en cuenta su edad, son operaciones bastante comunes.

Tan comunes como para crear una oportunidad.

—Las intervenciones guiaron al asesino en su elección. Los conoció allí.

—¿Dónde es allí?

—Te llamaré.

Teresa colgó. Albert, la viuda, los familiares que corrieron a sofocar el altercado, Lorenzi y otro agente la miraban fijamente, a la espera.

¿Y ahora? Su voz salió atronadora.

—Lorenzi, el mapa utilizado en la escena del crimen, ¿lo tenemos?

El colega se apresuró a ir en su busca y lo desplegó sobre la mesita de café.

Las señales hechas por Teresa eran claramente visibles.

—¿Es ahí donde murió mi Filippo? ¿Donde está el número 3?

—Ahí es donde lo encontramos.

Teresa tomó las medidas a palmos, dibujó líneas y puntos medios que encerró en un círculo.

Y ahí estaba, en el centro de la zona. El hospital de la ciudad.

Oyó que Albert se agachaba por detrás de ella.

—¿Lo hemos encontrado?

Teresa asintió. Esta vez no había dudas. Señaló con el dedo.

—Es aquí donde los elige.

37. Hoy

Cuando las puertas del ascensor se abrieron en la planta baja del juzgado, Teresa se encontró a Marini delante.

Estaba con los brazos abiertos, plantados como troncos contra el marco de acero, jadeando tras bajar las escaleras a la carrera. Debía de haber volado.

—¿Adónde se cree que va?

Teresa le apuntó con su bastón.

—¿Adónde crees *tú* que me llevas? Al manicomio.

Por detrás de Marini, Parisi llamó la atención de Teresa.

—Comisaria, ¿puedo molestar?

Marini finalmente se rindió para dejarla pasar.

—¿Qué ocurre?

—Tengo la información que estaba esperando sobre Blanca. Todo.

Estaba muy muy serio. Le entregó la nota en la que había transcrito de forma apresurada los datos de la chica.

Teresa leyó y miró a su alrededor.

—Tengo que sentarme.

La ayudaron a llegar hasta las sillas para las visitas en espera.

Marini miraba ora a Parisi, ora a Teresa.

—¿Ahora me vais a decir qué está ocurriendo?

Teresa le entregó la nota.

—Lo que ocurre es que esta chica no es quien dice ser, y es algo que ya había intuido. Lo que me inquieta es lo que quiere de mí.

Lo dijo en voz baja, una advertencia para sí misma: ten cuidado, Teresa, porque en tu estado no puedes hacer promesas. No puedes ser la esperanza de nadie.

—¿Alice Zago? ¿Es su verdadero nombre?

Marini parecía más sorprendido que enfadado. Era una buena señal. Pero aún no lo sabía todo.

Al otro lado de la puerta de cristal, Teresa observaba a Albert charlando con Gardini, que volvían de tomar un café en el bar de enfrente.

Si el comisario jefe lo hubiera sabido, si hubiera descubierto el engaño, habría encontrado la forma de hacer caer su ira de déspota infeliz sobre la joven y sobre Teresa, sobre todo el equipo que había confiado en Alice disfrazada de Blanca. Una frágil Alice caída en el agujero que se había abierto en la tierra, por el túnel de barro, hacia abajo, hasta tocar fondo.

Teresa suspiró.

—Conozco la historia de esa chica, pero debo pediros una vez más que confiéis en mí antes de hablar del tema. ¿Es demasiado? Decidme si os parece demasiado.

En el silencio que siguió, Teresa sintió brotar una voluntad que trascendía las individualidades.

Sin saber nada y sin preguntar nada más, Marini asintió con la cabeza y le devolvió la nota a Parisi, que sacó el mechero del bolsillo de sus tejanos y la quemó, dándole vueltas entre los dedos.

Y entonces, de repente, algo cambió.

Al otro lado del cristal, Teresa vio como Albert buscaba su mirada con una expresión que la alarmó, con el móvil aún pegado a la oreja.

Se acerca la tormenta, se le pasó por la cabeza.

El comisario jefe llegó a su lado, corriendo. La dimensión de lo que tenía que decir estaba contenida en sus ojos, pero ella no quería mirar.

Siguió el movimiento de sus labios como lo hubiera hecho con los de un mimo. No había ningún sonido, salvo el ruido de fondo que escuchaba en sus oídos.

Giacomo se había abierto las muñecas, al igual que había reabierto la historia que ella estaba siguiendo.

38. Veintisiete años antes

La araña salía del agujero negro y tejía su hilo viscoso, empujándolo fuera de su vientre, donde todo era más cálido, donde ella misma se sentía refulgente. La araña envolvía a sus presas con sus laboriosas patas, creando un capullo en el que las preservaba y hacía que se sintieran protegidas.

Al agujero negro las arrastraba mucho antes de matarlas.

Había sucedido tres veces, por lo menos.

Las víctimas seguían con sus vidas, se despertaban al lado de sus esposas, en la misma cama que probablemente habían compartido durante décadas, comían, se lavaban, salían cuando el sol les daba en la cara y lo veían al ponerse, tal vez felices, tal vez insatisfechas o tristes. Ciertamente, inconscientes. Comentaban las noticias del día y se quejaban de pequeños achaques, sin saber que ya estaban muertas.

Ese agujero negro tenía unas coordenadas precisas, cimientos de hormigón y grandes ventanales de acero y de cristal. Era el hospital central de la ciudad. El servicio de ortopedia.

Tenía que ser así. Teresa estaba convencida de ello. No se cansaba de repetirlo.

—Es allí donde los elige.

Con la cabeza entre las manos, Albert permanecía dubitativo, con la expresión de quien se siente arrastrado hacia donde no quiere ir. Mantenía la mirada en la mesa de la sala de reuniones. Fotos, informes, esquemas, peritajes, todo estaba desplegado como un abanico delante de él, o como cartas del tarot a las que se ha dado la vuelta para revelar símbolos aún misteriosos en su significado.

—No tenemos pruebas, Teresa.

—Entonces tenemos que encontrarlas, y rápido, porque ese tipo se muere de ganas de asesinar de nuevo.

Albert se puso en pie de un brinco, los papeles salieron volando.

—Pero ¿qué quieres que haga? ¿Que vaya por los pasillos de la planta arrestando a la gente según cómo me miren? ¿Y si le piso el callo a la persona equivocada? ¿Qué diría la prensa? ¿Que voy enfangando el trabajo de los médicos?

Teresa no se agachó para recoger las hojas de papel.

—*Nuestro* trabajo es buscar, sospechar, preguntar y exigir respuestas. Y sí, ¡también tocarles los huevos a personas equivocadas si es necesario!

—Y tú en eso eres una campeona, ¿verdad?

Albert se lo dijo en voz baja, por una vez sin acritud. Se desafiaron con la mirada, él imprecó. Recorrió la habitación con pasos nerviosos y, al final, se convenció de que debía hacer la ronda de llamadas telefónicas que les permitiría investigar respecto al hospital.

Cuando colgó, ni siquiera la miró.

—Tenemos la autorización. Solo hay que esperar a la formalización del acta. No debería llevar mucho tiempo.

La espera era la parte más difícil. Teresa le hizo un gesto a Lorenzi para que ordenara los papeles desparramados. El agente se apresuró a realizarlo. Ella volvió a ocuparse de Albert.

—Podemos volver a hacer balance. Revisar los hechos, estudiar las fotografías de las víctimas. Hay algunos aspectos en los que me gustaría centrarme de nuevo.

Albert buscó el paquete de cigarrillos en el cajón del escritorio.

—¿Para qué?

—¿Para qué? ¿En serio?

—Si tienes razón, y pareces convencida de ello, tan solo tenemos que ir a detenerlo, ¿no? —Se dirigió hacia la puerta—. Anda, ve a darte un paseo, Teresa. Y tómatelo con calma.

La dejó consternada, sintiéndose incomprendida. Teresa temía que la cólera que sentía en su interior tomara forma y cuerpo tarde o temprano y la convirtiera en una persona muy diferente. La idea la asustaba, pero al mismo tiempo anhelaba ese cambio que le sabía a una venganza.

Cerró los ojos. Sentía que le ardían, quizá por el cansancio o quizá por las lágrimas. A veces pensaba que cualquier decisión que tomara, cualquier paso que diera, no sería suficiente para llevarla muy lejos.

Su compañero seguía inclinado sobre los papeles, tratando de ponerlos en orden.

—Déjalo todo como está, Lorenzi.

Teresa cruzó la habitación y los pasillos con el paso de una anciana, hasta abajo, la recepción, hasta el teléfono que utilizaba para las llamadas personales.

Apoyó el bolso en la repisa, buscó una moneda en el monedero y se fijó en la nota de recordatorio que la ginecóloga le había dejado para su próxima visita. Teresa se presentaría sola y, curiosamente, ese pensamiento no la asustó, sino que le dio fuerzas. Iba a ser madre soltera. No sería ni la primera ni la última. Solo una más. Había gente ahí fuera que estaba viviendo la misma situación que ella. Era reconfortante.

Introdujo la moneda en la ranura, marcó el número y esperó.

Cuando Lavinia respondió, Teresa permaneció en silencio.

—¿Diga? ¿Quién es?

Teresa apoyó la frente en el aparato. Tal vez no tenía que ir sola a esa visita.

—Soy Teresa. ¿Molesto?

Esta vez fue su amiga la que permaneció en silencio.

De fondo, Teresa reconoció la dulzura cristalina de *Claro de luna*. Había sido Lavinia quien se la hizo conocer y apreciar. Teresa nunca antes había escuchado a Debussy, pero en la familia de Sebastiano y Lavinia la música clásica suponía el acompañamiento de una vida perfecta. Con esas notas, Sebastiano y ella se habían abrazado muchas noches antes de despertarse sintiéndose extraños.

—¿Lavinia? He pensado que, si estás libre, me paso más tarde para vernos. Necesito hablar contigo.

Lo que quería decir era te necesito, necesito esa luna lejana que eres, esa luz en la noche, esa estrella pasajera a la que aferrarme para volar lejos de aquí. En el silencio que siguió, Teresa pudo oír el sonido de las teclas de su corazón.

Pero la luna se convirtió solo en un cráter.

—¿Quieres venir a lavar tus trapos sucios a mi casa, es eso lo que quieres?

Teresa se protegió de forma instintiva el vientre, como si sintiera que estaba temporalmente indefenso.

—¿Cómo...?

—No me gustó tu llamada de la otra noche. Estás hablando de mi hermano, que no se te olvide.

—Lavinia...

—Si ya no te conviene, déjalo, pero a mí no me metas en vuestros problemas. Por Dios, ¿qué se supone que debo decirle cuando lo vea?

Teresa sintió que le caía una lágrima por la barbilla y se precipitaba sobre la mano que sujetaba el cable metálico.

—Necesito ayuda.

Lo dijo en un susurro, entre los arpegios moribundos, exactamente igual que su esperanza.

—Lo siento, pero tendrás que apañártelas por tu cuenta.

Los dioses estaban peleando, se le ocurrió pensar a Teresa. Incluso se enfrentaban. Pero ninguno de ellos se hacía humano para salvar a un pequeño ser humano. Ninguno de ellos renunciaba realmente a su linaje por amor, por compasión, por simple piedad. Lo que estaba en el cielo se quedaba en el cielo.

Lavinia colgó y, en el universo, en el espacio sideral por encima de Teresa, algo dejó de brillar.

—¡Battaglia!

Teresa se dio la vuelta, con el auricular mudo apoyado en ese oído que no quería en modo alguno escuchar solo el silencio.

La cabeza de Lorenzi asomaba por el ascensor, el resto estaba ocupado en mantener las puertas abiertas.

—Battaglia, ha llegado la orden. Tenemos que llamar a la oficina de personal del hospital para que nos den los expedientes de los empleados que trabajan en el departamento de ortopedia. El comisario Lona ha dicho que te encargues tú de ello.

Teresa se enjugó las lágrimas con la punta de la manga y aferró su bolso.

—¿Y advertirlos de que vamos a ir para allá? Ni hablar. Voy a ir en persona.

Dejó el auricular abandonado, colgando del cable.

39. Hoy

Teresa quiso ver a Giacomo a solas. Cuando entró en la habitación, se dio cuenta de que siempre había sabido que tarde o temprano lo encontraría allí. No en un depósito de cadáveres, ni en una celda de la que nunca más saldría, sino en una cama de hospital. Había encontrado la forma de volver al lugar donde todo empezó.

Se sentó a su lado. Dormía. Rozar la muerte, la suya, lo había agotado.

Lo arropó con la sábana, ajustó la goma de la máscara respiratoria para que no le cortara la mejilla.

—Ay, Giacomo. ¿De verdad tenías que hacer esto? —Suspiró, también ella agotada—. Podría no ser capaz de soportarlo, ¿sabes?

Le cogió la mano. Esa mano, tan fuerte, capaz tanto de matar como de salvar, estaba inerte. Se había calmado, quizá había encontrado por fin la paz en su sangre.

Giacomo la había vuelto contra sí mismo, como a menudo solía ocurrir en historias como la suya, culminando un torbellino de devastación para luego estrellarse contra el suelo en un corazón cansado de latir, que nunca había sido capaz de volar como los demás.

Teresa pasó el pulgar por el vendaje de la muñeca. Los puntos habían cerrado las venas y las vendas intentaban mantener unida la carne de una vida desgarrada. Reflexionó sobre la amargura de algunas existencias malditas. También la suya había corrido el peligro de serlo.

Apoyó la cara sobre la palma de su mano. El olor de la medicación era el mismo que el de la historia que habían compartido y que aún los atormentaba a ambos. En una de las dos heridas, empujada hasta el fondo, el cirujano había encontrado una tesela de mármol nacarado. Teresa estaba segura de que era la que faltaba en su retrato. Era la única, entre las no utilizadas, a la que se le había dado forma. El hexágono que encajaba perfectamente en el espacio vacío, el símbolo de su vínculo.

Las historias perdidas se quedaron dentro, colgadas en algún sótano, en el frío. Eran el cuarto oscuro en el que siempre intentaba no entrar y en el que nunca se encendía la luz. Pero, de esta manera, tampoco podría acumularse el polvo. Permanecían intactas.

La llamada de auxilio de Giacomo seguía ahí, veintisiete años después. Teresa nunca había podido desenredar la madeja de dolor que él tenía dentro de su pecho.

Le soltó la mano a regañadientes.

—Volveré pronto. No te vayas.

Salió de la habitación sin apartar los ojos de su perfil, esperando captar el más mínimo movimiento, y cuando cerró la puerta lo hizo con mucha lentitud, igual que habría hecho con la de la habitación de un niño que se dedicara a jugar en sus sueños.

A saber lo que estaría soñando Giacomo; quizá en qué lugar, en qué otra dimensión donde la violencia no fuera una maldición que pasara de padres a hijos podría llegar a sentirse como los demás. Ni peor ni mejor.

Una lágrima se deslizó desde el ojo de Giacomo hacia el pómulo y quedó colgando en su mandíbula.

El enfermero que fue a comprobar los parámetros se la limpió apresuradamente, con una gasa áspera. Si hubiera estado realmente dormido, lo habría despertado.

Qué poco cuidado en los gestos, después de la delicadeza de Teresa.

Giacomo siguió manteniendo los párpados bajados al mundo.

Sufría, pero era un dolor diferente al que lo empujaba a matar.

Era un dolor triste, pero bueno.

40. Siglo IV

Lusius había muerto, asesinado por un romano como él en la casa del dios cristiano. La noticia era un susurro que corría de boca a oreja por las hogueras del campamento fuera de las murallas de Aquilea. Los soldados temblaban de rabia y duda, pero las órdenes los obligaban a contenerse. Nadie debía mostrarse molesto o el enemigo volvería a clavar la espada, y esta vez no en el corazón de un solo hombre, sino de toda una legión.

—Tal vez aún siga con vida —murmuró el optio *a su comandante—. Nadie lo vio.*

Claudio Cornelio Tácito agarró el yelmo de las manos de su asistente.

—Ha muerto.

Salió de la tienda, el olor del incienso votivo dio paso al del campamento: cuero y brasas, carne asada y piel de hombre, arena, el metal de las armas, pescado seco, el efluvio dulce y alcohólico de los odres destapados. Pero el vino rebosaba en las copas y así seguiría. La calma era una ficción.

Los milites *se pusieron en pie cuando pasó. Se golpeaban el pecho con los puños.*

Claudio se ajustó el yelmo y se ciñó la correa de cuero. Se estaba preparando para abandonar la vida que había conocido hasta entonces.

¿Para qué?, preguntó el miedo en su interior. ¿Acaso la fe tenía realmente el poder de subvertir toda clase de lógica, de encarnar en el corazón de un hombre lo que en realidad carecía de carne?

Pronto lo descubriría.

Feronia y Caligine esperaban, coceando contra el suelo.

Claudio se decidió a montar primero a la hembra, más fuerte y más salvaje que el macho. Lo llevaría lejos rápidamente, mientras que Caligine le serviría con su resistencia en las horas de luz.

Puso el pie en el estribo y se subió a lomos de la yegua. Feronia acogió su peso con un bufido. Claudio le acarició el cuello. Sentía el ímpetu tembloroso entre sus muslos.

—*Calma. Dentro de poco, correrás.*

El campamento era una extensión de llamas y respiraciones jadeantes.

Claudio miró a lo lejos. Seguir esperando se estaba volviendo peligroso.

—*Es tarde. No falta mucho para el cambio de guardia. —El* optio *prestó voz a los pensamientos de muchos—. Las barreras...*

Claudio tomó las riendas y zanjó las dudas.

—*Se abrirán.*

Feronia cabriolaba, haciendo relinchar a Caligine, atado detrás de ella. Claudio le permitía girar sobre sí misma, la iba recargando con la fuerza que un golpe de talones pronto convertiría en potencia imparable. La impaciencia del hombre aumentaba junto con la del animal.

Un soldado señaló la frontera este del campamento.

—*¡Alguien se acerca!*

La figura aún indistinta que corría hacia ellos indicaba una constitución demasiado pequeña para causar miedo. Era un chiquillo, iba solo.

—*El sirviente de Lusius.*

Lusius estaba muerto, ahora estaba claro para todo el mundo. Claudio sintió que se le revolvían las tripas.

Otras figuras seguían los pasos del joven. Un tribuno y sus centuriones. Todavía estaban bastante lejos.

Claudio se inclinó hacia el optio.

—*Proteged al niño. Averiguad el nombre de la persona que ha dictado la muerte de Lusius y matadlo.*

Impuso a Feronia el paso de ataque que tantas veces los había llevado a la victoria. La yegua se disparó como una flecha largo tiempo tensada en el arco, pero Claudio no la dirigió hacia las barreras. Galopaban hacia el joven. A pocas varas de él, detuvo los caballos y le ordenó al criado que soltara todo lo que Lusius le había confiado.

El joven no dudó, acostumbrado a entrenar y a batallar.

Claudio tiró de las riendas y Feronia se levantó sobre sus patas traseras. Una mano se cerró sobre la brida y la otra volvió a tirar de las correas con fuerza.

La furiosa carrera se dirigía ahora hacia las barreras que cerraban el campamento. Las puertas orientadas al norte tenían que abrirse a su llegada o sería el fin.

Detrás de él, los milites *se interpusieron en el camino del tribuno y de los centuriones, volviendo a las actividades nocturnas de la comunidad miliciana, como si nada hubiera pasado. Habían tomado al muchacho bajo su protección, reconociendo en su lealtad a Lusius el alma de un soldado de Roma.*

Claudio estaba delante de las puertas iluminadas por braseros y lámparas. Podía mirar a los ojos a los cuatro guardias que las custodiaban.

El corazón de la bestia era suyo. El valor, el mismo. La yegua no mostró ningún signo de ceder, no se detendría hasta que se le diera la señal, aunque significara la muerte. Detrás de ellos, Caligine no tiraba, mantenía el ritmo veloz, con la fuerza de una confianza ciega en su amo y en su compañera.

Claudio espoleó a Feronia. Ahora verían si la fidelidad de los guardias también seguía intacta.

Los hombres lo reconocieron. Alguien gritó la orden y los troncos macizos que aseguraban las puertas se descorrieron.

Claudio cruzó el límite del campamento entre destellos de llamas y polvo y captó el nombre de la diosa gritado tras él en el estruendo del galope. Un augurio y una exhortación para que no la traicionara.

Claudio esperó a verse envuelto por la completa oscuridad antes de darse un respiro a sí mismo y a las bestias y frenar su galope. A las pocas millas se detuvo para contemplar a su espalda las luces de Aquilea, bastión resplandeciente del Imperio.

Ante él se abría un vientre oscuro y silencioso al que no llegaba la luz de Roma. A estas alturas, desde Constantinopla hasta los Alpes Julianos, la sangre romana corría cada día.

Se quitó el yelmo y lo introdujo en la bolsa que colgaba del costado de Caligine. Sacó una capa oscura y envolvió con ella el manto militar.

Separado de la legión, solo, sin el consuelo siquiera de los símbolos que le recordaban quién era, Claudio sentía la incertidumbre de una nueva libertad.

Acarició a Feronia y, para recompensarla, le susurró palabras que normalmente reservaba a una mujer. La yegua buscó con el hocico una vez más su mano. Tras ellos, Caligine resopló.

Claudio abrió el paquete que aferraba aún en la palma de la mano y besó la estatuilla con devoción, antes de guardarla entre las vendas que protegían su pecho del roce de la loriga. Asió de nuevo las riendas, desafió a lo desconocido con una mirada atenta.

El culto tenía que sobrevivir. Había que llevarlo a los territorios donde todavía se rezaba a los dioses paganos. Más allá del castrum *de Ibligine, al norte, hasta el Nórico, más allá de los Alpes, o bien hacia el este, pasando por el Forum Julii y los bosques hasta llegar a Iliria.*

Claudio eligió el este, donde la Luz del nuevo día se levantaba, donde el Sol se mantenía invicto después de atravesar las horas más peligrosas de la Noche.

Ahora le tocaba a él superar esa Noche.

41. Veintisiete años antes

Albert decidió presentarse en persona a la dirección del hospital en cuanto Teresa le comunicó su propósito de hacerlo. No podía quedar en un segundo plano, ni siquiera en las iniciativas ajenas en las que no creía.

Ella no le hizo ningún comentario, aprendió a utilizar lo poco que tenía para apañárselas y salir airosa, y lo que ahora tenía era un superior narcisista que solo podía hacerse a un lado ante su propio ego.

Pero Albert, en esa coyuntura, representaba al Estado, al equipo, a la voluntad de llegar a la verdad. Era importante, y Teresa se dio cuenta de ello por la actitud del director, que abrió de par en par los ficheros y los ayudó a revisar los documentos sin titubear. Era un hombre que reconocía la autoridad en el varón que tenía delante, que se dirigía a Albert incluso cuando era Teresa la que hacía las preguntas. Si se hubiera presentado ella sola, no le habría prestado ninguna atención y los plazos se habrían dilatado.

—Estamos aquí porque algunas líneas de un mapa se han cruzado en un punto —le murmuró Albert cuando fueron invitados a esperar el resto de los documentos requeridos en una sala de reuniones—. ¿Y si se trata de un error?

Tenía miedo del mecanismo que había puesto en marcha. Tenía miedo de perder su reputación y, en consecuencia, su poder, debido a un paso en falso que ni siquiera había dado en primer lugar.

Un problema que Teresa no tenía.

—Albert, estamos aquí porque esta hipótesis concuerda con los elementos recogidos y porque sin duda alguna no será el asesino quien salga a nuestro encuentro. Si no estás dispuesto a asumir el riesgo, nunca llegaremos al final del caso. No de la manera que todos deseamos.

—Tú deseas verme en la picota.

—Te equivocas. Conociéndote, encontrarías el modo de enviar a cualquier otro en tu lugar.

Pero esta vez no iba a ser ella. El embarazo estaba avanzando, por eso tenía que darse prisa.

El director y su secretaria no tardaron en volver con los expedientes personales de algunos empleados.

De entre todos los perfiles, los que más se ajustaban a los parámetros seleccionados por Teresa, según sus características o sus funciones, pertenecían a dos cirujanos, tres enfermeras, un enfermero, cuatro auxiliares de enfermería y dos auxiliares más del servicio de ortopedia.

Teresa descartó de entrada los perfiles de las mujeres. El director se dirigió a ella por primera vez.

—¿Por qué no pueden haber sido ellas?

—El asesino que buscamos no puede ser una mujer. No tanto por el tamaño físico que se deduce de las escasas huellas encontradas...

Intervino Albert:

—Que, de todas formas, son modificables, quizá utilizando zapatos de unas tallas más grandes.

—¿Entonces por qué?

—Por las estadísticas, el perfil psicológico. —Teresa señaló con un dedo la pila de carpetas—. Las asesinas en serie son muy poco frecuentes, pero sobre todo...

—Vamos, que no sois muy peligrosas.

Qué falta de rigor, qué envilecimiento de una ciencia que tanto estaba haciendo y proporcionando.

—*Somos* relativamente pocas, pero golpeamos con más precisión —respondió—. Las asesinas en serie tienden a elegir a sus víctimas dentro del estrecho círculo familiar y afectivo. Utilizan las relaciones de confianza y de soporte mutuo para descargar sus golpes. No les gusta la violencia física ni la sangre, idean formas más sofisticadas de matar y, por tanto, son más difíciles de detectar. Están dotadas de una capacidad excepcional de camuflaje y casi nunca son identificadas ni capturadas. Siguen matando durante años. Eso no me parece *poco peligroso*. ¿Y a ti?

Albert la fulminó con la mirada.

—¿Proseguimos?

Teresa hojeó los expedientes de los dos médicos. Ambos eran de mediana edad, con una trayectoria profesional rectilínea e impecable. Albert se inclinó para leer.

Teresa tenía dudas.

—La edad no cuadra.

—Pero tendrían acceso a los conocimientos y al instrumental para la extracción de los huesos extirpados a las víctimas, y tú no tienes una bola de cristal. Puedes haberte equivocado.

—En las dos primeras víctimas la amputación fue una chapuza.

—Pero la tercera fue limpia.

—Puede que haya aprendido. De hecho, sin duda alguna lo hizo.

—Según Parri, en la segunda víctima ya se utilizó un bisturí.

Todavía no habían entendido qué buscaba el asesino dentro de esos cuerpos, por qué extraía en cada oportunidad una porción de un hueso diferente. ¿Qué hacía con él, qué representaba? ¿Por qué les abría el pecho?

Pasaron al perfil del enfermero. Él también tenía un currículum de manual. Le faltaba un año para jubilarse. Teresa miró las fotografías que acompañaban al expediente personal.

De nuevo la edad no cuadraba. Teresa lo descartó.

—Demasiado bueno.

Pasaron a los auxiliares. Esta vez eran hombres más jóvenes, todos ellos con una hoja de servicios que no presentaba nada llamativo.

Teresa miró al director.

—¿Eso es todo? ¿No hay otros perfiles que coincidan?

—Los hay, pero en los días y en las franjas horarias que mencionaron estaban trabajando en el departamento.

Albert se puso nervioso. Recogió las carpetas y se las colocó bajo el brazo.

—¿Qué no te convence ahora? Con estos, la edad coincide. Profundizaremos en los perfiles y en las coartadas, director.

Teresa permaneció sentada.

—Sería una pérdida de tiempo.

Albert volvió a su asiento.

—¿Por qué?

Casi sintió pena por él. Estaba agotado.

—Porque buscamos a un ser humano que se está entregando por completo a la realización de sus fantasías enfermizas. Al mal, comisario Lona. Si hasta el primer asesinato era capaz de fingir y de mantener una doble vida, ahora la psicosis se ha apoderado de él. No le interesa llegar puntualmente al trabajo, no le interesa ganar un sueldo. El trabajo es un obstáculo. Todo lo demás es un impedimento para su único propósito: encontrar a las víctimas y matarlas. Es probable que hasta se olvide de comer. Necesita tiempo para hacer planes, para imaginar. Y matar cansa, consume todas sus energías. —Señaló las carpetas—. Estos registros de servicio son impecables. No vamos a encontrar su nombre ahí.

Albert la miró casi con odio.

—Estás exagerando.

—La verdad es que... —El director carraspeó—. La verdad es que hay alguien que se ajusta a esas características. Lo había dejado aparte, sin someterlo a su examen, porque hace tres meses que está de excedencia, mientras que los asesinatos comenzaron hace poco más de un mes. El chico la pidió tras la muerte de su madre —murmuró un nombre a la secretaria, que rápidamente salió de la sala—. Pero, incluso antes de eso, la enfermedad de su madre dificultaba su trabajo, provocaba constantes retrasos, constantes distracciones. Se le enviaron dos cartas de requerimiento debido a errores en la administración de cuidados a los pacientes.

Teresa sintió que los latidos de su corazón se aceleraban. *Ese* era el perfil que buscaba.

Cuando la secretaria volvió con la carpeta, el director se la entregó, pero Albert se apresuró a interceptarla.

—Veintitrés años —leyó—. Vive no muy lejos de aquí.

Teresa se inclinó sobre la mesa para captar alguna información más, pero Albert levantó las páginas como pantalla.

—No hay mucho más.

El director se dirigió a Teresa.

—El departamento de personal intentó contactarlo hace unos diez días, porque había que renovar unos documentos. No consiguieron hablar con él.

Teresa no necesitaba leer los papeles. Si era cierto que su madre había muerto recientemente, entonces la pérdida prematura de una figura de referencia podría haber sido el factor desencadenante de la violencia.

Un pensamiento repentino se volvió apremiante.

—Debemos contactar con los pacientes que han pasado por este servicio al menos en los últimos seis meses. Hay que localizarlos y advertirles del peligro.

Albert levantó los ojos hacia el director.

—¿Cuántos serían?

El hombre extendió los brazos.

—Al menos un centenar.

Teresa tenía que tomar una decisión, y rápido. Cerrar el círculo alrededor del asesino, como habría dicho Robert.

—Podemos empezar con los que se ajustan al perfil de las víctimas en términos de edad, sexo, tipo de intervención. Vamos a reducir el campo. Y que nadie hable con la prensa. Sería como advertirle de que vamos tras sus pasos.

El director asintió. Había perdido su arrogancia.

Albert deslizó hacia ella la fotografía del muchacho.

Teresa la bloqueó bajo la palma y le dio la vuelta.

Una mano se dirigió instintivamente a su vientre. La bilis ascendió como lava urticante.

—¿Teresa?

—Ya lo he visto. Es el enfermero que ayudó a Parri en el tercer escenario del crimen. También lo vi en el Instituto de Medicina Forense. He hablado con él.

—¿Estás segura de que es la misma persona?

—Sí.

El director recogió la foto.

—No, eso no es posible. Giacomo Mainardi ya había pedido la excedencia y, que yo sepa, no tiene nada que ver con el Instituto de Medicina Forense.

Había pedido el tiempo que necesitaba para matar.

Sobre sus visitas a las escenas del crimen, a la morgue y a los investigadores, Teresa no tenía dudas.

—Nos ha seguido. Se estaba informando. Y ahora sabe que hemos llegado hasta aquí. —Se levantó, observó el parque más allá de la ventana. Tal vez incluso estaba ahí—. Quiero ver dónde trabajaba.

42. Veintisiete años antes

Se llamaba Giacomo. Nunca se habían preguntado el nombre el uno a la otra, aunque el asesino conocía el suyo. La había observado mientras ella estudiaba los cadáveres que él iba dejando atrás. Se había aproximado a ella, tal vez cuando aún llevaba encima un pedazo de esos cuerpos. Había estado tan cerca de su hijo...

Teresa reprimió una arcada, se presionó la boca con el pañuelo.

Sintió una mano en su espalda, la de Albert.

—¿Todo bien?

Asintió, pero no se arriesgó a abrir los labios.

La taquilla asignada al sospechoso había sido desocupada y limpiada semanas antes. Albert, de todos modos, se puso los guantes y la abrió.

—Es inútil llamar a alguien para que tome las huellas dactilares.

Teresa intentó tragar antes de hablar.

—Intentémoslo de todos modos. Tal vez en algún rincón quede algún rastro.

—Esperas un milagro.

Era consciente de ello. Albert se quitó los guantes y buscó una papelera donde tirarlos.

—Tenemos que esperar la orden para el registro de la casa y a saber si la conseguiremos y cuándo. Para obtenerla, necesitamos huellas dactilares que coincidan con las que ya se han tomado. Es la pescadilla que se muerde la cola.

Teresa no pudo evitar buscar el cuaderno que sobresalía del bolso abierto. El número de teléfono que el asesino le había dejado y cuyo usuario ya no estaba activo seguía aún entre sus páginas, mientras que las huellas dactilares probablemente ya no estarían allí. Las había limpiado ella misma con pañuelos. Lo sacó de su bolsillo interior.

—La última vez que lo vi me dejó un número inexistente.

Albert la miró como si se hubiera vuelto loca.

—¿Estuviste ligando con él?

—¡No! Me cogió la libreta y lo anotó.

Albert maldijo entre dientes.

—Al menos podemos tener la esperanza de conseguir así sus huellas.

—Limpié la tapa. Cuando estábamos con la viuda de la tercera víctima y cayó encima el zumo. Podemos intentarlo.

—Sería una pérdida de tiempo.

—De todas formas, habrá que seguir esperando.

Albert había enviado a cuatro agentes de paisano a hacer guardia ante el domicilio del sospechoso, pero aún no habían remitido ningún informe a la jefatura de policía. Acababan de tomar declaración a un vecino, quien afirmaba que las persianas llevaban días bajadas. Giacomo Mainardi debía de haber salido a ese viaje al que se había referido. Lo describió como un tipo esquivo, aunque cortés. No amable, especificó, sino cortés. Había percibido la distancia entre sus mundos.

Teresa no se creyó ni siquiera por un momento aquella historia del viaje.

—¿Dónde estará? —murmuró, con los ojos clavados en el metal del armarito que aquellas manos habían tocado tantas veces.

—¿Y cómo voy a saberlo?

—Me lo preguntaba a mí misma, Albert.

Entró una enfermera que los saludó con un gesto. Abrió una taquilla, se quitó la identificación con su nombre y la dejó allí, también se quitó el jersey y lo colgó. A cada pequeño gesto, se giraba para mirarlos, hasta que se encontró con los ojos de Teresa.

—Esa es la taquilla de Giacomo, pero él ya no trabaja aquí.

Teresa había estado esperando a que diera el primer paso.

—Lo sabemos, señora. ¿Lo conoce bien?

—Bueno, no. Éramos compañeros de trabajo que se cruzan durante los turnos, cada dos semanas. Alguna broma, un café rápido mientras hablábamos del tiempo, como mucho de los pacientes. Nada más. ¿Le ha pasado algo?

Fue la forma en que lo dijo lo que alertó a Teresa. La mujer tenía miedo, por ella misma o por él.

Teresa le mostró su placa de identificación.

—Somos de la policía. ¿Cuándo vio a Giacomo Mainardi por última vez?

—Estuvo aquí hace unas semanas. Me lo encontré a mi espalda, no lo había oído entrar. Me preguntó cómo estaba, cómo iba el trabajo. Lo vi raro.

—¿Por qué?

—Nunca me había mostrado mucha confianza, pero ese día me miró de una forma diferente. Me dijo: «Estoy aquí por ti, porque siempre has sido amable conmigo».

—¿Cómo la miraba?

—Tal vez esté loca, pero me pareció que con actitud romántica. Yo podría ser su madre. Y luego me regaló una cosa... Un anillo, una alianza. Me dijo que era de su abuela y que quería que lo tuviera yo porque era una persona especial. No quise ni tocarlo.

—¿Cómo reaccionó él?

—Tuve la impresión de que le hice daño; intenté aclarárselo, pero él no me dio tiempo, simplemente se fue y ya está. No dormí durante noches enteras por el miedo. Yo no había hecho nada malo, al fin y al cabo, pero me pareció una locura.

—¿Cuándo ocurrió eso, lo recuerda?

—No puedo olvidarlo.

Señaló la fecha en el calendario que colgaba de la pared. Era el día antes de que la segunda víctima fuera asesinada.

Teresa rebuscó en su bandolera, sacó la carpeta y le mostró la fotografía de la alianza que le habían quitado a Giovanni Bordin. Era un cordón salomónico de oro, opaco, desgastado. Un modelo de otra época.

La mujer estrechó los brazos, con la expresión agarrotada.

—Es este, sí.

Giacomo le había quitado la alianza al primer cadáver, la había guardado para luego regalársela a esa mujer. Pero ella había rechazado ese regalo. Y él había vuelto a matar.

Era típico de los asesinos en serie regalar objetos pertenecientes a sus víctimas a personas que, de alguna manera, considera importantes para ellos, pero Teresa no pudo explicar entonces por qué el asesino había abandonado luego el anillo en el estanque del ninfeo.

Se alejó unos pasos, buscó la fotografía que lo inmortalizaba en el dedo del brazo de mármol, entre los nenúfares cerúleos a los pies de la estatua mutilada. Y sintió un escalofrío.

Si en la imaginación del asesino ese anillo estaba destinado a una mujer, si el asesino había empezado a seguir los pasos de la policía y si el contacto que tuvo con Teresa no fue casual, ese anillo, quizá...

Recordó los pétalos cerúleos encontrados en la sangre coagulada de la tercera víctima. Regalos y más regalos. Para ella.

—¿Por qué están aquí? ¿Giacomo ha hecho algo?

La mujer había percibido el pánico de Teresa, había reconocido el suyo en él y le estaba preguntando si el miedo que sentían ambas estaba justificado.

Teresa se dio la vuelta y sonrió.

—No hay nada de qué preocuparse.

Estaba convencida de ello. El asesino quizá la había identificado con su madre perdida, quizá con una novia que nunca tuvo. Estaba confundido en cuanto a las relaciones sentimentales, pero su frustración no se descargaba en las figuras femeninas. Las mujeres eran, de alguna manera, los personajes que representaban el desapego, el rechazo, pero no la ira y la venganza.

Aunque, para entenderlo de verdad, Teresa tendría que descubrir la historia de Giacomo Mainardi.

Le entregó a la mujer su tarjeta de visita.

—Si la busca, tómese su tiempo, cítense en un lugar público y llámenos inmediatamente. No se reúna con él a solas.

La mujer la cogió con una mano temblorosa.

—Me ha dicho usted que puedo estar tranquila.

—Y así es. Lo buscamos por un tema de apuestas, pero de todas formas no debe verse con él a solas.

La mujer se llevó una mano al corazón.

—No lo haré, téngalo por seguro.

Cuando estaban en el umbral, los llamó de nuevo.

—Giacomo me explicó una cosa extraña cuando me dio el anillo. Me contó que lleva el apellido de su madre, Mainardi, porque su padre biológico nunca lo reconoció. Y, cuando ella se volvió a casar con un hombre mayor, su nuevo marido tampoco quiso darle su apellido, y eso que Giacomo solo tenía dos años. Me explicó que no podía darle a su futura esposa el apellido de una familia normal. Le di muchas vueltas a esa historia. Tal vez quería decir que era él quien no se sentía como los demás, debido a ese doble rechazo. Al menos, eso es lo que creo.

—Yo también lo creo.

El apellido que figuraba en los documentos daba fe de que era hijo a medias, solo de una mujer.

—Y luego me dijo que tenía un agujero donde debería estar su corazón, y que si podía aceptarlo de todos modos. Me dio pena y me dio miedo.

A Teresa la asaltaron esos mismos sentimientos. Sintió pena y sintió miedo.

43. Hoy

Fue Marini quien llevó a casa a Teresa después de visitar a Giacomo. Giró la llave en la cerradura y abrió la puerta de par en par. Se hizo a un lado para dejarla pasar.

Ella entró cojeando, sin encender ni siquiera la luz. La puesta de sol se filtraba a través de las cortinas, las sombras eran melancólicas. Se echó en el sofá.

—No hay poesía en la vejez.

Él recogió el bolso del suelo y lo colgó en uno de los ganchos de la entrada.

—Usted no es vieja, solo está maltrecha.

—Siento todos los años encima. Siento por lo menos el doble.

—En nada serán el triple. ¿Está realmente convencida de que quiere hacerlo?

Teresa recostó la cabeza contra los cojines.

—La alternativa sería fingir, y no quiero seguir haciéndolo.

Todavía le quedaba afrontar una última cuestión antes de poder olvidarse del mundo: la chica que había entrado en su vida con otro nombre. Había confiado en ella con engaños, justo cuando Teresa no podía permitirse el lujo de posponer nada para un futuro.

Marini encendió las lamparitas —había aprendido que Teresa detestaba la luz demasiado agresiva de las lámparas de araña— y se sentó delante de ella, con las manos entrelazadas, los codos sobre las rodillas.

—Entonces, ¿me va a contar o no la verdadera historia de Alice?

—Supongo que la segunda parte de su vida, la que viene después de una infancia sin preocupaciones, comenzó hace diez años. Hubo una inundación, al norte, hacia la frontera con Austria. Debido a las lluvias torrenciales se produjo una crecida del río que destruyó el puente que conectaba la zona residencial de un pueblo con la carretera principal y provocó el derrumbe de una parte de la colina. Una mujer desapareció en el torbellino de agua y barro. Era la madre de Alice.

—Dios mío.

—Los testigos la vieron caminar por el sendero que bordeaba el río, pero nadie pudo jurar haberla visto ahogarse en la corriente.

—¿A qué viene esta aclaración?

—Nunca encontraron el cuerpo. Como es habitual, se llamó a los servicios de rescate y a la policía.

—Espere, ¿ahora viene lo que estoy pensando?

—Yo estaba a cargo de la investigación.

Marini soltó un improperio.

—Y ahora esa niña ha crecido y ha decidido entrar en su vida y atormentarla.

—Que trágico te pones siempre, Marini. No creo que su objetivo sea atormentarme.

El inspector se levantó y se acercó a la ventana. Un relámpago recortó su negra figura contra el cielo, mitad zafiro, mitad oscura ceniza. La puesta de sol se había apagado. Se avecinaba una tormenta.

—Y entonces, ¿cuál es el objetivo?

—Librarse de una duda que se ha convertido en una obsesión. Aquella noche de hace diez años, en el armario de su madre, encontramos dos maletas preparadas y bastante dinero en efectivo. ¿Adónde quería ir, con quién y por qué? Nunca llegamos a saber lo que realmente sucedió en esa casa. ¿Una salida espontánea? ¿Una desgracia? ¿O algo peor? Solo quedó una niña pensando en ello. Alice.

—Entonces, ¿el padre podría estar involucrado?

—La investigación, como es habitual, también se centró en el marido, pero fue inmediatamente exonerado. Si hubiera tenido la más mínima duda sobre él, nunca habría dejado ningún cable suelto. Nunca habría dejado a su hija con él. Nadie atestiguó violencia doméstica, ni siquiera la niña. Esa familia vivía en armonía, pero las horas previas a la tragedia siguen y seguirán siendo un misterio. Alice quiere saber por qué su madre estaba dispuesta a abandonarla, pero yo eso nunca podré decírselo.

—Solo su madre podría hacerlo. ¿Cree que está realmente muerta?

—Si no murió arrastrada por el barro, entonces quiso estarlo para su familia inmediatamente después. De las dos, creo que esta última es la peor hipótesis, pero Alice cree lo contrario. A veces una se aferra a una ilusión. Sin embargo, ahora me pregunto: ¿y si ella tuviera razón?, ¿y si su madre está viva? Significaría que me equivoqué.

—No, tan solo que esa mujer era una mentirosa. Que se aprovechó de la tragedia para cambiar un plan que ya tenía preparado y desaparecer.

Un relámpago. Unos instantes después, un trueno ensordecedor. Teresa contaba los segundos, como cuando era pequeña.

—¿Una obsesión puede tomar forma, Marini?

—A veces sucede. Usted y yo lo sabemos bien.

—Y todo estaba delante de nuestros ojos: Alice se convirtió en una rastreadora de huellas, la mejor, porque quiere recuperar a su madre.

—Con la fuerza de la desesperación.

—Quizá sienta ese cuerpo vivo a su alrededor y no bajo tierra, en algún lugar del curso del río. Quién sabe cuántas veces habrá recorrido su cauce, junto con Smoky.

Marini se apartó de la ventana.

—Dentro de poco nos lo dirá ella misma. Ya viene.

Abrió la puerta antes de que la chica pudiera buscar el timbre.

Alice entró, llevando todavía la máscara de Blanca. Pareció olérselo.

—Qué oportuno, inspector. Gracias.

Smoky removió la cola entre sus piernas. Cuando vio a Teresa, ladró y saltó sobre ella.

Ella le frotó el pelaje, lo acarició hasta lograr que se acurrucara.

La chica se quitó la chaqueta y la mochila.

—Está a punto de estallar una tormenta.

—Has llegado justo a tiempo.

—Salí de casa en cuanto me llamaste. Parecía que era urgente. ¿Qué pasa, hay más restos que encontrar? ¿Un cuerpo, quizá?

—Siéntate, Alice.

La chica obedeció. Eligió el sillón y se sentó, con las manos entre las rodillas, con una sonrisa plantada en el rostro que empezaba a resquebrajarse en sus esfuerzos por controlarse. Se había dado cuenta del nombre que había utilizado Teresa. Su verdadero nombre. Le ardía la cara.

—¿Quién te lo ha dicho?

—Empecé a sospechar. Demasiado misterio, nunca me hablabas de ti. Sobre todo, no te volvías cuando te llamaba Blanca. —Teresa sonrió al recordarlo. Había pensado que era sorda, además de ciega—. Y luego esos formularios que nunca quisiste rellenar para empezar la colaboración con la comisaría. Sin embargo, era algo que te importaba mucho. ¿Qué podía frenarte, salvo un secreto inconfesable?

La chica bajó la cabeza, se marchitó como una flor ante los ojos de Teresa.

—Venga, no pasa nada.

No respondió.

—Alice, sé por qué lo hiciste.

—Te mentí.

—Todos mentimos. Todos los días. A veces con palabras, a veces con besos, con frases no pronunciadas.

—Pero yo lo hice contigo.

—Recuerdo tu historia.

Levantó la cabeza.

—¿En serio?

—Nunca la he olvidado.

Los ojos de Alice se llenaron de lágrimas.

Se apresuró a enjugarlos con el brazo. Hurgó en su mochila. Sus dedos recorrían los objetos como si pudiera leer su nombre impreso. Sacó un paquete de fotografías sujetas con una cinta azul y se lo tendió, temblorosa.

—Mi padre siempre me hacía muchas fotos, cuando mamá ya no estaba. No eran para mí, por supuesto. Eran para sí mismo. En estas dice que siempre aparece la misma mujer misteriosa, detrás de mí. Dice que está irreconocible, pero que es *ella*.

Su madre, o la obsesión de una ausencia.

Teresa las cogió, desató la cinta y las examinó. Marini se desplazó hasta detrás de ella para mirar. Teresa las repasó todas y comenzó a hacerlo de nuevo.

—Alice, ¿se las has enseñado alguna vez a alguien?

—No.

Demasiado miedo a la respuesta.

La chica se retorcía las manos. Smoky pareció percibir su malestar, porque saltó a la butaca de al lado y le lamió la cara.

—¿Está ahí?

Teresa tuvo que elegir el mal menor, pero que aun así era devastador: la verdad.

—No, no hay nadie.

No había nadie detrás de la pequeña Alice, solo el mundo con sus colores, con las formas que ella no podía ver, y con un padre que había elegido mentir por amor.

La distancia física que Teresa había vislumbrado entre la niña y su padre era un espacio ocupado por las mentiras. Probablemente, Alice había percibido el engaño, pero, no obstante, había decidido creerle. La alternativa era dejarse devorar por la duda de que su padre hubiera mentido incluso antes, cuando el misterio podría haber sido desvelado y, en cambio, también gracias a él, había permanecido intacto.

Teresa se levantó, caminó hacia ella, se arrodilló con dificultad y extendió los brazos justo antes de que la joven se echara sobre ellos.

Acogió el llanto de Alice, que volvía a ser aquella niña asustada y valerosa a la que había conocido diez años antes. La consoló con palabras que podrían haber sido las de una madre. Una madre que había elegido quedarse, no huir.

Cuando las lágrimas dejaron de caer, Teresa la separó de su lado, cogió un pañuelo de Marini y le limpió la cara.

Alice se aferró a su jersey.

—Perdón. Os pido perdón a todos.

Teresa recogió sus mechones azules detrás de las orejas.

—Ninguno de nosotros está enfadado contigo. ¿Verdad, Marini?

—No, nadie.

—Pero tengo que serte sincera, Alice: creo que sé el motivo por el que has venido a mí, pero es que yo no puedo darte lo que esperas. Yo nunca podré encontrar a tu madre. No pude hacerlo hace diez años, y no puedo hacerlo ahora. Y tú ya sabes por qué.

Alice tomó su mano entre las suyas. La última lágrima cayó sobre la palma.

—No pido promesas, pero tampoco me digas que no va a pasar.

Alguien llamó al timbre y poco después a la puerta. Marini y ella se miraron. Reconocieron la voz que llamaba a Teresa.

—¿Qué querrá ahora?

Fueron a abrir la puerta juntos.

Se encontraron a Albert Lona enfrente, empapado y nervioso. Detrás de él estaba Antonio Parri, quien parecía haber estado llorando.

44. Veintisiete años antes

Mantén la distancia de seguridad, Teresa. No pierdas el ritmo de sus pasos, pero no te dejes llevar por su historia. Por él.

R.

El fax que Robert acababa de enviar concluía con una advertencia que aún resonaba en el interior de Teresa.

Su mentor había comprendido mejor que ella el estado de ánimo que la perturbaba, ese temblor interior que la agitaba. Había visto con los ojos de su mente hasta dónde había llegado.

No lo había llamado «asesino» porque se daba cuenta de que Teresa veía algo más en él.

Había descendido al seno de la historia de ese chico, había alcanzado tal profundidad que en la oscuridad ella podía oír los latidos del corazón de él. Casi podía verlo, carne y sangre que pugnaban por sobrevivir, por llevar hasta ahí abajo un soplo de vida.

Y no importaba cuántas víctimas se hubiera cobrado, porque la primera víctima era él, si bien de una forma que aún no le quedaba clara.

Arrugó el papel y lo tiró a la papelera cuando Lorenzi se reunió con ella en el despacho.

—Tenemos novedades sobre el sospechoso. No mintió. Su madre...

Albert lo seguía y tomó la palabra apartándolo a un lado.

—Giacomo Mainardi. Hijo ilegítimo, padre biológico desconocido. Abandonado también por su padrastro, quien nunca quiso darle su apellido. —Se sentó en el borde del escritorio—. Su madre murió hace tres meses. Estarás contenta. Se confirman tus teorías.

Si hubiera podido decirlo gruñendo, lo habría hecho. Teresa cogió el sobre de las manos de Lorenzi.

249

El hombre que había criado a Giacomo Mainardi y al que llamaba «papá» trabajaba por aquel entonces como agente comercial. Recorría media Italia y parte de la Suiza italiana. Fue allí donde conoció a la mujer por la que había abandonado a su esposa y a Giacomo. Un día, sencillamente, no regresó a casa.

Teresa pasó las páginas con rapidez, pero no encontró lo que estaba buscando.

—¿Ahora el padrastro vive en Suiza?

—Lo estamos comprobando. También se marchó de allí. Su última compañera dice que no sabe nada de él desde hace algo más de dos meses.

Teresa apenas podía creerlo.

—¿Y no presentó una denuncia? No es nada fácil desaparecer.

—No hay ninguna denuncia. Al fin y al cabo, el hombre ya lo había hecho con su primera esposa y era un libertino impenitente, ayudado por el trabajo que tenía. Paraba poco en casa. Las peleas estaban a la orden del día y ya habían roto varias veces. La técnica siempre era la misma. El hombre tenía una cuenta separada e ingresaba en la familiar lo justo para los gastos ordinarios. Los ingresos cesaron con su desaparición. La mujer lo describe como un compañero y un padre dominante, pero niega cualquier tipo de violencia contra ella o los niños. Tienen dos. Las verificaciones parecen confirmarlo.

—Esos dos niños son suyos. Giacomo era de otro hombre. Esto cambia las cosas, y mucho. En cualquier caso, no solo existe la violencia física. ¿Podemos acceder a su cuenta personal? ¿Comprobar los movimientos recientes?

—Sí, pero eso requiere tiempo y paciencia. Estamos hablando de un banco suizo. Se necesita una comisión rogatoria internacional. Ya hemos alertado a la gendarmería. Solo nos queda esperar.

No tenían tiempo.

—Albert, en el cuadro que estamos dibujando, el asesino al que buscamos probablemente mata a hombres mucho mayores que él para castigar a la figura paterna. No es solo una cuestión de oportunidad.

—Sí, llegados a este punto ya lo hemos entendido todos. No me parece que sea una deducción brillante.

Teresa se puso en pie de un brinco.

—Si es Giacomo, entonces es a él, al padrastro, a quien quiere castigar, ¿me sigues? Está en peligro.

Albert frunció el ceño con una expresión de disgusto.

—Lo llamas por su nombre, ¿te has dado cuenta?

—¿Y qué?

El rostro de Albert se relajó, sus labios casi sonreían. Lo hacía justo antes de asestar el golpe. Sonreía.

—Vamos a ver, Teresa, ¿es que no puedes mantenerte alejada de los hombres violentos?

Apenas notó el sobresalto de Lorenzi, a espaldas de Albert. Su compañero la miraba, desazonado. Ella fue incapaz de reaccionar.

El teléfono de la mesa de Teresa sonó, Albert se apresuró a contestar. Colgó tras unos cuantos refunfuños.

—La viuda de la tercera víctima quiere hablar con nosotros. La acompañan hasta aquí. Teresa, ¿sigues con nosotros?

Permaneció de pie, con los brazos a los costados. Solo se recobró cuando la mujer entró en el despacho acompañada por un agente. Llevaba una bolsa de supermercado agarrada contra el pecho. Exangüe, demacrada, tenía los ojos enrojecidos de quien no consigue dormir y encuentra intolerable la vigilia.

Teresa se acercó a ella y le cedió su silla. La ayudó a sentarse.

La mujer le cogió la mano.

—Ha sido horrible. Esa mirada.

—¿A qué se refiere, señora?

—A ese joven que vino a verme a casa. Se lo he explicado a este agente.

—¿Nos lo quiere contar también a nosotros?

—Llamó al timbre. Me resultaba familiar, pero no fui capaz de recordar dónde lo había visto antes. Todavía lo estoy pensando. Le abrí la puerta, de todos modos, había gente en la calle, los vecinos estaban cortando el césped en el jardín. Le pregunté qué podía hacer por él. Me contestó que había encontrado esto en la acera y que quería devolvérmelo. —Le entregó a Teresa la bolsa—. Yo le di las gracias, aunque me moría de miedo por dentro, solo quería que se marchara. No podía haberlo encontrado en la acera. Además, ¿cómo sabía que tenía que devolvérmelo precisamente a mí?

Teresa se topó con la mirada preocupada de Albert y abrió la bolsa, un horrible presentimiento le recorría la piel, provocándole escalofríos.

Era una gorra. Una gorra azul oscuro, de tela técnica y ribete de cuero.

La mujer rompió a llorar.

—Era de Filippo. La llevaba puesta el día que lo asesinaron. Salió de casa con esa gorra y nunca más regresó.

Teresa cerró la bolsa sin tocarla y se la entregó a Lorenzi.

—Que le den entrada y solicita inmediatamente un informe sobre las huellas dactilares.

Se volvió hacia la mujer.

—Ahora le enseñaré una fotografía. Debe decirme con toda sinceridad si reconoce a este hombre. Si tiene alguna duda, no tenga miedo de indicármela.

Sacó la fotografía de Giacomo Mainardi de la carpeta y la puso delante de ella.

La mujer gritó, se tapó los ojos con las manos.

—¡Es él! ¡Es él!

Albert le hizo un gesto al agente para que se encargara y se llevó a Teresa a un lado.

—Dime lo que tengo que hacer.

Ella lo miró con todo el desprecio del que era capaz, pero en la carrera contra la muerte ni siquiera había tiempo para odiar.

—Esta es una actitud típica, no me sorprende. Creo que el asesino también dará señales de vida en el cementerio.

—¿En el cementerio?

—La primera víctima ya ha sido enterrada y mañana se cumplen tres meses de la muerte de su madre, que casualmente cae en el día en que mató a esa primera víctima, el día 16 del mes. Si quieres saber lo que pienso, creo que irá a visitar la tumba para saborear de nuevo las emociones vividas.

—¿La de la madre?

—No, Albert, la de la primera víctima.

—¿Estás pensando en colocar una cámara ahí? No hay recursos, lo sabes mejor que yo. Y no cuento con hombres que desplegar.

—Chorradas. Y, en cualquier caso, cuentas con una mujer.

45. Hoy

Antonio Parri había llorado. Teresa asimiló la información embargada por la ansiedad. Solo lo había visto una única vez en ese estado y prefería no volver a pensar en ello. A su lado, Albert estaba mortalmente pálido.

—¿Qué os ha pasado?

Los dos hombres se buscaron en sus miradas, ojos que parecían empujarse mutuamente para proseguir. Qué extraña pareja, pensó. Acostumbrados normalmente a olfatearse desde lejos, a gruñirse el uno al otro sin llegar nunca a un enfrentamiento de verdad. No era una buena señal que hubieran acudido juntos a su casa. Sintió que la inquietud crecía.

—¿Y bien?

Albert decidió dar el paso del que Parri no era capaz.

—Giacomo Mainardi se ha escapado del hospital. Dejó inconsciente al enfermero que debía cambiarle la medicación, le quitó el uniforme y se descolgó por la ventana. El agente de guardia ha dicho que no oyó ningún ruido. Una enfermera de servicio se percató del hecho al ver que su compañera tardaba en salir de la habitación. Mainardi tuvo tiempo de sobra para atravesar el recinto del hospital y marcharse. Lo estamos buscando, pero he venido corriendo a tu casa.

Teresa lo miraba sin poder decir ni una palabra. Marini se dirigió al comisario jefe.

—¿Cree que va a venir aquí?

Teresa se esforzó por recuperar la voz.

—No. Sería un tonto si lo hiciera, y no lo es.

Albert miró de nuevo a Parri y luego otra vez a ella.

—No estamos aquí solo por eso, Teresa.

Por tanto, era él quien llevaba la carga. ¿Por qué no Antonio? ¿Por qué su amigo parecía tener la garganta cerrada?

—¿Antonio? —lo llamó—. Dímelo y ya está.

Cuando se decidió a levantar los ojos hacia ella, Teresa se dio cuenta de que alguien había muerto.

—He concluido el análisis de las teselas halladas en la basílica junto con tu diente.

—¿Y?

La voz ronca ni siquiera sonaba como la suya.

—Se sacaron del esternón de la víctima. El tejido es esponjoso y está muy vascularizado, es rico en médula ósea roja. Típico. Una de las teselas es la apófisis xifoides, levemente desbastada, la pieza extrema del esternón.

Teresa se volvió para buscar una silla. Marini la sujetó por el codo, se la entregó y ella se dejó caer sin más, a peso. Marioneta arrancada de sus hilos.

Por fin, veintisiete años después, Giacomo había conseguido lo que, asesinato tras asesinato, había estado buscando desesperadamente. Las teselas perfectas. La muerte perfecta. La venganza final contra el dolor.

Tengo un agujero en el lugar del corazón, había dicho. Era el esternón, ese esternón que había nacido mal en él y que lo había maldecido, lo que se había llevado después de tanto tiempo. Quién sabe por qué no antes, por qué se había mantenido al margen, a pesar de que les abría el pecho a las víctimas. Tal vez le daba miedo. Era un símbolo demasiado poderoso para manejarlo.

Después de tantos años, Giacomo se sentía listo. Los intentos realizados lo habían preparado, habían servido para llevarlo a dar la catártica, horrible, liberadora estocada.

Antonio iba ganando tiempo. No había terminado. Teresa oía el sordo estruendo de la onda expansiva que se formaba entre las palabras que él demoraba en su boca.

Albert pareció entender la dificultad y se permitió un gesto que Teresa nunca hubiera creído posible.

Se arrodilló delante de ella.

—Teresa, se ha encontrado una coincidencia con el ADN de la víctima en la base de datos. El hombre estaba fichado porque tenía antecedentes. Casi mata a una mujer. Cumplió su condena, pero volvió a la cárcel al cabo de unos meses por violencia y amenazas. Su hermana lo acogió en su casa, pero a punto estuvo ella de acabar muy mal.

Aquellas manos sobre las suyas la desconcertaron, tanto como el torrente de compasión que le subió desde las entrañas, ardiente, hasta el corazón.

Otra más, pensó. Demasiadas, todos los días. Siempre. ¿Hasta cuándo?

—¿Qué le pasó a esa mujer? La que estuvo a punto de morir. ¿Quién era ella? Quiero decir..., la esposa, la...

Albert le apretó con fuerza los dedos.

—Eras tú, Teresa. Los restos pertenecen a Sebastiano.

46. Veintisiete años antes

Teresa sentía una melancolía de fondo mientras caminaba entre las lápidas del cementerio con un bebé en su vientre. Le parecía que lo llevaba a pasear por un limbo del que, por el contrario, debería haberlo mantenido alejado, entre ángeles de piedra que habían venido para romper el amor, no para anunciar un nuevo nacimiento.

Se acariciaba el vientre, aunque había oído que era mejor evitarlo. Pero era muy pronto, todavía, para preocuparse. La mano corría hacia esa vida sin que ella se diera cuenta, se convertía en cuna, en receptáculo, en puente entre dos corazones. Teresa se imaginaba ese pequeño corazón de pajarillo latiendo furiosamente, igual que pequeñas alas.

El atardecer alargaba las sombras de la columnata, las aplanaba en su oscuridad, recortando marcos para las manchas de luz que parecían intentar escapar de las horas, a través del suelo.

El techo del paseo peatonal era una sucesión de arcos de medio punto que cambiaban de decoración y de color casi a cada paso.

Teresa se detuvo bajo una bóveda pintada de añil, iluminada con estrellas doradas. La pared no era más que la tumba de una familia. Un ángel de tamaño natural parecía atrapado en el acto de dejarse caer desde un acantilado, acariciado por el viento, con sus poderosas alas a punto de abrirse.

Teresa le dio la espalda para no dejarse arrastrar por el conmovedor encanto de aquella última despedida.

Se apoyó en la columna y permaneció oculta. No estaba allí para poner en peligro a su hijo. No daría ni un paso más allá del límite al que ya se había acercado demasiado. Estaba allí para averiguar si las teorías por las que se guiaba coincidían con la realidad.

El sol siguió poniéndose y el cielo se encendió de rojo, tiñendo los mármoles con tonos rosados. Las luces votivas empezaron a brillar en el crepúsculo.

Al fin y al cabo, también había belleza en ese lugar. Existía un cielo en la tierra, brotaba de una alfombra de corolas fragantes que casi hacían olvidar lo que había en el subsuelo.

Era casi la hora del cierre, había quien seguía charlando tranquilamente en los senderos entre las sepulturas. Una madre que llevaba de la mano a un niño inquieto, dos ancianas que se sostenían mutuamente mientras cambiaban el agua de los jarrones, un empleado de mantenimiento que reparaba una farola.

Tal vez Giacomo no iba a aparecer. Quizá ella se hubiera equivocado. Quizá las fechas no fuesen tan importantes para él como Teresa había creído y ese aniversario lo pasaría lejos de allí, de la muerte. O quizá persiguiera a la muerte, pero no en un cementerio. Se le cerró el estómago. Si Teresa se equivocaba, si el aniversario para él no se dedicaba al rito del recuerdo, sino al asesinato de una nueva víctima, entonces estaba en el lugar equivocado y alguien pronto moriría.

Albert y el equipo hacían guardia frente a la casa de Mainardi, esperando a que apareciera. Un coche de incógnito, en cambio, aguardaba a Teresa fuera del cementerio. Había conseguido dos agentes para tal fin.

Comprobó la hora. Sacó de su bolso el informe sobre el sospechoso. Habían logrado contactar con una pariente, una prima segunda, que les había contado lo poco que sabía. El resto se lo habían explicado el médico de cabecera que había tratado a Giacomo de niño y los profesores que lo habían tenido como alumno. Al final, el cuadro estaba claro.

Giacomo nació con una malformación en el esternón. Su pecho, en el centro, estaba hueco. La deformación había condicionado gran parte de su vida, haciéndole sentir y, en resumidas cuentas, ser diferente.

—Tengo un agujero en el lugar del corazón.

Teresa no lograba apartar esas palabras de su mente, una confesión imposible de entender en aquel momento.

Pasó las páginas, como si esperara llegar a otro final.

Su padrastro siempre se había negado a que se operara. El motivo por el que la madre de Giacomo no se había opuesto a este sádico tormento era sencillo de entender. Se trataba de una razón anodina, como lo es gran parte del mal: no quería que volvieran a abandonarla. Ella había ofrecido a su propia criatura como un sacrificio en el altar.

Tú eres más importante, le había dicho con ese gesto al hombre que había metido en su casa, que descargaba sus frustraciones en un niño, que lo obligaba a ir con el pecho al desnudo en verano, en la playa, y a asistir a clases de natación en invierno. Al igual que el nuevo león alfa de la manada busca entre la hierba alta a los cachorros del antiguo líder y los mata, él quería aniquilar lo que el otro hombre le había dejado a esa mujer, marcar un territorio, aun a costa de atentar contra su infancia.

Y un pedazo de Giacomo, justo en el centro de su pecho, murió para siempre.

Tal vez porque su hijo le hablaba dentro con la fuerza de la vida y del cuidado, y del apego, Teresa se sentía transportada hacia ese hijo sin amor que había sido Giacomo. Pero, como todos los niños, Giacomo siguió queriendo a su madre.

Una lágrima cayó sobre los papeles, pero no fue suficiente para disolver la tinta envenenada con la que se había escrito aquella historia.

Compasión. Teresa se preguntó si la acompañaría, como una maldición, desde ese momento hasta el futuro que le esperaba.

Cuando el padrastro abandonó a la familia, madre e hijo lo perdieron todo, incluida la casa, pero la mujer se sintió libre por fin para que trataran a Giacomo, quien, entre tanto, se había convertido en un adolescente. Fueron necesarias varias intervenciones quirúrgicas para fijar una placa de acero y restaurar el hueso y los cartílagos, así como el uso de una férula ortopédica que tuvo que llevar, día y noche, durante siete largos años. Siete, como las falanges extirpadas a las víctimas. Tal vez incluso la costilla se había dividido luego en fragmentos. Teresa ahora lo entendía: el hospital representaba la familia de ese chico. Fue allí donde, a pesar de todo, con las fantasías violentas ya desatadas, Giacomo había encontrado la fuerza para volver a empezar y se había convertido en enfermero, justo en el mismo servicio donde le habían reparado la vida.

Habían arreglado el cuerpo; la mente y su mundo emocional ya no volverían a ser los mismos.

Cuando Teresa leyó la última línea, la noche se había apoderado del mundo y el último oro había abandonado los rostros de las estatuas y las cruces en las cimas de las capillas privadas.

Levantó la vista y se encontró sola. Faltaba un cuarto de hora para que cerraran las puertas.

Volvió a guardar los papeles en su bolso, cogió el radiotransmisor e intentó ponerse en contacto con sus compañeros, que esperaban en la explanada exterior. No respondió nadie. Ni siquiera lo habían encendido.

Volvió a mirar el reloj. Ya podía marcharse.

Se puso en camino con pasos rápidos. Al final del sendero de entrada, el guarda estaba moviendo la escalera que había utilizado para llegar a la farola. La apoyó contra el columbario y se dirigió hacia ella con paso decidido.

Teresa se apresuró. Parecía que quisiera alcanzarla.

—¡Ya me iba!

El hombre pasó junto a ella sin responder, con el rostro cubierto por la gorra calada. Su olor la hizo apartarse instintivamente, se le agarró al estómago. No era desagradable en el sentido habitual del término, era salvaje.

Teresa se giró y vio que la ropa azul que llevaba el hombre no era un uniforme de trabajo, sino un chándal de deporte.

Se dio la vuelta de nuevo y se obligó a no salir corriendo, protegiéndose el vientre con los brazos.

Era él. La piel de Teresa lo había notado. Su inconsciente le gritaba que huyera.

Se escondió detrás de una hilera de cipreses y lo buscó.

Giacomo se había dirigido hacia las tumbas recientes y ahora estaba delante de una lápida, de espaldas a Teresa, pero ella podía ver que mantenía el rostro vuelto hacia la tumba de al lado: la de la primera víctima. Observaba la tierra removida, la cruz provisional de madera y la placa con el nombre.

No hacía ademán alguno de moverse. Parecía estar rezando, absorto, pero en realidad se dejaba observar. La había reconocido, quién sabe desde cuándo había ocupado sus ojos y sus pensamientos con ella.

Teresa no era capaz de respirar. Él le hablaba con su cuerpo inmóvil, ofreciendo su perfil a la mirada de ella, pero Teresa no entendía, no disponía de todo el alfabeto que uniera las partes del mensaje.

Giacomo se inclinó sobre la lápida.

Teresa se sobresaltó por ese inesperado movimiento, encontró refugio detrás de una capilla. Hurgó en su bolso, sacó el transmisor e intentó llamar a sus compañeros.

—¿Me oís? Está aquí.

Susurraba, pero quería gritar.

—¿Podéis oírme? *¡Él está aquí!*

Volvió a buscarlo con la mirada, pero Giacomo había desaparecido. El transmisor se le escapó de las manos y cayó al suelo. Un murmullo, muy cerca, entre las tumbas, le puso la piel de gallina.

Teresa salió corriendo, incapaz de orientarse. Solo veía cruces negras recortadas contra el azul de la noche, y lápidas y fuegos fatuos. Las farolas estaban apagadas. No había fingido estar reparando una de ellas. Había desenroscado las bombillas de todas las del sector. Los ángeles de mármol parecían afligidos por ella, no descendidos del cielo, sino surgidos de la tierra para anunciarle su muerte.

Teresa pensó en su hijo, en el peligro al que lo había llevado. Comenzó a llorar, a buscar una vía de escape que no encontraba, olvidándose incluso del ruido que hacía, de que estaba a la vista. El pánico la había convertido en una presa fácil. Se golpeaba contra los bordes afilados de una trampa en la que ella misma se había metido.

En algún lugar, sobre la grava que olía a ciprés, el radiotransmisor se puso a graznar. Teresa oía las risas de sus compañeros. Le habían gastado una broma mientras ella intentaba escapar del asesino.

Los senderos parecían todos idénticos, un laberinto sin paredes, hasta que Teresa vislumbró una de las puertas. Corrió y tiró de ella con fuerza, pero estaba cerrada.

Y fue entonces cuando notó su presencia a la espalda.

Unos pocos pasos, muy cerca, por detrás de ella.

Teresa se dio la vuelta, con la cara mojada por las lágrimas. Buscó la pistola en la cartuchera sujeta bajo su chaquetón, pero él fue más rápido, le arrebató el arma y la arrojó entre las flores.

Así, desde tan cerca, Teresa reconoció bajo la gorra al chico que le había hablado amablemente, que la había ayudado en momentos de necesidad.

Y también reconoció al animal cuyo olor había captado. Brillaba en la negrura de sus pupilas.

Giacomo puso la cara muy cerca de la de ella, hasta el punto de respirar el mismo aire.

Teresa no pudo evitar bajar los ojos hacia su pecho, donde tenía una cicatriz bajo la ropa que le había cercenado hasta el alma.

Él siguió su mirada. Quizá se dio cuenta de que Teresa lo sabía.

Levantó los ojos al cielo. Ella vio turbación en su rostro. Un reflejo de una humanidad aniquilada, pero no del todo perdida. Giacomo se apartó, se dio la vuelta y volvió a adentrarse en la noche.

Teresa cayó de rodillas.

—Te llamé. Marqué ese número.

Se lo dijo a la oscuridad, cuando consiguió calmar el temblor en los dientes, expulsando las palabras fuera de su corazón. Fue solo un susurro, pero ella sabía con certeza que él la había oído.

47. Veintisiete años antes

La casa de Giacomo desprendía un olor a ataúd. Teresa lo percibió nada más entrar. Apestaba a corolas marchitas y podridas, a cintas sucias de tierra con los colores del luto.

Los últimos acontecimientos habían convencido al juez para que emitiera rápidamente una orden de registro de la vivienda. Las huellas aisladas en la gorra de la tercera víctima entregada a la viuda coincidían con las encontradas en las escenas del crimen, y ahora también con las del arma reglamentaria de Teresa, quien declaró haber identificado a Giacomo Mainardi como el hombre que, en el cementerio, se la había arrebatado.

Albert quiso verlo como un signo de su propia fuerza.

—Ha perdido la cabeza. Ya no tiene el control de la situación.

Teresa lo acogió como la señal que era: el molinete de la muerte y la ruina giraba sobre sí mismo, se precipitaba al suelo en un epílogo de autodestrucción.

Los compañeros acababan de realizar los trámites de fijación y entrega de la orden judicial a un asustado vecino. El abogado de oficio había llegado, Teresa lo dejó pasar primero. Ninguno de los familiares localizados quiso estar presente. Huérfano, hijo único de una hija única, Giacomo estaba solo en el mundo. Los pocos hilos que quedaban se habían cortado al conocer su inclusión en la lista de sospechosos.

Teresa había llegado hasta allí siguiendo el camino señalado por el asesino con los huesos extraídos de las víctimas. Se los imaginaba girando a su paso, como partes de un mecanismo todavía oscuro. Teresa avanzaba consciente de que era el asesino quien así lo había querido, y observó cada detalle, cada escenario que se abría ante sus ojos con la certeza de que se encontraba exactamente donde y como él había planeado.

Sé una *tabula rasa*, le había sugerido Robert. Ella hizo más. Se convirtió en copa, para recibir cualquier regalo macabro que hubiera preparado para ella.

El olor que percibió procedía de los pétalos secos esparcidos por el suelo. Negros, rizados y malolientes, hablaban de vidas desfiguradas y de abandono.

El apartamento estaba en orden, pero era un orden cubierto de polvo. Su propietario había estado ocupado con otros asuntos en las últimas semanas.

Fotografiaron todas las habitaciones, examinaron todos los objetos. En un armario, pegados con cinta adhesiva en la parte interior de una puerta, encontraron recortes de periódico que hablaban de los asesinatos, las fotografías de carnet despegadas de los permisos de conducir y un clavo del que colgaba bisutería variada de mujer.

Albert la llamó a su lado.

—¿Qué crees tú que significa?

Teresa rozó los collares y las pulseras con un guante, haciéndolos tintinear.

—Tal vez pertenecían a la madre. O tal vez los robó. Por regla general, este tipo de asesino practica el voyerismo. Observa la vida de los demás, roba algunos objetos para ponerse a prueba. Sin que el propósito sea necesariamente el de matar.

Albert escrutó los objetos brillantes como si fueran fetiches de vudú.

—¿Qué debo hacer con estas cosas?

Teresa se separó de él, irritada.

—Clasificarlas y buscar a sus propietarias entre las vecinas y las compañeras de trabajo.

—¿Te ocupas tú del resto de la finca? —Albert señaló la puerta que daba a la parte trasera—. El invernadero del jardín.

Teresa se acercó a la ventana. La rama de un árbol seco la arañaba, chirriando con cada ráfaga de viento. Ese pedazo de tierra era el invierno perenne. A diferencia del triángulo verde que recibía a los visitantes en la entrada, en la parte trasera parecía que la hierba no se hubiera cortado desde hacía meses, años, tal vez. Era paja doblegada sobre sí misma en gruesos penachos, que asfixiaban los nuevos brotes y hacían que se pudrieran.

Hay lugares que parecen exhalar un aliento mefítico, y eso era lo que pasaba con la construcción de hierro y vidrio que dominaba ese pequeño páramo.

Se colocaron y encendieron las luces de los generadores. Una bandada de cuervos se alejó volando con agudos graznidos.

Las cristaleras habían sido empapeladas por dentro con páginas de periódicos viejos que la exposición al sol había amarilleado hasta casi borrar toda la tinta. Algunas estaban manchadas de humedad, abultadas por las filtraciones. Otras albergaban madrigueras lanosas de grandes arañas, que retrocedían perseguidas por la luz de las linternas.

A Teresa la aterrorizaban debido a un incidente de su infancia. Mientras jugaba, destruyó un nido y se encontró con decenas de crías encima. Apartó ese pensamiento, apartó con las manos la sensación que aún sentía en los brazos y la cara.

Cuando sus compañeros abrieron la puerta, la danza del registro comenzó a su alrededor. Alguien encontró el interruptor y encendió la luz. Una única bombilla colgaba desnuda de un cable.

Teresa no percibía ningún peligro, excepto aquel contra el que su psique estaba a punto de enfrentarse.

En el invernadero flotaba el mismo olor que había notado en la casa, pero con mayor intensidad. En el suelo de tierra batida, entre macetas de plantas secas y herramientas de jardinería oxidadas, estaban las coronas de flores con las que familiares y amigos habían acompañado el funeral de la primera víctima. El nombre del difunto en letras doradas no dejaba lugar a dudas. Se trataba de otros fetiches, recuerdos románticos de una historia de amor con la muerte.

La parte final del invernadero estaba ocupada por aparatos de gimnasia. Bancos, pesas, bandas elásticas, barras de tracción. Allí, las paredes estaban llenas de carteles y calendarios con desnudos masculinos. Sus compañeros vieron en todo aquello una declaración de homosexualidad que convirtieron en diana de sus bromas groseras e indecentes. Teresa les lanzó una orden tajante que nadie tuvo el valor de eludir y que ni siquiera Albert discutió. El comisario había llegado a su altura, pero se limitaba a estudiarla a unos pasos de distancia.

Teresa se acercó a los carteles. Había huellas dactilares en el papel satinado. Giacomo los había acariciado tantas veces que dejó el surco brillante de sus pensamientos.

Teresa, en aquellos pechos lampiños, esculpidos y perfectos, veía el ideal inalcanzable que atormentaba a Giacomo. La desnudez expuesta, cómplice, tal vez significaba que él nunca había tenido el valor de entregarse, ya fuera a un hombre o a una mujer. Pero lo deseaba.

Ella lo había sentido, en la oscuridad del cementerio. Había percibido en él una especie de ingenuidad, un intento animal de estar en el mundo y de estar cerca de ella, todavía en fase de experimentación. La torpe aproximación a su compañera de trabajo era una prueba de ello. Procedía por imitación.

El muchacho aún podía sentir aquel agujero en el pecho, bajo la placa de acero que reparaba esa broma de la naturaleza; podía sentir el vacío que había ocupado el lugar de su corazón y que él se esforzaba desesperadamente en llenar con carne y músculos lo bastante fuertes como para sostener el hueco por el que se había despeñado su autoestima.

Alrededor de Teresa se había hecho un vacío, sus compañeros parecían esperar algo que rebullía en su interior. Una idea, un gesto, quizá un paso afuera. La seguirían sin pestañear.

Se dio media vuelta. Buscaba una señal que Giacomo debía de haber dejado allí. Esa era la forma de comunicarse de las criaturas como él. Pero esa señal parecía no existir.

Albert interrumpió sus reflexiones.

—¿Y bien?

—No tengo una bola de cristal.

—Pues hasta ahora te has comportado como si la tuvieras.

Teresa trató de mantener la concentración. Uno de sus compañeros despegó unas hojas de periódico de las ventanas. Desde el exterior, los generadores iluminaban los cristales manchados. Albert le gritó de malas maneras que se ciñera al procedimiento, pero mientras tanto a Teresa le pareció reconocer algo en un reflejo.

—¡Apagad la luz de dentro!

Al interior del invernadero volvió la oscuridad, atravesada por los haces luminosos de los focos electrógenos.

Albert maldijo entre dientes.

Un ojo los observaba. Un ojo trazado con los dedos sobre el cristal desnudo. Muy abierto, asustado. O asombrado.

Albert corrió a quitar más papeles y una segunda pupila apareció en la cristalera de al lado.

Nadie parecía respirar ya. Teresa se recobró.

—Tenemos que quitarlos todos.

Volvieron a encender la luz, hicieron traer más lámparas. Una a una se numeraron las hojas para poder reconstruir la posición exacta y buscar más tarde cualquier posible significado oculto, luego las despegaron y las colocaron en el suelo, una encima de otra, en un rincón.

No encontraron ninguna otra señal. Solo aquellos dos ojos hechizados que miraban fijamente un punto frente a ellos, que quizá solo existía en la mente de Giacomo.

Albert dejó caer las últimas hojas, que Lorenzi se apresuró a recoger, se limpió las manos sobre el pantalón como si quisiera arrancárselas de las muñecas y volvió junto a Teresa, con el rostro desencajado.

—¿Y, ahora, qué?

Ella no había dejado de mirar a su alrededor.

—Tenemos que *ver*. Ver algo importante para él.

—¿Las coronas que robó? ¿Los hombres semidesnudos? ¿Qué?

Ella no lo sabía. El mensaje podía estar escondido en cualquier parte, podía ser cualquier detalle, pero también ninguno.

—Creo que está bajo tierra.

Albert formuló la pregunta a la que ella intentaba dar una respuesta.

—¿Por dónde empezamos a cavar? No tenemos toda la noche. Puede que haya elegido ya a su próxima víctima. Si nos equivocamos y perdemos tiempo...

Teresa se subió a un banco y solo desde allí pudo verlo. Una parte de terreno ligeramente más oscuro, justo delante de los ojos dibujados sobre las cristaleras.

Descomposición. La tierra bullía de grasas y nutrientes. Era solo una esquina que sobresalía por debajo de una pequeña alfombra de goma, sobre la que estaba colocada una barra de tracción.

Teresa se bajó y buscó una pala.

—Excavemos aquí.

Albert se la quitó de la mano y se la pasó a un agente.

—Excavad.

Enrollaron la alfombra de ejercicios gimnásticos y la dejaron a un lado. Se levantó un olor que algunos de ellos ya habían aprendido a reconocer por experiencias anteriores. La sepultura tenía que ser superficial. Se pusieron las mascarillas.

Teresa se acuclilló.

—Tened cuidado, despacio.

Ayudó con las manos hasta que notó algo bajo el látex de los guantes.

Lo primero que apareció fue la tela. Un borde de algodón blanco con flores azules. Removieron toda la tierra, por encima y alrededor, hasta que se delineó la figura de un cuerpo.

Desenterraron un cadáver en avanzado estado de descomposición.

Estaba envuelto en una sábana, desde las vértebras cervicales hacia abajo. El clima del invernadero lo había secado, bruñido, moldeado el cuero sobre los huesos. Parecía una momia depositada en una tumba pagana. La ropa doblada y los objetos personales estaban colocados a la altura de los pies y los fémures.

Teresa pidió que le pasaran la ficha que la gendarmería suiza había enviado por fax a petición suya.

Comprobó la lista de objetos personales pertenecientes al padrastro de Giacomo que su compañera le había proporcionado solo una hora antes. En particular, una medallita de oro, regalo de la mujer, con las iniciales del hombre. La joya seguía en su sitio, alrededor de su cuello arrugado.

Teresa le devolvió el papel a su compañero.

—Vamos a esperar los informes, pero no creo que pueda haber ninguna duda. Es él. ¿Alguien ha llamado a Parri?

—Ya viene.

Teresa cogió un bolígrafo y quitó la tierra del cráneo. Estaba hundido. Levantó con cuidado una solapa de tela manchada de oscuro. Los huesos de su caja torácica estaban destrozados.

Albert ocultó la nariz bajo el cuello de su americana. La mascarilla no era suficiente.

—Parece que le haya pasado un tren por encima.

Teresa le señaló las extremidades y la pelvis.

—El resto está intacto. La cólera que vemos ha sido de otra clase.

—¿Crees que el hijo se ensañó hasta ese punto?

—Hijastro. Estoy segura de ello.

—Probablemente has hecho que utilizáramos el arma homicida para cavar, inspectora. Enhorabuena. Acabará en el informe.

Teresa apenas lo oyó, concentrada como estaba en captar el eco de los acontecimientos.

¿Dónde había encontrado Giacomo a su padrastro? ¿Hasta dónde lo había convencido para que fuera y dónde lo había agredido? ¿Cómo lo había llevado hasta allí?, ¿o es que había llegado por su propia voluntad? Tal vez ya estaba muerto, en el maletero de un coche que aún no habían localizado a pesar de la denuncia de la matrícula facilitada a las unidades móviles desde el registro de vehículos.

Teresa temía que la mayor parte de las preguntas quedarían así: un vacío que solo podría ser llenado por la imaginación, las hipótesis, los miedos íntimos que tomaban forma y consistencia.

Albert miró a su alrededor. Parecía cansado, pero satisfecho.

—Tenemos que remover toda la tierra del jardín. Puede que haya más.

Teresa se levantó y se limpió el mantillo de los vaqueros. Decidió que los tiraría, ningún lavado podría eliminar lo que habían tocado.

—Podría ser, pero no lo creo probable. Con lazos de sangre o no, esta es la tumba de su padre. Mejor dicho, Padre, con P mayúscula. El Padre que inflige dolor y que después abandona. Es muy simbólica. Para Giacomo Mainardi no se trató de la necesidad de ocultar un cuerpo, sino de enterrar el dolor que esa persona le infligió. A todos los demás los dejó fuera de este círculo funerario, en la calle, en el campo. A él no. Quería tenerlo delante de sus ojos, todos los días. Es la primera víctima, en todos los sentidos. Lo mató después de la muerte de su madre, el detonante que desencadenó la espiral, pero antes que a todos los demás.

—Pero ¿ordeno que excaven o no?

No había escuchado.

—Será necesario, sí. Después de la intervención del forense.

—¡Acabas de decir que no!

—He dicho que probablemente no encontraremos más cuerpos aquí.

—Pues entonces, ¿qué?

Teresa no lo sabía, pero sentía que aquello no había terminado.

En cuanto acabaron de delimitar el perímetro dentro del cual Parri procedería a sus indagaciones, poco a poco todos los compañeros salieron, intentando respirar bajo las estrellas.

Teresa se quedó sola. Albert la llamó, pero inmediatamentes se ocupó de otros asuntos, órdenes que dar e informes que elaborar. Fue entonces cuando Teresa se fijó en ella. Era solo una planta pequeña, pero en medio de toda esa muerte representaba una ruptura en el flujo de la normalidad.

Se acercó.

El bancal era de acero, de los que se utilizan en los viveros. La tierra del interior estaba húmeda y contenía una familia de violetas selváticas. Pétalos de color lila pálido y un capullo todavía blanco, las hojas en forma de corazón. Una mata trasplantada hacía poco tiempo.

Su pensamiento se desplazó rápidamente hacia la tercera escena del crimen, a un matorral de acacias en flor, lejos de las luces de la ciudad. La niebla se elevaba desde el fondo fangoso del canal, mientras las ranas croaban. Allí también la tierra se veía negra de humus e hinchada de bulbos y sangre, recubierta con violetas. Teresa recordó la lluvia perfumada, las náuseas, el tacto de aquella mano en su espalda, que parecía decirle «no estás sola».

Ella también había querido decírselo a él, en un cementerio que brillaba con los fuegos fatuos.

«Te llamé», que fue como jurarle que otra vida era posible.

Esas flores eran para ella. No marchitas, no cortadas. Vivas.

Teresa hundió las manos en la tierra para levantar el cepellón y las raíces, pero encontró algo más. Barrió la tierra, limpió la superficie que brillaba bajo los focos y desenterró una atractiva obra de arte, de aspecto ebúrneo, brillante y maligno.

Una punzada en el vientre la dobló sobre las rodillas, ahogando la petición de ayuda en su garganta.

48. Hoy

Teresa Battaglia al final volvió a entrar por la puerta de la comisaría, aunque lo hizo en el corazón de la noche, atravesando pasillos silenciosos, pasando por delante de oficinas en su mayoría vacías. Los que la reconocieron se pusieron en pie de un brinco, los demás la buscaron más tarde, asomándose desde sus habitáculos, en un tam-tam que la perseguía de piso en piso.

Massimo la acompañaba, con mucho cuidado de mantenerla alejada de la curiosidad que podía llegar a molestarla y a herirla. Estaba allí para mirarse a sí misma, para verse reflejada en un retrato y salir fortalecida o acabada.

Massimo recogía a manos llenas los fragmentos de su memoria, los recomponía con desesperación, pero esos rescoldos ardientes pronto se disolverían en cenizas entre sus dedos. Era consciente de que debía aceptar la decadencia impuesta por la enfermedad. Estaba dispuesto a renunciar a la comisaria, pero no a la mujer que era Teresa Battaglia. No antes, en cualquier caso, de haberle garantizado una venganza reparadora.

Parisi y De Carli estaban esperándolos. Massimo cerró la puerta del despacho, que era solo suyo desde hacía un par de semanas. Cada vez que entraba, se preguntaba qué iba a ser de él, del equipo, del legado de Teresa, si todos serían lo suficientemente fuertes como para tomar esas cenizas restantes y construir algo con ellas.

Los dos agentes se pusieron en pie de un salto.

—Comi...

No les dejó terminar.

—Aquí no hay comisarios. ¿Es ese?

Massimo encendió la lámpara del escritorio para iluminar los detalles del mosaico que habían enviado desde la cárcel. La aspereza de ella no era más que miedo a sufrir. Había tardado meses en darse cuenta de ello.

—Sí, es ese.

Aún no se había acercado, como si quedarse en la puerta le asegurara una salida en caso de emergencia. Por desgracia, no había salida.

Massimo había solicitado y obtenido con urgencia la incautación del retrato, había pedido que lo trasladaran a la comisaría porque sabía que, tarde o temprano, ella tendría que asumir los sentimientos que la unían al asesino, y que habían sido turbios, negados, deshilachados durante décadas, pero nunca cortados del todo. Y en ese momento quería estar junto a ella.

Teresa Battaglia se decidió a acercarse, con la mirada fija en la obra.

—¿Puedo tocarlo?

—Sí.

Teresa intentó mover una silla, Parisi estaba listo para ayudarla. Ella se dejó caer con un suspiro.

Todavía no se había decidido a tocar las teselas que reproducían de forma impresionante su rostro, atrapado en un tiempo difícil de definir. Ni joven ni madura. Era ella, pero al mismo tiempo eterna, sin coordenadas terrenales.

Massimo se quedaba impresionado cada vez que ponía los ojos en ella.

Era una Teresa con unos ojos brillantes, el pelo alborotado por el viento de la vida, el rostro levantado en una actitud orgullosa. Su boca estaba entreabierta y allí, con la fuerza de atracción de un agujero negro, estaba ese hueco entre los dientes.

Massimo se puso en cuclillas junto a ella. Se preguntó cuánto tiempo más podría aguantar aquella mujer sin derrumbarse. La vida, como si no le hubiera arrebatado ya bastante, le pedía ahora que encontrara el cuerpo de un marido que había sido su verdugo, y para ello tenía que habitar el mayor tiempo posible en la mente y las pulsiones de un asesino al que parecía estar unida por un pacto de recíproco silencio.

Massimo desterró ese pensamiento. Lo había percibido como peligroso.

La vio extender un dedo, solo uno, y pasarlo por las teselas.

—Siempre ha sido preciso en la reproducción de los detalles.

A Massimo le habría gustado cubrir esa mano con la suya.

—Ha sido preciso —se mostró de acuerdo—, y también lo ha sido haciendo realidad sus fantasías.

La vio negar con la cabeza casi imperceptiblemente.

—Aquí no es su imaginación la que trabaja, Marini.

—¿Qué es, entonces?

—Simplemente, lo que pasó.

—Y que usted no quiere contarnos.

—Ay, Massimo. ¿No sufro ya bastante?

Él apoyó la frente sobre la mesa, golpeado en el corazón. Las fotografías que había visto todavía lo atormentaban. Esa cara, devastada. Un cuerpo violentado.

—Perdóneme.

—Acercaos, los tres.

Se cerraron en torno a ella como en un abrazo. Los ojos de De Carli estaban húmedos, Parisi no era capaz de mirar a nadie a la cara.

—No fue fácil admitir que era la favorita de un asesino en serie. Yo, que iba en pos de él. Pero así fue y así es. Y no siempre es fácil entender a quién hay que temer, chicos. A veces, simplemente no queremos comprenderlo, porque lo amamos. A veces, nos precipitamos hacia el drama sin darnos cuenta siquiera.

Massimo levantó la cabeza.

—¿Cree que está en peligro?

—No. No vendrá a por mí para matarme, si es eso lo que teméis. Giacomo nunca ha retratado a sus víctimas.

—¿Qué ocurre, entonces?

Retiró la mano, como si de golpe el contacto se hubiera vuelto insoportable.

—Nunca desciframos su mensaje. En el mosaico que encontramos en el invernadero de su casa todo era explícito, patente a los ojos... y, sin embargo, indescriptible. El infierno, tal vez.

—El infierno. ¿Y cómo era el infierno para Giacomo?

Los ojos de Teresa Battaglia se iluminaron con el brillo de alguien a quien le asalta una idea repentina.

—No cómo es, sino *dónde* está.

49. Veintisiete años antes

La ginecóloga que estaba de guardia nocturna en el hospital la tranquilizó. El bebé estaba bien, Teresa estaba bien. No había nada de que preocuparse.

La sensación de culpa se había disipado. El corazón de su hijo latía.

Teresa lo vio por primera vez en el monitor. Era, ciertamente, el corazón de un pajarito, tal vez incluso más pequeño, pero cuánta fuerza, cuánta obstinación.

—Descanse un poco. Evite el estrés y tómese más tiempo para usted. Los tres primeros meses de embarazo son los más delicados.

La doctora salió de la sala de urgencias con una recomendación que Teresa se convenció de hacer suya. Era el momento de abandonar la caza, de dejar para otros la captura de la presa. Se vistió de nuevo, decidida por fin sobre el camino que iba a seguir.

Llamaron a la puerta.

—¿Puedo?

—Adelante.

Antonio Parri entró, torpemente. Había sido él quien la había convencido para que se sometiera al examen, después de que Albert y él la encontraran de rodillas en el invernadero, conmocionada, frente a un mosaico que los aterrorizó. La oscuridad había surgido de la tierra y había tomado una forma que ninguno de ellos podría olvidar jamás.

—¿Todo bien?

—Sí. ¿Te lo ha dicho la doctora? Tengo que parar, por precaución.

Parri apoyó su espalda en la pared.

—¿Quieres una segunda opinión? Estoy de acuerdo. No puedes continuar.

Teresa terminó de atarse los botines. Se levantó de nuevo.

—Pero tú eres un médico de muertos.

—También me preocupa que los vivos sigan vivos, ¿sabes? Y enteros. Y que tú seas feliz.

Teresa se rio, pero la risa se esfumó casi de inmediato. Él lo interpretó como amargura.

—Lo atraparán, Teresa. Ya están pisándole los talones y seguro que no atacará pronto otra vez. Sabe que le están dando caza. ¿Estás tranquila?

Ella asintió, pero soltar las riendas no resultaba nada fácil.

—Ahora me voy a casa y...

Teresa se quedó paralizada. Habían pasado horas. No había avisado a Sebastiano. Cuando regresara, una furia se desencadenaría sobre ella y eso ya no podía permitirlo.

Parri lo captó al vuelo.

—Te llevaré a mi casa. —Ella debió de mirarlo con extrañeza, porque el forense levantó las manos—. Te juro que no estoy buscando una aventura ni nada por el estilo. Solo te ofrezco amistad.

Teresa estrechó los brazos sobre sí misma. Por fin emprendía el nuevo camino, pero no había contado con el miedo que acompaña a los primeros pasos.

—Estoy arreglando la casa que perteneció a mis padres. Ya he llevado allí algunas cosas, pero aún no está lista del todo. Sebastiano no lo sabe.

—Si todavía no está lista, una mujer embarazada seguro que no puede estar allí.

Teresa lo sopesó. Parecía realmente preocupado por ella, pero resultaba inexplicable que un desconocido llegara a tal extremo.

—¿Qué te pasa, inspectora? ¿Qué recovecos estás sondeando?

—Trato de entender por qué lo haces.

—Ah, no te crees lo de la amistad. Aprecio la ingenuidad con la que me estás tratando de mentiroso.

Le arrancó una sonrisa. Tuvo que morderse los labios para ocultarlo.

—Vamos a ver, Teresa, te gustan mucho las estadísticas. Piensa en esto: ¿qué probabilidades tienes de toparte en el mismo momento de tu vida con unególatra violento, un asesino en serie y un pervertido? A los dos primeros ya los tienes.

Esta vez se rio sin reprimirse, sorprendida por el descaro.

—Yo diría que escasas.

Parri le guiñó un ojo.

—Te aseguro que esta noche los dos dormiremos profundamente.

—Muy bien, acepto. Gracias.

—Buena chica. Te acompañaré a buscar lo que necesites.

Le echó una mano para que se pusiera el abrigo, recogió su bolso y se lo puso al hombro. Parri se tambaleaba. Teresa lo ayudó a recuperar el equilibrio.

—¿Has vuelto a beber esta noche?

—Ya es más de medianoche. Esta curda cuenta como nueva.

—Pero ¿por qué lo haces?

—Ocurre.

—Sí, pero *¿por qué?*

Parri se enderezó, con aspecto de haber salido de una pelea. Desgreñado, ojeroso. Pero sonreía.

—No tengo atenuantes. Ningún trauma, ningún drama. Solo aburrimiento.

Teresa le quitó las llaves de la mano.

—Yo conduzco.

50. Hoy

Las puertas del archivo del tribunal se abrieron de par en par. Fue Teresa quien solicitó la apertura. Estaba convencida de que allí, guardado en una caja de madera y clasificado como prueba en un caso de asesinato, se encontraba el mapa que la llevaría hasta el cuerpo de Sebastiano.

Estaba dibujado con las teselas que veintisiete años antes ella misma había desenterrado en un invernadero.

Esa noche se le había aparecido el infierno. El infierno era el lugar que Giacomo había atravesado de niño para regresar al mundo en forma de monstruo. No era un territorio psíquico e imaginario, sino real.

Mientras los empleados de la fiscalía llevaban la caja hacia ellos, Teresa percibió el crujido de algo que se resquebrajaba. Era el pasado, cristalizado durante décadas, a punto de hacerse añicos al ser destapado.

Colocaron la caja delante de sus ojos y la abrieron.

Marini y los demás se asomaron como si estuvieran al borde de un abismo.

De Carli se apartó casi inmediatamente.

—Tengo náuseas.

Parisi tampoco tenía muy buen aspecto. Él también aguantó muy poco.

Entre las paredes de un acantilado que parecían vértebras, un chiquillo pelirrojo, también él en el abismo que separaba la infancia de la adolescencia, estaba sentado de espaldas, con las piernas cruzadas, desnudo, los brazos levantados hacia una cruz lejana que brillaba contra el cielo púrpura y apocalíptico. Había muerto y resucitado en el infierno. El cuerpo estaba demacrado. No tenía el esplendor de las criaturas llamadas a la vida por un dios misericordioso, sino la coloración gris de los cadáveres, una piel reseca que parecía ser un todo con el esqueleto. Carne y hueso fusionados, como la vida y la muerte, el amor y el odio.

En la repisa de piedra había una tumba descubierta, un canope derribado en el suelo, riachuelos de sangre, un cráneo, la hoz que había segado la vida y las ruinas de una civilización representadas por columnas clásicas derrumbadas.

Todo había sido hábilmente representado mediante teselas de mármol de un centímetro de largo. Todo, salvo la espalda del personaje principal. Para esa se habían utilizado en parte placas fabricadas con los huesos extirpados a las víctimas. Las tarjetas utilizadas para identificar los hallazgos biológicos aún estaban adheridas a los fragmentos de hueso.

Giacomo había probado y vuelto a probar hasta encontrar las combinaciones más alegres, el hueso más maleable, las proporciones ideales. Era un hábil artesano del horror, un constructor de pesadillas.

Marini no se rindió. No cedió ante el espectáculo de la aberración.

Teresa se sintió orgullosa de él.

—Lo que no tomamos seriamente en consideración —le dijo— fue la esquina inferior derecha del mosaico. Mira.

—¿Qué es?

—Dímelo tú.

Se agachó a pesar del olor, que a Teresa le recordaba a un caldo grasiento y rancio.

—Parece el auricular de un teléfono antiguo.

El receptor sobresalía del borde inferior del cuadro, un arco gris y negro que dejaba entrever los números del disco justo debajo, interrumpido por el marco de hierro.

—Es un teléfono, es cierto. Un elemento incongruente, pero es que en esa época se pensaba que *todo* era el resultado de las divagaciones de un loco. Parecía estar conectado con el Lázaro redivivo por el reguero de la sangre. El hilo rojo.

—Es verdad. ¿Se trata de un símbolo?

—No es únicamente eso. Cuando estaba investigando su caso, conocí a Giacomo. O, mejor dicho, fue él quien encontró la manera de ponerse en contacto conmigo. Se hizo pasar por colaborador de Parri. En la tercera escena del crimen, con el cadáver aún caliente, me dio su número de teléfono. Yo lo llamé a ese número.

—¿Quién respondió?

—Nadie. No tenía línea. Era un número antiguo. Me había dado un número de teléfono que ya no existía. Me pregunté por qué lo había hecho.

—¿Y qué respuesta se dio?

—Quería una vida normal, eso es todo. Quería poder cortejar a una mujer, darle el número de una casa que no se avergonzaría de enseñarle, invitarla a salir, tal vez incluso besarla. Y, en cambio, lo único que conseguía hacer era matar.

—No deja de pensar en él como una víctima.

—Porque nada ha cambiado: sigue siendo una víctima. Todos somos víctimas de alguien y todos hemos sido verdugos al menos una vez. Algunos se salvan o son salvados. Otros sucumben. Pocos, por suerte, llegan a ser lo que es Giacomo. *Esto* es él: un chiquillo que se sentía ya muerto cuando la gente de su misma edad imaginaba y planeaba el futuro. Con este mosaico mostró al mundo la imagen que veía cuando se miraba en el espejo. El lenguaje de los que llamamos monstruos es siempre infantil, arraigado. Nunca supe de dónde venía el suyo, dónde estaba la fuente. Nunca pude adentrarme tanto en su historia.

Giacomo seguía en libertad, a pesar de que se había iniciado la caza desplegando todos los medios disponibles. No había ningún aviso sobre su paradero y, a medida que pasaban las horas, las posibilidades de encontrarlo disminuían drásticamente. Parecía haberse entregado de nuevo a la noche de la que había decidido salir por un breve instante. Podía estar en cualquier lugar, podía ir tras la pista de cualquiera. Ya no era una presa, sino un cazador. ¿Volvería a matar? Tal vez, pero Giacomo ya había alcanzado su cenit, o el nadir del lado oscuro. Ninguna nueva muerte habría podido darle esa misma perfección que había saboreado con el asesinato de Sebastiano.

—¿Sigue convencida de que alguien lo amenazaba?

—Lo dices como si tú ya no lo creyeras. Tal vez nunca lo hayas creído.

—¿Qué cree usted?

—Puedo decirte lo que sé, porque fui testigo de ello: el niño que fue experimentó el miedo, un miedo que aterra. Yo también lo vi, dentro de mí. Le oí llamar a su madre, invocando una ayuda que no llegó hasta que era demasiado tarde. Pero en un momento dado, al crecer, dejó de sentir miedo y para siempre. A partir de ese momento, él fue el peligro. Y se moría de ganas de experimentar esa nueva fuerza.

—Mató a su padrastro.

—Giacomo confesó todos los asesinatos cometidos, una vez que lo detuvieron. Colaboró y ayudó a las fuerzas del orden a reconstruir todos sus delitos. No lo hacen todos. Siempre me ha parecido un detalle inquietante.

—¿Por qué?

—Porque él era sincero. No se ponía ninguna máscara y eso significaba mirar a la cara exactamente a aquello que era.

—Por eso usted siempre ha estado convencida de su sinceridad.

—Sí, pero las cosas han cambiado, por lo visto. En cualquier caso, no fue agradable en su momento para los que tuvieron que tomarle declaración. Giacomo empezó contando cómo había atraído a su padrastro a una trampa con una simple llamada telefónica. No habían tenido ningún contacto desde el divorcio. Llegó a él a través de la empresa para la que el hombre trabajaba como agente comercial. Seguía viajando por el norte de Italia. Incluso en esta ciudad. Giacomo se hizo pasar por un cliente potencial. No lo mató y nada más. Para él, aquello fue un rito de iniciación.

—¿Y los otros ancianos? ¿Qué representaban?

—Siempre era él, el padrastro, quien volvía a atormentarlo con pensamientos obsesivo-compulsivos. Tenía que matarlo cada vez para alejar el dolor. La relación con ellos, sin embargo, era diferente. No los masacraba como había hecho con él. Al menos, intentaba matarlos rápidamente. Las fases de castigo y seducción se llevaban a cabo mediante la persuasión. Se ocupaba de ellos en el hospital, se ganaba su confianza, su respeto, incluso una especie de gratitud. No era difícil descubrir sus costumbres, fingir un encuentro casual y convencerlos para que lo acompañaran o lo llevaran a algún sitio. Cuando los compañeros incautaron el coche de Giacomo, se encontró en la guantera una lista con treinta y dos nombres de hombres que habían estado bajo su cuidado en el departamento. Tres de ellos eran los que ya había matado.

Marini se pasó una mano por la cara.

—¿Qué cree que va a encontrar hoy en este mosaico?

—Ya lo he encontrado. Solo una confirmación de mis deteriorados recuerdos, ver con mis propios ojos que ese auricular estaba efectivamente allí, en su infierno. No le dimos mucha importancia al número de teléfono que me dio. Al fin y al cabo, teníamos los cuerpos de las víctimas, teníamos al asesino y también recuperamos las partes que había arrebatado a los cadáveres. No faltaba nada. —Teresa hizo un gesto hacia los oficinistas para que volvieran—. Nos equivocamos. Nos equivocamos clamorosamente.

—¿Por qué?

—Porque no había acabado. Acabará hoy.

Teresa apartó los ojos de la angustiosa y melancólica visión, se dejó caer al suelo, con la espalda apoyada contra la caja. Casi podía sentir esa figura presionándole las vértebras, desarticulándoselas para entrar y arrancarle el corazón. Recubrieron el mosaico. Volvió a la oscuridad de la que estaba hecho y Teresa deseó que esta vez se quedara allí para siempre.

—Haz que comprueben ese número de teléfono. El usuario estaba inactivo, pero ahora quiero saber a qué domicilio estaba asociado.

51. Veintisiete años antes

Parri se había quedado dormido en el asiento del coche. Teresa lo tapó con la chaqueta que tenía sobre las rodillas. Había aparcado en el patio de la pequeña villa. Nadie lo molestaría. Ella no tardaría mucho, solo tenía que recoger algo de ropa, una muda para un par de días.

El jardín era un almacén. Las farolas iluminaban cubos de escombros y tablones tirados en el suelo para crear pasarelas sobre los caminos de la obra.

Las reformas aún tardarían un par de semanas en completarse, pero entonces la casa que la había visto crecer se convertiría en un acogedor nido para ella y su hijo.

Metió la llave en el ojo de la cerradura y dejó la puerta abierta para que la luz pudiera entrar. La instalación eléctrica aún no estaba terminada, pero la fontanería y la línea telefónica ya funcionaban. Podría trabajar desde allí algunos días a la semana. Seguir estudiando los expedientes de las investigaciones, llamar a la oficina para ponerse al día. Prepararse para el examen, programar el futuro. Había una hermosa luz desde la mañana hasta la tarde. Plateada, desde el norte. Cálida y densa, desde las ventanas orientadas al sur.

Teresa fue a la planta de arriba, cogió la bolsa de ropa que había guardado en el armario y metió algunas cosas más. ¿Cuándo dejaría de sentirse nómada? Tenía la esperanza de que los cimientos de aquella casa se convirtieran, que volvieran a ser, de nuevo, los suyos.

—¿De verdad creías que no iba a darme cuenta?

Teresa sintió la sangre fluir en un cosquilleo de miedo. El cuarto de la caldera, pensó.

Todavía no he cambiado la cerradura.

Se dio la vuelta.

El puño la golpeó en la boca. Las astillas de los dientes le hirieron la lengua. Se tambaleó, pero consiguió mantenerse en pie.

Sebastiano la aferró por el pelo. La obligó a arrodillarse, mientras con la otra mano le golpeaba la cabeza.

—¿De verdad crees que puedes dejarme? ¿Quieres ponerme en ridículo? ¿Decirle a todo el mundo que no valgo nada?

La golpeó tanto en las sienes que empezó a ver doble.

—¿De quién es el niño? ¿De quién es?

La soltó y Teresa cayó al suelo. Ni siquiera la visión de su cuerpo inerte calmó la furia de ese pequeño hombre. Sebastiano la golpeó en la cara, en el vientre. Teresa se desmayó y se recuperó, tenía la boca llena de sangre y los dientes rotos sobre la lengua. Intentó alejarse de él arrastrándose, pero Sebastiano la agarró de nuevo por el pelo y le golpeó la cabeza contra la pared. El impacto encendió un relámpago blanco dentro de su cabeza.

He esperado demasiado tiempo.

Teresa no podía pensar en otra cosa.

He esperado demasiado tiempo. Es culpa mía.

La aferró por una muñeca y la sacó de la habitación, bajando las escaleras. Cada peldaño era un golpe en las costillas. Los huesos se estaban rompiendo.

La llevó al salón y la abandonó en el suelo. Una última patada. No, la última era la siguiente. Tres, en total, luego el monstruo dejó de golpear.

Oyó cómo encendía un cigarrillo, con la respiración jadeante, y se sentaba en la butaca que había sido del padre de Teresa.

Entre una lenta calada y la siguiente, con la sangre de ella en los dedos, los nudillos quizá desollados, Sebastiano escuchaba sus jadeos, su garganta en busca de aire. La estaba viendo morir.

Alguien en la calle gritó, siguieron unas risas, tal vez el estruendo metálico de una lata al ser pateada en la acera. Un grupito de chicas y chicos, en la cálida noche. Tal vez fuera sábado por la noche. Teresa no era capaz de recordar.

Sebastiano se levantó, ella lo imaginó asomándose con cautela por la ventana.

Más risas en la calle. Y de nuevo los pasos de Sebastiano, delante de ella. Se dobló sobre sus rodillas. Le tocó los labios, le metió un dedo en la boca, se lo metió hasta la garganta.

Quiere llevarse mi alma, pensó ella.

En cambio, se divertía viendo cómo se ahogaba. Los dedos en su garganta se convirtieron en dos, y luego en tres. Eran terriblemente amargos. Sebastiano llevaba guantes de látex.

—¿Qué tienes que decir ahora, eh? Venga, intenta decir algo.

Una arcada de sangre sacudió a Teresa. Él soltó una maldición y le apagó el cigarrillo en los labios.

Uno de los jóvenes de la calle entonó la estrofa de una canción que se esfumó pronto en el silencio. El grupo se estaba alejando.

Teresa recordaba que alguien había dicho que el oído es el último sentido en apagarse, en el umbral de la muerte. Pronto lo descubriría. Hubiera querido llevarse consigo la ligereza de esa juventud callejera y no el chisporroteo de la carne profanada. Quería sujetarse el vientre entre las manos, pero ya no las sentía. Ya no sentía su cuerpo.

Sebastiano acercó la cara a la de ella. El olor de su aliento era el de una existencia putrefacta. La perfección de la que se rodeaba no podía hacer nada contra la podredumbre interior.

—¿Sabes lo que es realmente divertido? Que tanto si mueres como si sobrevives, todos culparán a ese asesino que tanto te obsesiona. Tú y yo estamos aquí. Y tú me has ocultado este lugar. Intenta decir lo contrario y encontraré la manera de destruir tu credibilidad como he hecho con tus huesos. No eres nada. Nada.

El cuerpo de Teresa se sacudió por espasmos, luego quedó inmóvil.

Él le tomó el pulso entre el índice y el pulgar. Esperó. Comprobó sus latidos en el cuello.

Soltó un suspiro que, después de todo, podría haber sido de arrepentimiento, pero también de alivio.

—Al final, te has rendido.

Se marchó de allí con la respiración todavía jadeante por la hazaña realizada, dejándola en el suelo como un juguete roto por la furia de un niño.

Fuera, el cielo tronaba, se estaba preparando una tormenta.

Pero ella seguía allí. *Estoy aquí. Oigo.*

Se oyeron varios portazos. El viento.

Ha venido para llevarnos, pensó. A ella y a su hijo. Sabía que estaba llorando lágrimas de sangre mientras sus pulmones se agitaban entre las costillas rotas para ganar algo de aire.

La puerta volvió a golpear violentamente contra el marco. Alguien venía corriendo.

Parri.

Parri acudía para salvarla, pero era demasiado tarde. Teresa sintió que la descuajaban, sintió el frío que dejaba la vida al frenar hasta detenerse. Lo sintió claramente, como una succión en el centro de su pecho: el corazón se retorció y dejó de latir.

52. Veintisiete años antes

La presión sobre su pecho era poderosa. Teresa volvió al mundo, recuperando el conocimiento bajo dos manos que parecían querer desgarrar su cuerpo. Presionaban el esternón hasta arrancarle a la fuerza una respiración más, un latido más, un gemido. Una pizca de vida. La habían traído de vuelta.

Se detuvieron, le acariciaron la masa informe que sentía que tenía en lugar de su cara y la colocaron de lado. Dos dedos le liberaron la boca de la sangre y los dientes rotos, y Teresa por fin respiró mejor.

Se quedó así, sola, por un momento. Desde la habitación de al lado le llegaron unas palabras que no pudo captar. Retazos de una llamada de socorro. El dolor había regresado y era insoportable, ofuscaba todas las demás percepciones.

Se sentía dispersa, en el fondo, sus huesos habían sido lanzados como tabas.

Parri regresó, le cogió la mano. Teresa intentó estrechársela y él la besó en los labios, esos labios que poco antes otro hombre había marcado a fuego.

Un largo beso, un lento tumbarse el uno sobre el otro.

Un gesto que el amigo nunca habría hecho.

Teresa intentó abrir los párpados, pero los sintió tumefactos.

Ese olor. El olor salvaje y ferino que ella ya había olido en él y que se mezclaba con el de su sangre.

Intentó gritar con todo el aliento que tenía en la garganta, pero solo salió un estertor.

Las sirenas aullaban, cada vez más cerca.

Giacomo se separó de ella disgustado.

53. Hoy

La casa en la que Giacomo había crecido se encontraba en estado de abandono. Las contraventanas estaban descoloridas, el yeso de las paredes presentaba desconchados en algunos puntos. Las malas hierbas crecían por todas partes, incluso en los canalones y en las grietas que el frío de los inviernos había abierto entre las baldosas de la terraza. Una parte del techo se combaba de manera alarmante.

Después de que Giacomo y su madre tuvieran que abandonarla, cambió de propietario varias veces. Nadie permaneció allí mucho tiempo. La agencia que se encargaba de la venta a partir de un determinado momento incluso se olvidó de ella. Permaneció vacía durante los siguientes treinta años y al final una empresa constructora la adquirió. El cartel con la imagen del edificio que ocuparía su lugar ya se había colocado en la valla que delimitaba la propiedad.

El dueño de la empresa entregó las llaves a Marini.

—Todo el mundo en los alrededores la conocía como «la casa embrujada». Yo vivía al final de la calle, tenía veinte años, pero por la noche, cuando regresaba a casa solo, evitaba pasar por delante con el ciclomotor. Daba toda la vuelta.

Les explicó que siempre ocurría algún hecho que llevaba a la gente a dejarla. Pisadas en la grava del jardín, mascotas asustadas que arañaban la puerta de entrada en mitad de la noche para entrar y buscar refugio, signos inquietantes que aparecían en los cristales de las ventanas que daban a las habitaciones de los niños. Estos últimos seguían allí y Teresa quiso verlos: ojos bien abiertos que observaban a los pequeños y a las familias que usurpaban aquel territorio. Sugerían una advertencia: marchaos de aquí.

Todos habían huido: algunos lo admitían sin vergüenza, otros se negaban a decirlo en voz alta, pero todos ellos estaban convencidos de que la casa estaba maldita.

No andaban muy equivocados, aunque no se tratara de magia negra. Era el poder del dolor, infligido y sufrido, lo que retenía a Giacomo en ese lugar, como en una red de adherencias internas desarrolladas por un cuerpo que sufre.

Era solo un chiquillo que espiaba a las familias, las acosaba, las empujaba a que se marcharan. Aquella casa era la suya.

Algunas criaturas se encariñan con los lugares, siguen regresando a ellos incluso cuando han sido alejadas, para morir allí o dar a luz a sus crías. Giacomo no era una excepción.

Teresa apartó una mata de hierba con el pie. El cartel de SE VENDE ya estaba descolorido. Tal vez había sido el propio Giacomo quien lo tiró al suelo, a saber cuántas veces. Teresa se imaginó a un vendedor empecinándose en recogerlo y colocarlo bien después de cada episodio.

Unos meses más y la casa sería demolida para dar paso a la nueva construcción. Teresa esperaba encontrarlo antes de que eso sucediera.

Se acordonó la zona, se envió a algunos agentes a tomar declaración a los vecinos. Tal vez alguien había visto a Giacomo deambulando por la propiedad recientemente.

Había llegado el momento de buscar lo que Teresa más temía sacar a la luz, como si los espectros evocados por el pasado no fueran ya demasiados. Al final, volvería a ver a Sebastiano, muerto, cuando fue él quien la empujó hasta el umbral de la muerte y quien creyó que había fallecido.

Teresa no sabía cómo sentirse, el instinto no acudía en su ayuda. Se había refugiado en un pliegue remoto y permanecía en silencio.

Llamó a Alice y a Smoky. Los dos buscadores estaban tomando medidas del perímetro junto con Parisi y De Carli.

Al lado de Teresa, él también más callado que de costumbre, Albert frunció el ceño.

—¿Alice? ¿Recuerdo mal o se llamaba...?

—Recuerdas mal.

—¿Hay algo de verdad en lo que me habéis contado sobre ella?

Teresa buscó en sus bolsillos un caramelo. Era el último. Lo desenvolvió y se lo metió en la boca. Nunca había cambiado de marca.

—¿Puedes decir que no estás contento con los resultados?

—No, pero las reglas tienen que quedar claras desde el principio y ya no sé a qué juego estamos jugando.

Teresa habría estallado en carcajadas si aquella casa no hubiera sido la tumba que probablemente era, y el cuerpo que iban a encontrar, el del hombre que había matado a su hijo.

—Albert, tú eres el primero en cambiar las reglas cuando y como te parece. Confía en mí, esta vez será mejor que aceptes sin rechistar lo que vaya apareciendo.

No parecía convencido, pero había asuntos más urgentes.

La chica y el perro se habían unido a ellos. Marini también llegó a su altura. El inspector había dirigido el registro del interior.

—Nada. No parece haber nada relevante. Sin embargo, alguien prendió fuego a una de las habitaciones. Todavía se nota el olor a queroseno. Hay un colchón medio quemado en el suelo. —Miró a Teresa—. Mainardi habló de un incendio durante nuestra primera entrevista. Dijo que alguien había intentado matarlo prendiéndole fuego a la cabaña en la que dormía.

Teresa observó la casa. Podría ser que Giacomo hubiera buscado refugio allí durante su fuga.

—Nos dijo una verdad a medias.

Y una mentira. Al menos una. Nunca le había dicho que le había quitado el diente. Si encontraban los restos de Sebastiano en el jardín, entonces las mentiras ya serían dos y ella ya no podría decir quién era Giacomo. Quizá había estado loca todos esos años, pero siempre se había fiado de él.

Tendió una mano hacia Alice y la condujo hasta su lado.

—Los cuerpos que Giacomo dejó tras él siempre presentaban heridas. Si hay uno aquí, espero que no sea una excepción.

Alice se ató el pelo en una cola y se golpeó el muslo con una mano. Smoky inmediatamente se puso a su lado.

—Empecemos por el jardín.

La acompañaron hasta el borde delimitado por la cinta policial. La zona se había dividido en sectores para la búsqueda. Marini tomó un puñado de tierra con la mano y la dejó resbalar entre los dedos.

Giró suavemente a la chica hacia el punto desde donde soplaba el viento. Para Smoky sería así más fácil identificar el cono de olor.

Empezó la batida del terreno.

Smoky estaba entrenado para olfatear la muerte, entera o fragmentaria, sepultada o bien expuesta a los elementos. Siguiendo el paso de su humana, escudriñaba tierra y aire. Las moléculas olfativas formaban una red de coordenadas que lo orientaban como si fueran señales tangibles.

Desde que vio por primera vez cómo trabajaba Smoky, Teresa empezó a imaginarse los olores como filamentos que se movían sobre la superficie del mundo. En ese preciso momento, todos estaban inmersos en un torbellino que el olfato humano no era capaz, o ya no lo era, de percibir y de identificar. Si las teorías de Teresa eran correctas, en ese preciso momento, en aquella casa o en el jardín asilvestrado, flotaban miasmas de cadaverina, sangre y huesos rotos. El olor que también llevaban las manos de Giacomo. Los compuestos volátiles bailaban empujados por corrientes, caían hacia abajo y se arremolinaban entre sus pies.

Teresa no se quedó a observar los pasos que daban los dos buscadores. Dejó que los demás atendieran todas sus necesidades y se alejó. Temía que la hipótesis que la había llevado hasta allí se verificara, porque, si en aquella tierra se escondía un cadáver, entonces estaba convencida de que conocía su nombre. Pero también significaría que Giacomo le había mentido diciendo que alguien había hecho desaparecer el cuerpo. Intentó recuperar en su memoria los detalles de la conversación. La expresión de Giacomo, el tono de su voz cuando se lo había dicho, la forma en que la miraba. No lo conseguía. Era como si nunca hubiera vivido aquel encuentro y las declaraciones de él le hubieran llegado por persona interpuesta. Si la niebla había envuelto esa experiencia concreta, ¿cuántas otras había perdido ya sin darse cuenta? ¿Qué se habían dicho Giacomo y ella en todos esos años durante sus encuentros en la salita de la cárcel? Ya no lo sabía.

Desplazó su mirada hacia el jardín. Entre la hierba alta y las enredaderas despuntaban matorrales de retama. Smoky y Alice desaparecían y reaparecían entre setos de boj y rosales. Parisi caminaba un paso por detrás de la chica, prestando atención a que no se hiciera daño.

Todavía quedaba una cosa por hacer, antes de que la caja de Pandora se destapara liberando todos los males —los últimos— de esa historia.

Sacó su teléfono móvil del bolso, abrió la lista de contactos y tuvo que pensar unos instantes en el nombre de la persona a la que quería llamar. Sin embargo, lo tenía en la cabeza desde que Albert y Parri se presentaron en su puerta anunciando la muerte de Sebastiano. «Su hermana lo acogió en su casa, pero a punto estuvo ella de acabar muy mal», había dicho Albert cuando Teresa aún no se había percatado de que el hombre del que hablaba era su exmarido.

La hermana. Lavinia, ese era el nombre. Fue ella quien lo denunció la segunda vez, quien reabrió las puertas de la cárcel para su hermano gemelo. Era psicóloga y trabajaba para el gobierno regional ocupándose de la coordinación interinstitucional en el ámbito de las políticas sociales. Teresa necesitó su ayuda en un caso que había resuelto unos meses antes, pero el encuentro fue gélido y su antigua amiga no le contó nada sobre su hermano ni los malos tratos que ella también había sufrido. Albert se informó al respecto: Lavinia había cortado los lazos con Sebastiano hacía años, al igual que el resto de la familia.

Teresa se quedó mirando la pantalla hasta que volvió a oscurecerse. No era capaz de realizar esa llamada.

—¿Cómo se siente?

Era Marini, había llegado a su altura.

—¿Y tú?

—Raro.

La miró como si se preguntara si había una forma de repararla, de cerrar la herida que aún, en los días de melancolía, sangraba.

—No está ahí —le dijo ella.

—¿Cómo?

—No hay manera de borrar lo que pasó, si eso es lo que te atormenta. No pienses más en ello.

—No creo que sea posible.

Ella le cogió la cara.

—¿Qué ves cuando me miras?

—¿A una señora cabreada?

—Trátame de vieja y acabas antes.

—Señora no significa vieja.

—Vamos, Marini. ¿Qué ves? ¿Un rostro desfigurado por los golpes recibidos?

—Dios mío, ya basta.

—¿Por las patadas?

—Basta.

Lo soltó; en la palma de la mano una caricia que no rozó la piel.

—Te equivocas. La que tienes delante es una mujer que, a pesar de todo, fue capaz de levantarse de nuevo y continuar con su vida. *Eso* es lo que deberías ver.

Él negó con la cabeza, una ligera sonrisa dibujada en los labios.

—¿De verdad cree que yo ya no la veo así? *Siempre* la he visto así, incluso antes de... meterme hasta el cuello en todo esto. Pero usted ahora no puede impedirme que sienta compasión, no después de haberme enseñado lo que es.

De Carli llegó corriendo hasta ellos, interrumpiendo ese momento de capitulación que libera el alma en lugar de abatirla.

—Han encontrado algo. Están cavando, pero de todos modos parece que está en la superficie.

Marini la sujetó por un codo.

—¿Quiere acercarse?

Teresa asintió, pero solo dio unos pasos. Las piernas parecían no obedecer sus órdenes. Ambos esperaron a distancia, en silencio.

Allí abajo había un cadáver, detrás de la cortina de cuerpos que se agolpaban alrededor de la excavación.

Smoky no se equivocaba. No había falsos positivos a los que aferrarse.

Marini le soltó el brazo.

—Voy a comprobarlo.

Teresa vislumbró a Parri desapareciendo entre los agentes.

Exhaló toda la tensión que estaba anulándola.

Cuando Marini regresó a su lado lo hizo junto a Albert, y así Teresa se dio cuenta de que el veredicto era ese terrible que se había anunciado.

Buscó la mirada del inspector.

—¿Y? —Quería que fuera él quien se lo dijera.

—Parri lo ha identificado mediante las fotos disponibles, pero ha dicho que incluso sin ellas no habría dudado.

Sebastiano. Probablemente la última imagen que Parri tenía de él era la de su rostro con expresión glacial durante la última vista en los tribunales. Teresa se apoyó más aún en el bastón.

—¿Es él?

—Sí. No te pregunto si quieres verlo.

Habría sido demasiado incluso para Teresa.

—No quiero.

—¿Quién puede reconocer sus efectos personales?

—Su hermana, Lavinia Russo. La hemos...

—Sí, ya nos pusimos en contacto con ella hace unas horas para darle la noticia del ADN encontrado. —Teresa no lo recordaba—. Ya me encargo yo de ello. No tardaré mucho, luego la llevaré a casa.

—Gracias.

Marini se alejó de nuevo. Estaba intentando aliviarla de todas las cargas posibles, pero ella solo quería rebobinar el tiempo unos días, unas semanas.

Albert la buscó, con las manos en los bolsillos. Tal vez le habría gustado abrazarla.

—Se acabó.

—Ha huido.

—Lo encontraremos. Se ha cursado una orden de busca y captura internacional. No puede esconderse para siempre.

—No pareces enfadado.

—¿Contigo? ¿Por qué debería estarlo? No es culpa tuya.

—Esta es buena.

—Ay, venga, Teresa. Siempre has mostrado más comprensión por un asesino que por mí.

No se trataba de ser comprensivo ni de perdonar.

—No me fío de ti, Albert.

Él se encogió de hombros.

—Menuda novedad. Todo el mundo sabe que nadie puede fiarse de mí.

Teresa no sabía si reírse o soltarle un insulto. Se decidió por lo primero; necesitaba alegría, aunque fuera amarga.

—Nunca reconoces tus errores, Albert.

—Sigue siendo algo positivo. Así al menos siempre sabes lo que puedes esperar de mí.

—Supongo que sí.

—¿Crees que se trata de una venganza? Giacomo, al final, encontró una manera de vengarte. Esa sería la conclusión perfecta para una historia que ha durado casi treinta años, ¿no es así?

—¿*Perfecta*?

—Ya sabes lo que quiero decir. Obviamente, se trata de una tragedia.

Su tono expeditivo decía lo contrario. Ninguno de los que *sabían* podían considerarla realmente como tal.

Giacomo había enviado a Sebastiano de vuelta al infierno, eso era lo que estaba pensando Albert. Y eso era lo que Teresa había pensado, antes de poder controlar sus emociones. No quería odiar. Le había costado media vida dejar atrás el odio. Los sentimientos de culpa, en cambio, los había retenido, pero pronto los olvidaría, junto con todo lo demás, sus huesos rotos, su hijo perdido.

Albert consultó la hora en su móvil.

—Gardini debería llegar en cualquier momento. Tengo intención de sugerirle que cierre la investigación preliminar.

Teresa dio un respingo.

—¿Cómo?

—El ayudante del fiscal tiene todos los elementos para presentar el caso al juez. Puede comenzar la fase de instrucción.

—¡De ninguna manera!

—Teresa...

—Tenemos que averiguar quién guio la mano de Giacomo. No hemos llegado a ninguna conclusión. Esta vez hay un inductor.

—Son fantasías, son solo fantasías de una mente perturbada. No hay ningún hombre misterioso detrás de la muerte de Sebastiano. *Él,* tu Giacomo, es ese hombre. ¿Por qué no quieres admitirlo? Sigues tratando de salvarlo, de rehabilitarlo en tu cabeza. Fue él quien decidió matar a tu exmarido, como decidió matar a todos los demás. Solo que esta vez, probablemente, pensó que te estaba haciendo un favor.

—No lo creo.

—Yo sí. Y soy el comisario jefe.

Parri llamó su atención con un silbido. Les hacía gestos para que se reunieran con él. Teresa no se movió.

—No quiero ver el cuerpo.

Albert la empujó por la espalda.

—No creo que se refiera al cuerpo. Está al otro lado del jardín.

Parri los esperaba junto con el resto del equipo.

—Hay algo que quiero mostrarte, Teresa. No te preocupes, no es nada demasiado grave. Es una especie de habitación.

—¿Una especie?

—Casi me caigo dentro.

El suelo había sido excavado. Solo unos cuantos tablones sujetos con clavos oxidados servían de tapadera para el agujero. Encima había crecido musgo y hierba. La cubierta estaba parcialmente apartada y permitía ver las paredes, que estaban revestidas con ladrillos a la vista. No había rastro de hormigón ni de otras estructuras. No se podía distinguir lo que había en el fondo.

Marini se agachó.

—Se parece a las antiguas fosas artesanales utilizadas para la reparación de vehículos. Mi abuelo también tenía una de estas en la cochera debajo de casa. Parece que lleva décadas olvidada.

Teresa se asomó para mirar.

—También se utilizaban en el campo, para el mantenimiento de los vehículos agrícolas.

Marini levantó un extremo de la tapa.

—Ayúdame, Parisi.

La desplazaron y la luz iluminó por fin la cavidad, haciéndola brillar con reflejos multicolores.

Teresa tuvo que sentarse en el césped. Oía hablar a sus hombres, pero un pitido en sus oídos se iba haciendo cada vez más fuerte. Ese pozo estaba hecho, en primer lugar, con las paredes emocionales entre las que Giacomo se había salvado a sí mismo, a su manera, cuando era un niño.

—¿Comisaria? ¿Teresa?

Marini tuvo que levantar la voz para llamar su atención.

—¿Ha visto lo que hay en el fondo?

Los había visto. Paneles de madera rugosa en los que el pequeño Giacomo había pegado quién sabe cómo piedrecitas, fragmentos de vidrio, canicas, pequeños objetos de plástico. La luz les había dado de lleno, revelando maravillosas tonalidades marinas, o rojos todavía chillones, figuras infantiles, pero extraordinariamente llenas de vida.

Ahí estaba, el lugar donde había nacido su obsesión. En un intento de seguir siendo humano, de mirar más allá del dolor. Un intento que fracasó en su mayor parte, pero que lo salvó en cierta medida, convirtiéndolo años después en el cadáver resucitado del mosaico encontrado en el invernadero.

—Una prisión —dijo Albert—. Tal vez era su padrastro quien lo encerraba aquí dentro. Me parece coherente.

Teresa pensó que nunca llegaría a ver lo que se agitaba bajo la superficie de las cosas, a escuchar el canto de las criaturas perdidas.

—No lo entiendes, Albert. Era él, Giacomo, quien se encerraba ahí abajo para sobrevivir.

Parri se acercó a ella.

—Hay algo más que me gustaría que vieras de inmediato, Teresa.

Le tendió dos sobres transparentes en los que ya había catalogado las pruebas.

—En la boca del cadáver encontré estas teselas de mosaico. Son ocho y, por su tamaño, color y estado de conservación, diría que podrían ser las antiguas extraídas de la cripta de Aquilea. Y luego está este objeto.

Era una estatuilla de alabastro, de no más de cinco centímetros de altura. La figura de rasgos femeninos estaba envuelta en un manto pintado de negro y se abría como un sarcófago en miniatura. El interior estaba vacío, pero tenía una inscripción. Teresa la leyó en voz alta.

—*Mater larvarum.*

Teresa notó la barbilla de Marini rozando su cabeza.

—¿Qué significa eso?

—La madre de los espectros. Es un epíteto de la diosa Ceres que remite a su lado nocturno. —Teresa hizo girar la estatuilla entre sus dedos—. Contenía algo.

Alice y Smoky se unieron al grupo y el perro mostró de inmediato signos de excitación. Giraba sobre sí mismo ladrando. La chica no hizo nada para contenerlo.

—Está señalando.

Teresa le acercó el sobre a la cara y él se sentó, repentinamente tranquilo.

—¿Está oliendo el cadáver? —le preguntó a Alice.

—No, ese señalamiento ya lo ha hecho. Este es un nuevo olor.

Lo que significaba que era el olor de otro cuerpo.

Teresa miró a Parri.

—Sea lo que sea lo que contenía, era de origen humano.

—¿Una reliquia? ¿Crees que la estatuilla es antigua?

—Para averiguarlo tenemos que llevarla a analizar. También necesitaremos la evaluación de un arqueólogo.

El amigo se mostró taciturno y eso no ocurría a menudo.

—Hay algo que ya puedo decirte yo. Signifique lo que signifique, creo que es un regalo para ti, y no me gusta.

54. Siglo IV

Otra noche siguió a la huida, y eran los caminos de la noche los que Claudio cruzaba para mantenerse a salvo, descansando de día, escondido en los bosques cada vez más espesos. Cubierto de polvo, se convertía en tierra sobre la tierra y en musgo donde el verde se extendía.

Las luces del Forum Julii estaban a sus pies, en la cuenca entre las colinas que llevaban a los puertos de montaña, puerta del este.

Claudio evitó la ciudad y las vías comerciales, manteniéndose alejado de las enseñas de Roma. Bordeaba los límites del claro, donde el bosque raleaba. Llevaba a Feronia y a Caligine de las bridas, caminando unos pasos por delante de ellos. Los caballos estaban nerviosos, sentían la falta de un refugio, del recinto seguro del campamento.

Claudio tampoco estaba acostumbrado a actuar solo, como un hombre dueño de su propio destino. Eso significaba también ser una llama a merced del viento. Un viento que parecía tener voz, en el bosque, que lo llamaba en la oscuridad con murmullos y crujidos.

Caligine relinchó. Claudio tuvo que calmarlo como ni siquiera en la batalla había tenido que hacerlo.

A su mente acudieron las palabras de un dicho: «La noche tiene orejas de zorro».

Podría jurar que también tenía ojos. Podía sentir cómo lo seguían desde que había cruzado el umbral de esa tierra ahora disputada. No estaba solo.

La luna apareció entre las nubes, iluminando las robustas astas entre el follaje. El ciervo no tuvo miedo, se mostró saliendo de la maraña de ramas y los dos se miraron a los ojos oscuros. Claudio casi podía oír el latido de su poderoso corazón. La bestia resopló, su aliento caliente se condensó en vapor blanco.

Claudio reconoció en ello una señal. Diana le estaba hablando a través de la aparición del astro y de su animal sagrado. La diosa de la caza seguía siendo enigmática con su mensaje: si Claudio era la presa o el cazador, eso lo desconocía.

El ciervo hinchó su garganta y ofreció su reclamo al cielo. El viento se levantó, arrancando una lluvia de hojas.

Entonces Claudio los vio, balanceándose en las sombras. Misteriosos artefactos colgaban de las ramas de tilos y robles. Se acercó, los cogió entre las manos. Estaban hechos de vértebras, anudados con tendones. Tintineaban, eran la voz que había oído llamándolo.

Con un brinco, el ciervo huyó en la noche.

Claudio miró la luna. ¿Cuál era la voluntad de Diana? No lograba comprenderlo.

Un crujido de madera lo puso en guardia. Se llevó la mano al costado, pero no desenvainó el arma. Era demasiado tarde. No habría servido para nada, salvo para morir antes.

Las sombras se habían movido a su alrededor y lo habían rodeado.

Los hombres salieron del bosque. Sus rostros estaban pintados a la manera bárbara que Claudio había podido observar en las tierras más allá del río Tanais, en las orillas del mar llamado oscuro, el Pontus Euxinus.

Eran como Heródoto los había descrito: fuertes, de piel clara, rubios e imponentes. Sobre el pecho llevaban una armadura hecha con los huesos de sus yeguas. Alisadas, raspadas hasta volverse casi transparentes, se yuxtaponían unas a otras como plumas. Las puntas de sus armas también eran de hueso. No conocían el metal.

Eran sármatas, el pueblo de los hombres a caballo, los grandes criadores, los guerreros de las largas lanzas.

Luchadores tan feroces que el gran Marco Aurelio los quiso para varias de sus legiones romanas. Habían llegado hasta allí y allí se habían quedado.

Uno de los guerreros se acercó a Feronia, palpó los músculos de los muslos y examinó sus pezuñas. La yegua relinchó y se irguió sobre sus patas traseras, mostrando toda su magnificencia. El bárbaro se echó a reír, la acarició y dijo algo a los suyos, desafiando al romano con la mirada. Claudio se acercó sin mostrar temor. Señaló al forastero lo que podía unirlos en un vínculo que iba más allá de las palabras: los estribos, una idea que aquellos jinetes de tierras lejanas habían aportado a los ejércitos de Roma, y la cuerda que ataba a ambos caballos, como era costumbre entre los sármatas.

El bárbaro pareció entender. Feronia y Caligine habían hablado por Claudio, atestiguando ante aquel pueblo su papel de jinete y el respeto que reservaba a sus caballos. Un respeto que indirectamente se le debía a él también.

Pero con respeto uno también podía ser asesinado.

El sármata lo aferró por un hombro y lo obligó a arrodillarse, otro le sacó la espada del costado. El destello de la hoja revelada hablaba de la Urbe, del Imperio, de una vida y de un hombre que ya no existían.

La visión de los símbolos romanos pareció excitar aún más a los sármatas. Algunos de ellos empezaron a dar vueltas a su alrededor, a acercar las llamas a su cara. Otros golpeaban sus lanzas en el suelo, incitando a sus compañeros con aullidos animales.

Claudio no perdía de vista a ninguno de ellos, los seguía con sus sentidos incluso cuando los tenía a su espalda. A corta distancia, sabía que Feronia y Caligine estaban libres. Bastaría con dar unos saltos para subirse a la silla de montar e intentar huir. Solo quedaba decidir cuándo, y cómo recuperar la espada si fuera menester.

La excitación a su alrededor se apagó de golpe, en el silencio se podía oír el crepitar con que el fuego consumía las antorchas. El círculo de hombres se abrió con el sonido de los cascabeles. Una mujer entró, acompañándose de un instrumento parecido a un sistro. Era una anciana, con el cuerpo delgado envuelto en lino, la cara y el pelo pintados con albayalde. Los hombros y los brazos desnudos dejaban vislumbrar tatuajes de ciervos con cuernos llameantes y cisnes en vuelo. Detrás de ella aparecieron otras mujeres, cuyos rostros estaban ocultos por máscaras claras con grandes ojos y afiladas como picos.

Eran los pájaros escarificadores del culto a los huesos que adoraba a la diosa pájaro, creencias del norte, heredadas de los antiguos pueblos de los montes Altái. Los generales romanos que habían servido en esos territorios todavía hablaban de ellos.

Quizá todo lo que Claudio y la legión habían esperado encontrar estaba ahora delante de él, dispuesto a tomar su carne. Un culto aún vivo, una cuna en la que depositar el suyo.

Claudio se quitó su sucia capa. Se aflojó los lazos de su lorica y la dejó caer al suelo. La túnica blanca del guerrero sacerdote de Isis brillaba a la luz de las antorchas, tan blanca como los huesos que ellos adoraban.

Se descubrió el pecho y ofreció a los bárbaros el tatuaje de la diosa alada de Egipto que le cruzaba el esternón y las clavículas. De las vendas que rodeaban su costado sacó la estatuilla que había protegido con su *vida. Presionó y la abrió, revelando otra figura guardada en el interior hueco, diáfana y alada, tallada del cuerpo mortal de la propia Isis.*

La anciana chamana la cogió entre los dedos teñidos de negro como garras de águila, la acercó a las llamas para observarla, la olfateó y le pareció reconocer en su olor el de los huesos.

Miró a Claudio y no supo si en aquellos ojos claros se reflejaba su salvación o su condena.

Así, recortada contra el fuego, la estatuilla de la diosa parecía arder.

Claudio pensó que tal vez tenía que ocurrir para hacer que renaciera.

Los cristianos habían creído que la habían convertido en cenizas, pero resurgiría de esas cenizas bajo otra forma.

55. Veintisiete años antes

Teresa sentía cómo le ardía el cuerpo. Cada parte de ella estaba hecha de brasas y ardía sin llamas, se ennegrecía y se consumía. Sentía un vacío que se expandía en su interior. Alguien respiraba sobre su piel ardiente, provocándole escalofríos. Le pedía de forma insistente que moviera los dedos, las manos, los pies.

—Intenta hacerlo, Teresa. Esfuérzate.

¿Qué sabía esa voz del esfuerzo que suponía? Intentó complacerla.

—Has recuperado la sensibilidad. Bienvenida de nuevo al mundo.

¿Quién hablaba? Teresa abrió los ojos, pero todo estaba oscuro.

Ruido de ruedas, chirrido del metal, pasos a su lado. Le llegó el olor a desinfectante, la aspereza de una sábana metida hasta debajo de la barbilla.

También recuperó la vista. Había vuelto al mundo, sí. Pero ¿dónde?

Sobre una cama, empujada por pasillos demasiado luminosos. Teresa veía cómo iba discurriendo todo, y la cara de un enfermero sobre su cabeza. Siguió con la vista el tubito que salía de un gotero hasta desaparecer entre los pliegues de la sábana. Tiró de él y sintió una punzada. Estaba pegada a él.

—Cálmate, no te agites.

El enfermero le sonrió, pero, cuando lo miró a la cara, no pudo ocultar un gesto de turbación.

Levantó la otra mano y se rozó las mejillas, la nariz, los párpados. No sentía nada, como si no tuviera cara. En su boca, un sabor amargo. En sus dedos, el color de la tintura de yodo. La piel del brazo estaba amoratada. Intentó hablar, pero sentía la mandíbula atrofiada. No tenía ni idea de qué día era, si era por la mañana o de noche. Se sentía confusa, le costaba un gran esfuerzo unir los jirones a que se reducían sus recuerdos.

El enfermero empujó la cama hacia el interior del ascensor. Las paredes y el techo eran de acero. Teresa giró la cabeza haciendo un esfuerzo, las vértebras crujieron. Se buscó a sí misma en el reflejo, pero no reconoció a la mujer que le devolvía la mirada. La destrucción y la aniquilación habían caminado por encima de ella. Una abrazadera metálica aprisionaba la parte inferior de su rostro, que había sido recompuesta, rehecha de nuevo, pero a saber cómo, a saber si la carne podría olvidar o si llevaría encima la marca de la violencia. A saber si el cuerpo tenía memoria.

Un grito ahogado ascendió por su garganta, pero logró reprimirlo. La piel se tensó, estirada por los tutores de hierro. El enfermero le limpió los labios con un trozo de papel absorbente.

—Es el efecto de la anestesia. No te preocupes.

¿Anestesia? Estaba embarazada. Tenía náuseas porque estaba esperando un niño.

Las puertas del ascensor se abrieron de par en par.

Al otro lado estaba Albert y, detrás de él, Antonio Parri. Cuando la vieron, el primero apartó la mirada como bajo el golpe de una bofetada, el segundo rompió a llorar como un niño.

Teresa tendió una mano hacia su amigo, pero fue Albert quien se la cogió y la colocó de nuevo bajo la sábana.

—No te preocupes. No te preocupes.

Parecía repetírselo a sí mismo, mientras acompañaba la cama y al bulto humano que había sobre esta. No era capaz de mirarla. No era capaz de ser convincente, pero tal vez era solo porque no estaba acostumbrado a tranquilizar.

Teresa se preguntaba si le decía que no se preocupara porque su cuerpo volvería a funcionar y su cara sería la misma de su vida anterior o porque por fin había detenido a Sebastiano.

Ahora lo recordaba.

Pensar en el hombre que la había destrozado le provocó una punzada en el vientre. Intentó decírselo a Albert tirando de su americana, pero él seguía mirando al frente.

Sebastiano estaba en libertad. Nadie lo estaba buscando, porque nadie podía saber que había sido él quien la había dejado en ese estado. Teresa volvió a tirar de la tela y de nuevo Albert se apartó.

El pasillo que estaban recorriendo no estaba desierto como los anteriores, sino abarrotado de personal sanitario con expedientes en la mano, familiares de visita, personal que empujaba carritos. La cabeza de Teresa empezaba a funcionar de nuevo: eso significaba que la habían subido a planta desde el quirófano. Realmente la habían intervenido.

La luz anaranjada del crepúsculo se filtraba por las ventanas que entreveía. En el horizonte se acumulaban nubes negrísimas, largas y delgadas como estrías en la espalda del mundo. Y aún no entendía qué le habían hecho y cuántas horas, días o semanas habían pasado.

Sebastiano estaba en libertad. Era incapaz de pensar en otra cosa.

Se detuvieron delante de una habitación. Una enfermera estaba ayudando a su compañero a pasar la cama por la puerta. Abrió la hoja pequeña y juntos trataron de encontrar el mejor ángulo. Mientras tanto, llegó una doctora, pidió echar un vistazo a la historia clínica. Teresa tenía la sensación de que ya la había visto.

De nuevo una punzada en el vientre, esta vez más intensa, hasta el punto de que le arrancó un gemido. Teresa se aferró a los lados de la cama hasta que pasó, dejándola sin aliento. ¿Iba a ser así el parto? Intentó tocarse la barriga, pero la médica le cogió la mano y se inclinó sobre ella.

—Ahora le damos algo para dormir.

Teresa recordó dónde la había visto antes. Era la ginecóloga que la había atendido en urgencias. Teresa le apretó la mano todo lo que pudo e intentó explicarle lo del dolor, pero la mujer se soltó con facilidad y le pasó las instrucciones a la enfermera.

Teresa no quería dormir, quería que la escucharan.

Buscó a Parri a su alrededor, entre la gente que pasaba por su lado, a veces chocando con ella como si fuera transparente.

Creyó reconocerlo en la figura vestida de azul que se había quedado todo el tiempo al borde de su campo de visión, en el hombre que había estado siguiendo la cama desde que salieron del ascensor.

Teresa hizo un esfuerzo por enfocarlo.

Con un chándal azul y la gorra calada, Giacomo levantó la cara como si hubiera estado esperando justo ese momento. Ni siquiera hizo el gesto de huir, se quedó mirándola, como si fuera lo único importante que debía hacer, con los ojos enrojecidos, quizá de locura, quizá de dolor insomne.

Teresa intentó incorporarse, pero el enfermero la inmovilizó sobre las almohadas. Ella se debatió, tiró a Albert de la manga. Este frunció el ceño.

—No entiendo lo que quieres decirme.

Giacomo retrocedió unos pasos, al final se dio la vuelta para marcharse.

Teresa se tiró de la cama. El gotero se le soltó del brazo, pero ella ya no sentía nada. Consiguió ponerse de pie, con los codos apoyados en un lateral de la cama. Todo el mundo gritaba.

Por una vez, Albert pareció darse cuenta de lo que estaba ocurriendo. Siguió su mirada hasta el hombre que se alejaba entre la gente que huía, pero se dijo a sí mismo una versión equivocada de la historia.

Desenfundó su pistola y lo persiguió, manteniéndolo a tiro. Le ordenó que se detuviera o dispararía. El pasillo se había vaciado.

—¡Ha vuelto para acabar con ella! —le gritó a Parri, que se había refugiado detrás de un carrito.

Giacomo se detuvo dándole la espalda, pero no levantó las manos como le exigía Albert. Pareció que no había tenido la menor intención de marcharse de verdad, o tal vez no quería —no conseguía— alejarse de ella.

—¡Ponga las manos donde pueda verlas o disparo!

Albert estaba temblando. A la mínima podía apretar el gatillo inadvertidamente.

Lorenzi llegó jadeante y se arrodilló junto a Teresa. Se había derramado el café sobre la camisa y los pantalones. Intentó levantarla y llevársela de allí, pero Teresa se soltó.

No lo habían entendido.

Giacomo se dio la vuelta, tenía la cara llena de lágrimas. Dio un paso hacia ella, mirándola a los ojos.

No. Teresa habría querido detenerlo.

Albert montó el arma.

—¡Alto!

Giacomo siguió avanzando.

Teresa intentó articular las palabras para explicar que él no estaba allí para matar, ni a ella ni a nadie más, sino solo, probablemente, por el dolor que había presenciado y que no le había permitido alejarse de ella. Había sentido algo, tal vez. Algo humano dentro de sí mismo.

Albert apuntó. Teresa desenfundó el arma de Lorenzi, se agarró a él para alcanzar la cama y ponerse en pie. Ella también apuntó.

Lorenzi gritó una advertencia. Albert se giró solo un poco, se dio cuenta. Bajó el arma, desconcertado, y extendió los brazos, como si dijera: ¿qué estás haciendo?

Teresa estaba apuntándolo a él.

No sabía de dónde había sacado el valor para hacerlo ni si pagaría las consecuencias.

Parri se puso en pie y le gritó a Albert que se detuviera.

—¡Quiere decirnos que no ha sido él quien lo hizo!

Teresa dejó caer el arma y ella también se deslizó hasta el suelo. Ya no sentía las piernas. A su alrededor, el personal sanitario había empezado a agitarse de nuevo, tocándola, intentando levantarla, pidiendo ayuda. Albert seguía gritándole a Giacomo que se rindiera.

Teresa se levantó la bata. Estaba manchada de sangre. Las vendas estaban rojas y húmedas. Se las arrancó.

Le habían abierto el vientre y lo habían remendado como una media vieja, con gruesos puntos negros que entraban y salían de la carne viva y roja.

Comprendió qué era ese vacío que había sentido en su interior en cuanto regresó al mundo. Había regresado sola.

La habían abierto y la habían vaciado. Y no podía sentir ningún dolor porque su cuerpo aún estaba anestesiado. El dolor que la quemaba era otra cosa, le venía del alma, que sabía, que lo había visto todo sin poder hacer nada, porque ya no había nada más que hacer.

Teresa había perdido a su hijo. Nunca más habría ningún hijo.

Gritó tan fuerte que asustó a los que la sostenían, en medio de desconocidos con miradas aturdidas y bandejas con medicamentos que caían al suelo ruidosamente, con Albert llamando a seguridad, apuntando su arma con la fuerza del miedo.

Teresa gritó hasta que se le saltaron los puntos de la mandíbula, le gritó al mundo el luto que nunca tendría fin y la culpa que lo acompañaría a partir de entonces.

Y fue entonces cuando Giacomo corrió hacia ella.

Solo consiguió rozarle la frente con un beso, antes de ser inmovilizado en el suelo por Albert y el personal de seguridad.

—Llegué tarde —susurró, mirándola desesperado—. Llegué demasiado tarde.

56. Hoy

Se suponía que era el final, pero como epílogo de su antigua vida Teresa lo encontraba abarrotado y ruidoso.

En la casa no había la tristeza que ella se esperaba. Marini con Elena, Alice y Smoky, Parri, De Carli y Parisi, todos estaban allí. Habían pasado todo el día reorganizando las habitaciones para adaptarlas más a su enfermedad. Habían tapado los espejos, etiquetado los objetos que aún no lo estaban, conectado la placa de inducción de la cocina y pintado de azul aciano las paredes de la habitación a la que se trasladaría Alice. Teresa la había convencido para que dejara su humilde apartamento y se mudara a vivir con ella. Intentaría ayudarla, pero algo le decía que sería el impulso vital de la chica lo que la ayudaría a ella.

—Que quede claro, no te estoy pidiendo que seas mi cuidadora.

—Que quede claro, no voy a aceptarlo para convencerte de que encuentres a mi madre.

Mientras los demás terminaban los últimos preparativos, Parri se ocupaba de la cena. Había elaborado un calendario con los días y las horas en que estaría en casa con ella. Teresa lo había mirado como si estuviera loco.

—Han pasado veintisiete años, Antonio. ¿Cuándo dejarás de sentirte en deuda?

—No es una cuestión de deudas. Es de afecto. Y, además, estoy solo como un perro, no esperaba otra cosa.

—¿Estabas esperando a que me pusiera enferma?

—Mujer, dicho así, suena mal.

—Es lo que has dicho tú.

—Soy médico, no poeta.

Teresa interrumpía de vez en cuando el trabajo para fotografiarlos. Se fotografiaba con ellos. Robaba momentos felices que no se quedarían en la memoria del teléfono. Quería imprimir las fotos y empapelar la casa con ellas, con la esperanza de reconocer en ellas, en los momentos más oscuros de confusión, los rostros de los desconocidos que estaban a su lado. Eran indicios que se dejaba a sí misma, para que comprendiera que podía fiarse de ellos. No le quedaba nada más a lo que aferrarse, pero su miedo era que un día, en esas imágenes, Teresa no se reconociera ni siquiera a sí misma.

Volvió a la habitación que servía como estudio y biblioteca. Había empezado a reordenarla, pero era imposible proceder con rapidez. Tantos recuerdos entre las páginas de esos libros. Noches insomnes y sueños. Así es como se había reconstruido a sí misma.

Abrió un cajón del escritorio. El último diario que la había acompañado al trabajo cada día estaba allí, chamuscado e hinchado de notas. No se lo esperaba ahí, ni siquiera recordaba haberlo guardado. Le causó dolor verlo. Era un símbolo. Durante muchos años se había identificado con su profesión.

La alegre algarabía que hacía revivir la casa la animaba. Al final, ella también había conseguido formar una familia, no de sangre, sino de lazos fuertes y a veces inesperados. No todos los cambios trajeron consigo desgracias. Al final, una lograba asentarse, seguir adelante de todos modos.

Tomó el diario entre las manos. Había otro adiós que decir.

—Basta ya de remordimientos.

Salió al jardín. Habían preparado en el sendero de la entrada cajas llenas de papeles viejos para tirar.

Se quedó con el diario en la mano, incapaz de deshacerse de él. Se trataba solo de un gesto, pero le resultaba muy difícil llevarlo a cabo. Un pequeño holocausto personal que ofrecer al destino, para que fuera lo más misericordioso posible, porque sin duda alguna iba a ser cruel.

Los grillos dejaron de cantar de repente.

Era una locura, pero en esa repentina tensión Teresa reconoció la sensación que ya había experimentado en un cementerio iluminado. O simplemente lo estaba esperando.

Escrutó la noche.

—Sé que estás ahí.

No pasó nada, ni una sola hoja vibró y ella se sintió tonta, pero entonces Giacomo salió de la sombra de las glicinas en flor. Debía de haber pensado y repensado ese paso. Las manos en los bolsillos de los vaqueros, una camiseta bajo la chaqueta de cuero. Casi parecía un niño.

Se apoyó en la barandilla de la verja.

—Siempre barrotes entre nosotros.

Teresa no se acercó.

—Hubo una época en que creía que al menos había sinceridad; en cambio, me mentiste.

No respondió, se limitaba a observarla.

Teresa sintió rabia junto al dolor por haber sido tratada como un peón en un juego, en el momento en que era más frágil.

—Ya te has divertido bastante, Giacomo.

—Escúchame.

—No.

—¿Por qué?

Teresa se impulsó y aferró los barrotes.

—Porque no te creería. —Sintió que le ardían los ojos—. Me hiciste buscar el cuerpo de Sebastiano sin preguntarme cómo me sentiría cuando descubriera que era él.

—Casi te mata. ¿Qué se supone que ibas a sentir?

Ella jadeó.

—Sin lugar a dudas no felicidad ni satisfacción.

Giacomo la miraba como si hubiera querido desautorizarla.

—Te mentí, es verdad. Pero no sobre todo.

—Siempre supiste dónde estaba enterrado el cuerpo. Nadie lo había movido de sitio.

Él estiró los labios en una sonrisa.

—Concédeme un poco de clemencia, Teresa.

—¿*Clemencia?* Te he dado mucho más en estos veintisiete años. Te di confianza y tú quisiste jugar conmigo.

—Nunca fue un juego.

—Y entonces, ¿qué era?

Giacomo levantó los ojos hacia las estrellas. Estaban húmedos.

—Una forma de mantenerte cerca, quizá. De volver hacia atrás. Como si estos veintisiete años no hubieran pasado nunca. Quería un final diferente en esta ocasión.

Teresa bajó la mirada por un momento, recuperó las fuerzas para mantener a raya sus emociones.

—¿Qué es esa estatuilla, Giacomo? ¿Qué significa?

315

—No sé de qué estás hablando.

—¡Chorradas! Estoy cansada de resolver adivinanzas.

—Si pudiera, la resolvería por ti.

—Así que no fuiste tú quien metió una estatuilla de dos mil años de antigüedad en la garganta de Sebastiano.

—En la garganta de Sebastiano solo metí las teselas de mosaico. Y, cuando lo hice, todavía estaba vivo.

—Por favor, ahórrate los detalles. ¿Por qué la liebre, por qué Aquilea? No puede ser mero azar.

—No lo es. Seguí los pasos de una historia de redención que me contaron. Ya te puedes imaginar quién.

—El inductor.

El desconocido se había apoyado en la imaginación de Giacomo, en ese Lázaro cadáver que resucita con el que siempre se había identificado. Al igual que Osiris, había regresado del más allá, pero lo había hecho vistiendo los colores de la muerte, exactamente igual que el dios que siempre se representaba con el verde de la putrefacción.

—Puedes confiar en mí, Teresa.

—¿En serio?

—Vamos, no me hables así. Quiero ayudarte.

—¿Y quién te está ayudando a ti ahora?

—Puedo apañármelas solo.

Teresa maldijo entre dientes. Miró a su espalda por un instante.

—¿Por qué estás aquí, Giacomo?

—Para ponerte en guardia. Quien me sugirió el asesinato lo hizo para enviarte un mensaje preciso. Conoce tu pasado y conoce el mío. Me di cuenta demasiado tarde de que el verdadero objetivo eras tú. Yo no pude contenerme.

—Lo sé.

—El que me ha utilizado te conoce bien: es una forma de decirte que está muy cerca de ti y que sabe lo que más quieres. Esta vez te hizo saltar atrás en el tiempo, pero la próxima vez...

—¿Le tocará a mi equipo? Giacomo, así no me estás ayudando. Debes contarme más cosas.

Estaba melancólico.

—Eso es todo, de verdad. Y esto es un adiós. —Le rozó la cara—. Me siento triste.

—No puedo dejar que te vayas.

—¿Y qué te gustaría hacer? Te prometo que no voy a matar a nadie más.

—Sabes que eso no es cierto —dijo Teresa en un susurro, volviéndose hacia la casa.

—No los llames si te importan. También hay una mujer embarazada. Has visto de lo que soy capaz. Una bestia sigue siendo una bestia.

Teresa le miró las manos. Sabía lo que eran capaces de hacer. No quería ni siquiera imaginárselas encima de sus chicos, que estaban allí para ayudarla, desarmados y desprevenidos.

—Aquel día de hace veintisiete años, cuando me detuvisteis...

—Cometiste ese único error. Nunca me lo he explicado.

—No fue un error, Teresa. Lo hice por un único motivo, que es el que me hace estar aquí, ahora, con tres policías a pocos metros de mí y otra delante. Me sentía total y maravillosamente atraído por tu fuerza. No podía permanecer alejado de tu luz.

Teresa sintió que se le humedecían los ojos.

—Estabas tan fascinado que cogiste uno de mis dientes cuando me estaba muriendo y lo guardaste durante casi treinta años.

Él negó con la cabeza.

—¿Cómo puedes pensar eso? No lo cogí yo. Lo tenía tu marido. Se lo guardó él. Ya te lo he dicho: una bestia sigue siendo una bestia.

Un fetiche, en las manos de Sebastiano. Durante todo ese tiempo, su verdugo lo había conservado como signo y recuerdo del poder ejercido sobre ella. La simetría con Giacomo era desconcertante, pero con una única y decisiva diferencia. Sebastiano, mientras pudo, se mantuvo integrado en la sociedad, era el marido, el hermano, el compañero libre de sospecha. El otro, en cambio, era un asesino en serie, que vivía y se mantenía en los márgenes. El primero había intentado borrarla. El segundo la había salvado.

Teresa temblaba, Giacomo se dio cuenta y dio un paso atrás.

—Sigue brillando, Teresa mía. No seré yo quien te apague.

Se dio la vuelta para marcharse, pero ella lo detuvo.

—Si quieres ayudarme, dime algo más sobre el hombre que quiso ver muerto a Sebastiano.

Una pausa.

—Yo nunca dije que fuera un hombre. Lo diste por sentado.

Teresa sintió que se le helaban los huesos. ¿Realmente había cometido ese error?

¿Qué y cuántos otros detalles había olvidado?

Un horrible pensamiento comenzó a abrirse paso en su interior. Aferró con fuerza los barrotes.

—¿Fui yo? ¿Te pedí yo que lo mataras?

Él volvió tras sus pasos, le acarició la cara a través de los barrotes y la salvó por segunda vez.

—No, Teresa. No fuiste tú.

Lo vio alejarse, incapaz de poder tomar una decisión.

Todavía tenía el diario en las manos. Podía anotar esas revelaciones o tirarlo. Podía pedir ayuda o guardar silencio.

¿Qué *quería* hacer?

Siempre le rondaba por la cabeza esa misma pregunta: ¿podría ser alguna vez algo más que una mujer policía?

No.

Abrió su diario, buscó una página intonsa y vio la última frase que ella misma había escrito, al final de un caso que le había dejado un enigma por resolver: *Madre de los Huesos. Ten cuidado.*

Era la advertencia que un hombre desconocido le había hecho para ayudarla, antes de desaparecer en la oscuridad, mientras el fuego del que Marini y ella habían escapado seguía ardiendo, expandiendo cenizas y chispas en la noche. Un hombre que había salvado su diario de las llamas y hurtado un antiguo icono cuyo poder iba más allá de sugerir la belleza artística. Un amigo que ella no sabía que tenía.

A partir de entonces, la vida de Teresa se había precipitado: su cuerpo al borde del colapso, la huida y el regreso de Giacomo, la muerte de Sebastiano. No había vuelto a pensar en ello, o tal vez había sido la enfermedad la que decidió por ella borrar ese recuerdo que ahora, no obstante, había resurgido.

Le había parecido una broma de mal gusto, una frase efectista y sin repercusiones, pero el hallazgo de esa *mater larvarum* lo cambiaba todo. O quizá no. No era momento de dejarse sugestionar, de dejarse llevar por la confusión y la duda.

Marini la alcanzó. Por la forma en que sonreía, no se había dado cuenta de nada.

—¿Todo bien?

Teresa no respondió.

—¿Pasa algo?

Dos madres. Una de huesos, la otra a la cabeza de la estirpe de los espectros, encontrada en la garganta de un muerto. Un muerto que, en vida, había sido su marido. Teresa no creía en las coincidencias.

Pronto, la Madre, fuera quien fuera o lo que fuera, vendría a buscarla. La estatuilla debía de tener un significado preciso que ella tenía que descubrir e interpretar. Ella sola.

Madre de los Huesos. Ten cuidado.

—¿Tienes un bolígrafo?

Él lo buscó en el bolsillo y se lo dio. Teresa borró la frase.

Optó por proteger a sus chicos. Se habían acercado a algo que era mejor dejar pasar y que la perseguía a ella, no a ellos. Su corazón latía con furia.

Marini se apoyó en la verja, levantó la cara hacia el cielo, como poco antes había hecho Giacomo. El aroma de la glicina era dulce y picante.

—En una noche así, la muerte parece lejana. En momentos como este, soy capaz de sacármela de encima.

La brisa agitó las frondas, un pétalo le rozó el hombro antes de caer al suelo. O bien era otra cosa lo que se movía en la oscuridad.

Existía un código emocional dispar entre Teresa y Giacomo. Compasivo, por parte de ella. Obsesivo-compulsivo, del lado de él. Marini, a los ojos del asesino, podía convertirse en un rival.

Teresa volvió a cerrar el diario.

—Massimo, aléjate de ahí.

Se dio la vuelta.

—¿Qué le pasa en la voz?

Cuando vio la cara de Teresa, la sonrisa se desvaneció. Como si intuyera sus pensamientos, el inspector volvió a escudriñar la noche, alerta. Soltó la verja y retrocedió unos pasos.

—¿Qué ha pasado aquí fuera?

—No te preocupes.

—No me preocupo.

Ya estaba preocupado. Era Marini.

—¿Quién estaba aquí con usted, comisaria?

Teresa dijo la verdad. Solo había dejado el tiempo suficiente para que sus chicos estuvieran a salvo.

—Giacomo. Llama a Lona.

57. Siglo IV

No lo habían matado. Claudio pensó que ya era mucho para agradecer a los dioses. No tanto por él mismo como por la empresa de la que se había hecho cargo.

La bruja sármata aún sostenía la estatuilla con la reliquia entre sus dedos pintados y abría la procesión de mujeres y guerreros entre los que Claudio caminaba forzado. Lo estaban llevando con ellos a lo más profundo del bosque, donde ni siquiera los asesinos se habrían atrevido a entrar. El Mundus podía estar allí, en esa oscuridad que parecía respirar a su alrededor. Tal vez los extranjeros con rostros pintados de blanco no eran más que muertos que se habían levantado de sus tumbas para arrastrarlo abajo, al abismo del abismo.

Pero no fueron las tumbas de los espectros lo que apareció ante su vista. En un claro, iluminado por la luna, el campamento parecía dormido. Los sármatas sabían cómo escapar de las miradas que no deseaban recibir.

La anciana desapareció en una tienda custodiada por dos jovencitas y salió poco después con una cesta entre los brazos. Algo se agitaba en el interior.

El círculo de guerreros se abrió y Claudio la vio avanzar hacia él, con los brazos extendidos. Depositó la cesta a sus pies. Exhibida como una reliquia, envuelta en telas de seda y guirnaldas de plumas, retozaba una recién nacida. La anciana la tomó entre las manos y la levantó, desnuda, ofreciéndola a su mirada. El cuerpecito estaba recubierto de signos arcanos trazados con albayalde. Su nacimiento había sido protegido con fórmulas mágicas.

Claudio no entendió por qué lo habían conducido ante ella hasta que la mujer le dio la vuelta. La pequeña tenía los omóplatos prominentes, como las alas de un pájaro recién llegado al mundo. Ella era su culto viviente. Una diosa viviente.

Se preguntó si debía postrarse o si el símbolo de Isis alada que cruzaba su pecho lo anunciaba a la tribu como lo que era: sacerdote guerrero, guardián de la divinidad.

La niña estiró un bracito hasta rozarle la nariz con la mano.

La anciana lo incitó con gestos a que hiciera lo mismo. De mala gana, Claudio la cogió en brazos. Las llamas de las antorchas se reflejaban en los iris, que tenían el color de la piedra clara. Los párpados, el aspecto de los de la gente del este.

Claudio intentó devolvérsela a la mujer, pero ella agitó las manos para mostrar su negativa.

La chamana se abrió camino por el sendero que proseguía adentrándose más aún en el bosque, donde los árboles se retorcían en un útero húmedo, al final del cual se encontraba un carro sin bueyes ni caballos.

Las mujeres pájaro se separaron de la procesión, encendieron un brasero y arrojaron al fuego un polvo que lo hizo arder con llamas azules.

Sobre el carro descansaba un sarcófago de madera con incrustaciones en forma de dragones enroscados unos a otros.

La anciana se llevó a la niña, le entregó a Claudio de nuevo la estatuilla y lo invitó a subirse.

Él lo hizo de un salto. El viento se había levantado, viento del norte, que llevaba el olor del hielo y arrancaba una lluvia de hojas.

Clavó la mirada en el sarcófago abierto y sintió que las rodillas se le doblaban hasta dar con los tablones de madera.

En la palma de la mano, la estatuilla parecía palpitar, pero tal vez solo era la sangre del sacerdote guerrero que corría más deprisa.

Isis era quien lo había guiado hasta allí. Había encontrado la manera de ponerse a salvo a sí misma. Claudio tuvo la certeza de que la estatuilla atravesaría los siglos llevando su mensaje, perpetuando el culto, porque todo aquello ante lo que siempre se había inclinado, todo lo que siempre había venerado, la encarnación terrenal de la fe, estaba delante de sus ojos. En huesos sin carne.

58. Hoy

A juzgar por las fuerzas desplegadas para dar caza a Giacomo Mainardi, parecía que, de haber podido, Albert Lona habría movilizado de buena gana hasta el ejército.

Massimo nunca había visto tal despliegue de medios. Lona se lo había tomado como algo personal y, por un momento, se vio a sí mismo respaldando al asesino, solo para ver al comisario jefe cargado de problemas.

Lona llegó a casa de Teresa Battaglia escoltado por tres o cuatro coches patrulla, mientras la zona ya estaba acordonada. Las luces intermitentes encendidas y los hombres armados en el patio hicieron que el teléfono empezara a sonar sin pausa. Teresa tuvo que tranquilizar a todo el vecindario. Unos cuantos curiosos fingieron pasear por delante de la vivienda.

Si había una forma de proporcionarle a Giacomo una vía de escape segura, era precisamente ese caos.

El comisario jefe estaba atormentando a Teresa, ella se vengaba con respuestas que solo lo tranquilizaban a él, incapaz de captar la ironía en su voz, como en la de cualquier otro.

—¿Crees que lo atraparemos?

—Pues claro, Albert.

—Ya han pasado dos horas. Habría bastado con que lo hubieras retenido.

—Hubo un momento en que pensé en invitarlo a entrar.

—¿Crees que habría aceptado?

—No lo sé, pero ahora que me haces pensar en ello...

Él resopló.

—Al menos podrías haberlo intentado. —Los examinó a todos—. Necesito cuantos recursos haya a mi disposición. Os toca el próximo turno. Marini, mañana por la mañana reunión con el ayudante del fiscal.

Se levantó, nadie hizo el gesto de acompañarlo hasta la entrada. Todos permanecieron sentados. Teresa, Parri, Massimo, De Carli y Parisi. Elena y Alice habían fingido subir a la primera planta, pero Massimo habría apostado sin dudarlo a que se encontraban en las escaleras, aguantando la risa.

Solo Smoky trotó tras él hasta la puerta. También quería asegurarse de que se marchaba.

Massimo se levantó a regañadientes.

—Vuelvo enseguida.

Alcanzó al comisario jefe en el sendero del jardín.

Lona se dio la vuelta antes de que Massimo lo llamara. Ya se lo esperaba, y eso era mala señal.

—Dime, Marini.

Demasiado amable.

—Quería saber si en la reunión de mañana tiene pensado plantear la pista del inductor.

—¿Qué inductor?

—Dios mío, no tiene intención de hacer nada.

—¿Y qué debería hacer, en tu opinión? ¿Fiarme de las palabras de un asesino múltiple?

—Teresa Battaglia le cree y yo la creo a ella.

—Y, en consecuencia, también a Mainardi. Sí, ya sé cómo funciona la cosa entre vosotros. Este pacto de... —Gesticuló con la mano.

—No existe ningún pacto. Se trata de confianza y lealtad.

—Me conmueves.

—Si usted no piensa hacer nada, entonces lo haré yo.

—Inspector —Lona sacó la pitillera del bolsillo de su americana—, no te conviene seguir por ese camino, lo sabes, ¿verdad?

—¿Va a impedírmelo usted?

Albert se rio. Era la primera vez que lo oía reír con ganas.

—¿Lo ves, Marini? Tienes prejuicios. Te piensas que lo hago para fastidiaros.

—¿Por qué lo hace, entonces?

El comisario jefe bajó el tono de voz. Ya no había aire de diversión en él.

—¿Por qué? Porque, si hay un inductor, como afirma Mainardi, entonces solo puede ser nuestra Teresa Battaglia.

Massimo se quedó de piedra.

—Qué móvil más perfecto, Marini. Qué estrategia más refinada. Sebastiano fue asesinado el 20 de mayo, el día del cumpleaños de Teresa. Ningún regalo podría ser más deseado, ¿no crees?

—Eso son divagaciones.

—¿Realmente te parece tan desconcertante lo que te estoy diciendo? Piénsalo bien, Marini. Podría haber ocurrido durante sus visitas a la cárcel. Lo descubriste tú mismo, inspector, ¿no te acuerdas? Puede que ella dejara caer una frase aparentemente inocua en la conversación, pero que para alguien como Giacomo se convierte en un encargo. Me gustaría verlo muerto. Merece morir. El mundo sería un lugar mejor sin él. —Ahuecó una mano, encendió el cigarrillo y exhaló—. ¿Tan inverosímil te parece?

No esperó la respuesta. Llamó a un agente con un gesto de la mano y se encaminó hacia el coche. En el crepúsculo azul, entre las luces parpadeantes encendidas, Massimo asoció el humo del cigarrillo que se alejaba con las señales que presagiaban una guerra.

A esas alturas, ya había aprendido a descifrar las palabras del comisario jefe. La suya no era una sugerencia encaminada a proteger a Teresa. Le estaba diciendo a Massimo que lo tenía en sus manos y que tarde o temprano se cobraría esa deuda.

Pero eso ocurriría otro día, y Marini estaba preparado para enfrentarse a él. Estaría esperándolo en la arena y no estaría solo.

Entró de nuevo en la casa, Teresa Battaglia lo buscó inmediatamente con la mirada.

—¿Todo bien?

No tenía ningún sentido intranquilizarla.

—Todo bajo control.

De Carli hizo una de sus bromas sobre Massimo y el control, Parisi no perdió la oportunidad de responder, Alice estaba ayudando a Parri en la cocina, Smoky gruñó cuando Massimo se dejó caer en el sofá y trajo a Elena hacia él. Todo era perfecto.

La vida se reanudó como si nada, o casi nada, hubiera pasado.

Massimo llamó a Teresa, que estaba poniendo la mesa para todos.

—¿Ahora nos explicará cómo llegó a ser comisaria?

Ella dejó de sacar brillo con un paño a los cubiertos que iba colocando junto a los platos y pareció buscar la aprobación de Parri, quien, al oír la pregunta, se había asomado desde la cocina. El amigo sonrió y se encogió de hombros.

Teresa empezó a frotar de nuevo, un poco más fuerte.

—Veamos... Cómo llegué a ser comisaria. —Buscaba las palabras, se demoraba en recuerdos que nunca fueron tan valiosos—. Para empezar, recorriendo un largo pasillo bajo la mirada de todo el mundo. Esa fue la prueba más difícil. El resto vino solo.

Epílogo
Veintiséis años antes

Teresa caminaba por el pasillo, observada por sus compañeros. Las cháchara cesaron a su llegada y se reanudaron unos instantes después, un murmullo en el que podía captar su apellido y tal vez el nombre del asesino. Estaban hablando de ella y del caso resuelto. Comentaban su forma de caminar torcida, el tutor que aún le sujetaba la mandíbula, reconstruida con tornillos.

Durante su última sesión de acupuntura, Mei Gao la había llamado «comisaria», pero ese día se encontraba allí porque ese título tenía que ganárselo delante de un tribunal.

Aún no lograba hablar bien, algunas letras le salían arrastradas; al sufrimiento se sumaba la desazón de sentirse juzgada por su apariencia: una mujer machacada por las manos de un hombre.

Pero esas manos violentas la habían moldeado para convertirla en lo que se estaba preparando para ser.

La cicatriz de su vientre ardía. Ardería para siempre. La sangre del corazón le había bajado entre las piernas. Había renacido, y no de la costilla de un hombre que se creía hecho a imagen y semejanza de un dios, sino de las suyas, fisuradas, doloridas, rotas.

Sebastiano había empezado a cumplir su pena entre rejas por todo el daño que le había infligido, pero ninguna condena sería nunca suficiente. La suya era particularmente leve.

Lo que había que cambiar era el sistema.

En cuanto pudo levantarse, Teresa denunció en el departamento de recursos humanos las situaciones de acoso que había sufrido, la marginación dentro del equipo, el sabotaje profesional, la presión psicológica basada en su condición de mujer. Estaba en marcha una inspección interna que también, y sobre todo, ponía a Albert en entredicho.

Él la llamó por teléfono en mitad de la noche, cuando Teresa aún estaba convaleciente.

—No te pongas en mi contra. No te conviene.

327

Pero Teresa no buscaba guerra ni una venganza personal, solo justicia, una forma más clara y justa de estar en el mundo. Quería despejar el camino para las otras mujeres que llegarían o para cualquiera que, más allá del sexo de nacimiento, pudiera ser un posible objetivo para el grupo de los fuertes. Aquellos hombres fuertes, a partir de ahora, tendrían que tener mucho cuidado antes de dar un solo paso.

Las últimas palabras que le dijo Albert fueron lapidarias:

—Nunca aprobarás el examen. No estás preparada. Nunca lo estarás.

Era el deseo contrario de los que tienen miedo, miedo a la fuerza de una mujer capaz de desafiar el poder de un hombre hasta resquebrajarlo.

Pero Teresa ya no estaba dispuesta a someterse a la voluntad de nadie.

Fuera del aula donde se realizaban las entrevistas individuales, Parri estaba esperándola.

Teresa se detuvo a unos metros de distancia.

No se habían visto desde aquel día en el hospital. Teresa se había mantenido alejada de él y de sus recuerdos.

Había sido otra la cara sonriente que se asomó en su habitación el día que le dieron el alta. Elvira Pace la acogió en su casa durante las primeras semanas de su convalecencia. Se ocupó de las heridas para las que la medicina no tenía remedio y le enseñó el significado de la palabra «solidaridad».

La mirada de Parri se deslizó por su rostro y se volvió lúcida. Ambos estaban pensando en lo mismo.

Si él no se hubiera quedado dormido por el alcohol que esa noche tenía en el cuerpo, Teresa no habría perdido a su hijo y se habría salvado.

Pero, con los arrepentimientos y las recriminaciones la vida no avanzaba, se estancaba y se pudría.

Teresa dio los pocos pasos que los separaban. Parecía haber envejecido más de la cuenta. La medida del remordimiento.

Fue él quien habló primero.

—Te noto diferente.

Observaba el pelo corto. El flequillo liso le caía sobre los ojos, el casquete apenas le tocaba la mejilla. Teresa se lo había teñido del color de la lava que sentía rebullir en su interior.

—*Soy* diferente.

Vio cómo apartaba la mirada y sintió pena por él.

—¿Qué estás haciendo aquí?

Se hizo el silencio a su alrededor.

Su amigo encontró el valor para mirarla a los ojos.

—Nunca más te dejaré sola, si me lo permites. Si existiera una manera de compensarlo...

Las puertas del aula se abrieron y un asistente salió con una lista en la mano. Estaba buscando el nombre del siguiente candidato.

Ese día coincidía con su salida de cuentas. Tal vez me dé a luz a mí misma, pensó Teresa. El dolor que sentía era el de un parto.

Volvió a mirar a Parri.

—La forma de compensarlo existe: deja de beber. Juntos haremos grandes cosas.

La llamaron por su nombre.

Querida Teresa:

¡Felicidades! Ahora los «monstruos» tendrán que tener un poco más de cuidado.

Con estima y afecto,

R.

Nota de la autora

Cuando investigo para mis novelas, siempre descubro aspectos de mi tierra que ignoro o que solo había vislumbrado superficialmente. También *Hija de las cenizas*, como sus predecesoras, hunde sus raíces en la memoria y en los orígenes. Ha sido un viaje emocionante para mí el que acabo de realizar al pasado de Aquilea, tras las pistas del culto isíaco en disolución, desde los albores del cristianismo, entre revelaciones mistéricas que me han llenado de asombro.

Me he servido de la historia para escribir una historia, la he adaptado, transformado, llenado de sugerencias y de mi propia imaginación, siempre con cariño, para devolver mediante las palabras la fascinación que he vivido.

He aquí algunos textos en los que me he basado:

VV. AA., Circolo Culturale Navarca, editado por A. Bellavite, *La Basilica di Aquileia. Tesori d'arte e simboli di luce in duemila anni di storia, di fede e di cultura*, Ediciclo editore, Portogruaro, 2017.

Giordani, C., *Il cristianesimo egiziano di Aquileia*, Gaspari editore, Udine, 2020.

De Clara, L.; Pelizzari, G.; Vianello, A., *Dalla salvezza di pochi alla salvezza universale. Breve guida ai mosaici della Basilica de Aquileia*, Forum, Udine, 2016.

Fontana, F., *I culti isiaci nell'Italia settentrionale. 1. Verona, Aquileia, Trieste*, con una contribución de Emanuela Murgia, EUT, Trieste, 2010.

Agradecimientos

A Jasmine y a Paolo, que me dan fuerza cuando parece que ya no queda ninguna.

A la familia, porque siempre está ahí.

Al maravilloso equipo de Longanesi, que sigue acompañándome en este apasionante viaje de la mejor manera posible: Stefano Mauri, Cristina Foschini, Raffaella Roncato, Diana Volonté, Ernesto Fanfani, Alessia Ugolotti, Patrizia Spinato, Lucia Tomelleri.

Gracias de todo corazón a Fabrizio Cocco y a Giuseppe Strazzeri por creer cada vez con fuerza.

A Antonio Moro, irrenunciable.

A las extraordinarias Viviana Vuscovich, Elena Pavanetto, Giulia Tonelli y Graziella Cerutti: cuánta energía me infundís.

Un agradecimiento en especial a Claudia Giordani por su valioso asesoramiento sobre los mosaicos de Aquilea y el culto cristiano de raíces egipcias.

A los amigos de siempre, y a los nuevos, que me apoyan desdramatizando ansiedades y dudas.

A periodistas, blogueros, libreros y libreras que ayudan a que mis historias emprendan el vuelo: siempre les estaré agradecida.

A los lectores y lectoras que me hacen sentir rodeada de tanto cariño: vosotros habéis hecho que sea posible todo esto.

A todos vosotros, gracias de corazón.

Este libro se terminó
de imprimir en
Sabadell, Barcelona,
en el mes de
septiembre de 2023